南洋旅行記

黎錦暉 著

黎錦暉（一八九一年—一九六七年）

字均荃，湖南湘潭人，中國近代音樂教育學家，流行音樂奠基人，被譽為「中國流行音樂之父」。一九二〇年至一九二七年在上海主編《小朋友》週刊，並創辦中華歌舞專科學校。所創作的兒童歌劇、歌舞及歌曲，不僅在大陸風靡一時，也流傳至香港及南洋各地。

總序一

兒童文學的歷史與記憶

林文寶

大陸海豚出版社所出版之中國兒童文學經典懷舊系列，要在臺灣出版繁體版，這是臺灣兒童文學界的大事。該套書是蔣風先生策劃主編，其實就是上個世紀二、三十年代的作家與作品，絕大部分的作家與作品皆已是陌生的路人。因此，說是經典有失嚴肅；至於懷舊，或許正是這套書當時出版的意義所在。如今在臺灣印行繁體版，其意義又何在？

考查各國兒童文學的源頭，一般來說有三：

一、口傳文學

二、古代典籍

三、啟蒙教材

而臺灣似乎不只這三個源頭，綜觀臺灣近代的歷史，先後歷經荷蘭人佔據三十八年（一六二四－一六六二），西班牙局部佔領十六年（一六二六－

一六四二），明鄭二十二年（一六六一—一六八三），清朝治理二〇〇餘年（一六八三—一八九五），以及日本佔據五十年（一八九五—一九四五）。其間，相當長時間是處於被殖民的地位。因此，除了漢人移民文化外，尚有殖民者文化的滲入；尤其以日治時期的殖民文化影響最為顯著，荷蘭次之，西班牙最少，是以臺灣的文化在一九四五年以前是以漢人與原住民文化為主，殖民文化為輔的文化形態。

一九四五年十月二十五日國民黨接收臺灣後，大陸人來臺，注入文化的熱血液。接著一九四九年十二月七日國民黨政府遷都臺北，更是湧進大量的大陸人口。而後兩岸進入完全隔離的型態，直至一九八七年十一月臺灣戒嚴令廢除，兩岸開始有了交流與互動。一九八九年八月十一至二十三日「大陸兒童文學研究會」成員七人，於合肥、上海與北京進行交流，這是所謂的「破冰之旅」，正式開啟兩岸兒童文學交流歷史的一頁。

其實，兩岸或說同文，但其間隔離至少有百年之久，且由於種種政治因素，目前兩岸又處於零互動的階段。而後「發現臺灣」已然成為主流與事實。

因此，所謂臺灣兒童文學的源頭或資源，除前述各國兒童文學的三個源頭，又有受日本、西方歐美與中國的影響。而所謂三個源頭主要是以漢人文化為主，其實也就是傳統的中國文化。

臺灣兒童文學的起點，無論是一九〇七年（明治四〇年），或是一九一二年（明治四十五年／大正元年），雖然時間在日治時期，但無疑臺灣的兒童文學是屬於華文世界兒童文學的一支，它與中國漢人文化是有血緣近親的關係。因此，了解中國上個世紀新時代繁華盛世的兒童文學，是一種必然尋根之旅。

本套書是以懷舊和研究為先，因此增補了原書出版的年代（含年、月）、出版地以及作者簡介等資料。期待能補足你對華文世界兒童文學的歷史與記憶。

林文寶，現任臺東大學榮譽教授，曾任臺東大學人文文學院院長、兒童文學研究所創所所長、亞洲兒童文學學會臺灣會長等。獲得第三屆五四兒童文學教育獎，中國文藝協會文藝獎章（兒童文學獎），信誼特殊貢獻獎等獎肯定。

總序二

原貌重現中國兒童文學作品

蔣風

今年年初的一天，我的年輕朋友梅杰給我打來電話，他代表海豚出版社邀請我為他策劃的一套中國兒童文學經典懷舊系列擔任主編，也許他認為我一輩子與中國兒童文學結緣，且大半輩子從事中國兒童文學教學與研究工作，對這一領域比較熟悉，了解較多，有利於全套書系經典作品的斟酌與取捨。

一開始我也感到有點突然，但畢竟自己從童年開始，就是讀《稻草人》《寄小讀者》《大林和小林》等初版本長大的。後又因教學和研究工作需要，幾乎一而再、再而三與這些兒童文學經典作品為伴，並反復閱讀。很快地，我的懷舊之情油然而生，便欣然允諾。

近幾個月來，我不斷地思考著哪些作品稱得上是中國兒童文學的經典？哪幾種是值得我們懷念的版本？一方面經常與出版社電話商討，一方面又翻找自己珍藏的舊書。同時還思考著出版這套書系的當代價值和意義。

中國兒童文學的歷史源遠流長，卻長期處於一種「不自覺」的蒙昧狀態。而清末宣統年間孫毓修主編的「童話叢刊」中的《無貓國》的出版，可算是「覺醒」的一個信號，至今已經走過整整一百年了。即便從中國出現「兒童文學」這個名詞後，葉聖陶的《稻草人》出版算起，也將近一個世紀了。在這段不長的時間裡，中國兒童文學不斷地成長，漸漸走向成熟。其中有些作品經久不衰，而一些作品卻在歷史的進程中消失了蹤影。然而，真正經典的作品，應該永遠活在眾多讀者的心底，並不時在讀者的腦海裡泛起她的倩影。

當我們站在新世紀初葉的門檻上，常常會在心底提出疑問：在這一百多年的時間裡，中國到底積澱了多少兒童文學經典名著？如今的我們又如何能夠重溫這些經典呢？

在市場經濟高度繁榮的今天，環顧當下圖書出版市場，能夠隨處找到這些經典名著各式各樣的新版本。遺憾的是，我們很難從中感受到當初那種閱讀經典作品時的新奇感、愉悅感、崇敬感。因為市面上的新版本，大都是美繪本、青少版、刪節版，甚至是粗糙的改寫本或編寫本。不少編輯和編者輕率地刪改了原作的字詞、標點，配上了與經典名著不甚協調的插圖。我想，真正的經典版本，從內容到形式都應該是精致的、典雅的，書中每個角落透露出來的氣息，都要與作品內在的美感、精神、品質相一致。於是，我繼續往前回想，記憶起那些經典名著的初版本，或者其他的老版本——我的心不禁微微一震，那裡才有我需要的閱讀感覺。

在很長的一段時間裡，我也渴望著這些中國兒童文學舊經典，能夠以它們原來的面貌重現於今天的讀者面前。至少，新的版本能夠讓讀者記憶起它們初始的樣子。此外，還有許多已經沉睡在某家圖書館或某個民間藏書家手裡的舊版本，我也希望它們能夠以原來的樣子再度展現自己。我想這恐怕也就是出版者推出這套書系的初衷。

也許有人會懷疑這種懷舊感情的意義。其實，懷舊是人類普遍存在的情感。它是一種自古迄今，不分中外都有的文化現象，反映了人類作為個體，在漫長的人生旅途上，需要回首自己走過的路，讓一行行的腳印在腦海深處復活。

懷舊，不是心靈無助的漂泊；懷舊也不是心理病態的表徵。懷舊，能夠使我們憧憬理想的價值；懷舊，可以讓我們明白追求的意義；懷舊，也促使我們理解生命的真諦。它既可讓人獲得心靈的慰藉，也能從中獲得精神力量。因此，我認為出版本書系，也是另一種形式的文化積澱。

懷舊不僅是一種文化積澱，它更為我們提供了一種經過時間發酵釀造而成的文化營養。它為認識、評價當前兒童文學創作、出版、研究提供了一份有價值的參照系統，體現了我們對它們批判性的繼承和發揚，同時還為繁榮我國兒童文學事業提供了一個座標、方向，從而順利找到超越以往的新路。這是本書系出版的根本旨意的基點。

這套書經過長時間的籌畫、準備，將要出版了。

我們出版這樣一個書系，不是炒冷飯，而是迎接一個新的挑戰。

我們的汗水不會白灑，這項勞動是有意義的。

我們是嚮往未來的，我們正在走向未來。

我們堅信自己是懷著崇高的信念，追求中國兒童文學更崇高的明天的。

二〇一一年三月二〇日
於中國兒童文學研究中心

蔣風，一九二五年生，浙江金華人。亞洲兒童文學學會共同會長、中國兒童文學學科創始人、中國國際兒童文學館館長。曾任浙江師範大學校長。著有《中國兒童文學講話》《兒童文學叢談》《兒童文學概論》《蔣風文壇回憶錄》等。二〇一一年，榮獲國際格林獎，是中國迄今為止唯一的獲得者。

目錄

南洋旅行記

一、夢想的南洋

南洋的大名，韋梅早就聽到了；南洋的遊歷，也早在韋梅的夢想裡。可是上海離南洋很遠，父親又不能和他去，南洋又沒有朋友，哪裡去得了？「有志者，事竟成」，韋梅很相信這句話，所以，並不失望。果然，一個月之後，韋梅竟上了船，快樂地到南洋去了！

這一天下午，韋梅放學回家時，走進客廳裡，忽然看見一個老人，兩個小朋友，都是他不認得的，正在和父親談天。父親見他進來，叫道：「梅兒快來，見見陳伯父！陳伯父剛從南洋回來。」又指著兩個小朋友道：「這兩位也是從南洋來的，快去和他們玩玩，問問南洋的事情吧！」

韋梅聽了，直樂得跳了起來，和陳伯父行了禮後，便拉著兩位小朋友的手說道：「這裡悶熱，我們到後面園裡玩去！」

韋梅一邊走，一邊問道：「兩位好朋友，真是剛從南洋來的嗎？」他們都答應「是！」韋梅便指著女的一個說道：「你的名字，我知道了，一定叫做南姐姐！」又指著男的一個道：「你的名字，我也知道，一定叫做洋弟弟！」他們姐弟倆聽了，一齊大笑道：「你不問問人家，怎麼瞎叫起名字來？又怎會知道人家的名字呢？」韋梅也大笑道：「你們不是從南洋來的嗎？不是一對南洋姐弟嗎？南洋姐弟，不就等於『南』姐姐『洋』弟弟嘛！」這一解說，直逗得姐弟倆肚子笑痛。

韋梅很愛講笑話，一來就是一長篇，沒個斷頭。現在他心裡一快樂，便又來了。他們走到茅亭裡，靠著欄杆，剛剛坐定，韋梅便開話匣子（留聲機）似的說道：「南姐姐，洋弟弟！……」姐弟倆搖頭笑道：「你又亂叫了！」他好像沒有聽到，接下去道：「南姐姐，洋弟弟！我知道：南洋一定天天刮南風；南洋的太陽，一定從南方出來；南洋的水，一定都往南流；南洋的房子，一定都向南；南洋的樹木，一定只有楠木與『楊柳』和洋松；南洋人歡喜用『藍』水寫字，穿『藍』色衣服，用『藍』色木器，乘『藍』色汽車，因為『藍』『南』同音呀！」

剛說到這裡，用人送上涼茶來，韋梅便又指著茶說道：「南姐姐！洋弟弟！我知道：南洋的茶，一定時時刻刻都是燙的，決不會涼，因為天氣很熱！」

姐弟倆實在笑得夠了，掏出手巾來，擦了擦汗，然後說道：「好熱的天氣！南洋可不像這樣。」韋梅急忙問道：「南洋怎樣？比這裡熱過百倍吧？寒暑表裡的水銀柱，熱得變成開水；屋子裡的凳子，坐下去會將屁股燙出泡來吧？」

姐姐聽了，知道他好開玩笑，便也湊著熱鬧說：「可不是！南洋熱起來時，太陽下的石獅子會淌汗；照相館裡的照片要吃霜淇淋；人在馬路上走，會被太陽晒成灰，被風吹得無影無蹤，晚上才能回家睡覺！」

韋梅截住道：「南姐姐說得太荒唐了，人既變成了灰，被風吹散了，怎又能回家睡覺！」姐姐笑道：「你說的一大堆，不荒唐嗎？別胡鬧了。我們到南洋去不過三年，也不大清楚，你要知道南洋的情形，還是問我們爸爸好。他在南洋幾十年，頂熟悉，又頂會講，頂愛小朋友，還是去問他吧。」

二、到南洋去

韋梅聽姐姐一說，馬上立起身來，拉著姐弟倆往屋裡走。這時陳伯父正洗過澡，躺在籐椅上，和爸爸閒談，韋梅一見，便纏著，要他即刻講南洋的故事。他打了一個呵欠道：「我有點困倦了，現在不能講；你要是性急，還不如叫菊妹先講一點，讓我在旁邊聽聽，講錯了，我再來改正。阿英也會講呢。」

「南姐姐」叫做菊妹，韋梅這才知道，也就改過口來叫她菊姐姐，求她談談南洋。

菊妹皺眉道：「叫我從哪裡講起呢？好吧，就和背書一般，從一課背起吧。前年冬天，爸爸回家還住不滿兩年，又要到南洋去，順便將我和英弟也帶去。我們知道了，好不高興！

爸爸原說十一月一日動身，但是，十一月二日還待在家裡，弄得我們白忙了幾天。為什麼不走呢？原來有一張什麼字沒有弄好。爸爸說，這張字叫做『護照』，凡是『過番』（這是我們廣東嘉應州的話，就是出洋的意思，你一定不懂。）的人，必定要領到這張東西，才可以出境，才可以在外國上岸。在這張東西上面，要寫明：姓什名誰？哪裡人？多少歲？到什麼地方去？有什麼職業？兒女幾多？還要貼一張本人的照片。這東西是外交部發給的，每張要交幾塊錢。為什麼定要用這東西呢？因為，有這個東西，到外國去了，本國的政府便可保護你，外國政府也知道你是一個規矩的人，不敢隨便虐待你。這東西還沒有領到，所以我們不能就動身。」

陳伯父聽到這裡，插嘴道：「我國從前本沒有護照，凡是出洋的人，愛去就去，政府從來不管。全世界地方，隨便哪裡都有中國人，他們多半都是自由去的，沒有政府的保護。從前清朝的時候，不但不保護，反而禁止出洋，不認出洋的人為中國人。記得，日本人佔了臺灣不久，那裡的中國人不服，起來反對日本人。日本打一個電報到我國，問我國政府怎麼辦。你猜，我國政府怎樣回答？真是混帳極了！他們回答說：『這些都是我國的壞人，我國政府不管！』日本得到了這回答，冷笑一聲，毫不客氣地，將這些中國人，殺個『一乾二淨』！

「別國裡的人，隨便到哪裡，都少不了一張護照。有了護照，就誰也不敢隨意欺侮了。你瞧，像庚子年那回事一般，我國人殺一個外國教士，便闖下了滔天大禍，八國聯軍到我國來。人家對自己的人民，是怎樣的盡力保護呀！本來，國家是人民建立的，國家不保護人民，誰還能保護？中國是最會冒險的、最能獨立奮鬥的民族，所以沒有政府保護，也能走遍天下，布滿全球。假如政府稍微提倡一下，海外的中國人，決不止現在這一點點呢！」

韋梅這時聽了這種話，已不如剛才的盡玩笑了。菊妹看了他的神氣，說道：

「提起來，可氣的事多著呢！不曾出外的人，天天住在國內，哪知僑胞的苦痛？遠的不說，單說到南洋去，一路上，到達後，真有說不盡的羞，數不盡的辱，受不了的苦。中國人好比無國的人，走到哪裡，哪裡都瞧不起，哪裡都沒有地位；東洋、西洋、南洋，情形都是一樣的。豈但沒有地位，將來恐怕站都不許站一下呢！」

韋梅聽了，不覺呆了。

三、碼頭稅

菊妹歇了一下，接下去說：「過了三天，我們的護照辦好了，船票也買好了，本可以動身了，不料依舊走不動！爸爸說，碼頭稅還不夠，所以還不能走。

「碼頭稅是什麼東西呢？爸爸說：我國人到南洋去，除了新加坡外，別的地方，像爪哇呀，菲律賓呀，暹羅呀，到達的時候，都要交一點錢，才准許入境，這錢就叫做碼頭稅。」

韋梅轉過來問陳伯父道：「陳伯父！入境怎麼還要給錢？外國人到我國來，

也得給碼頭稅嗎？」

陳伯父道：「剛才菊妹不說過嗎？中國人好像無國之人，哪裡都沒有地位；外國人到中國來，恰好相反。他們在本國的時候，彼此平等，誰也不能對誰擺架子，使神氣；可是，一到了中國，隨你是什麼下等外國人，也神氣十足，架子很大，好比老虎進了羊群一般，威風得了不得了。你想，老虎進了羊群，羊敢向他要碼頭稅嗎？不要說碼頭稅，恐怕連護照都不敢查問！說不定他是一個小偷兒，我國人還以為他是一位洋大人！

「中國人到外國可不然：沒有護照，不許上岸；眼睛有點毛病，不許上岸（這是美國的惡規矩）；沒有碼頭稅，不許上岸；沒有熟人擔保，不許上岸。入境的手續，夠麻煩呢！

「我們走的地方，是荷屬南洋的爪哇，等我把那邊的情形，詳詳細細地告訴你，你不嫌乏味吧？

「南洋地方，從前原來很荒涼，樹木山石，雜亂不堪，沒有一點用處。自從中國人去了之後，拿出刻苦耐勞的本領來，把各處地方收拾清楚，把各處荒地開成良田，把各地道路溝通，建橋架屋，頓然變成了居留的好地方。外國人看了，著實佩服，便決定利用中國人，給他們『開天闢地』。

「荷屬地方，當初也是這樣的情形，所以當初的荷蘭人，都很歡迎中國人前去。但這種事究竟是危險的苦事，所以誰都不大幹。荷蘭人看見中國人不肯去，便用詭計，派人到中國來，哄騙中國人說，爪哇怎樣的好，到爪哇去怎樣的有好處，把一班無知的人，一批一批地騙去。騙到之後，自然又是做苦工，沒有什麼好。因此，中國人知道了，便再也不肯去。

「荷蘭人見騙詐不成，便用強盜手段，派些強盜似的船到中國海邊來，在沿海一帶地方，見中國人就捉，老的小的，男的女的，一併蠻捉去，運到南洋，強迫他們做工。那時，真是怕中國人不去，去了，沒有不受歡迎的。

「後來，荷屬地方，慢慢地被中國人開闢了，有利可收了，荷蘭人便慢慢地變了臉，有點嫌忌中國人了；恰好中國人去的也漸多，他們便改變辦法，限制起中國人來，這辦法便是抽收碼頭稅。初時，凡到荷屬的中國人，上岸時須交稅二十五盾（盾是荷屬的錢名，好比我國的元，現在每盾換我國錢一元七角多），交不起的，不許入境，須乘原船回國。後來見中國人來的還是很多，便又增加二十五盾，合收五十盾。但中國人去的依然多。荷蘭人見這還限制不了，抽得的錢倒不少，便索性一加再加起來，由五十盾加成一百盾，由一百盾加成一百五十盾，這樣沒有止境的增加，將來還不知要加到多少呢？

「加碼頭稅還不要緊，最可惡的是：這碼頭稅，必得由本人帶在身邊，在船靠岸時，親自交給荷蘭官！假如自己身邊沒有錢，便休想上岸！岸上的親友，在碼頭稅沒有收齊之前，絕對禁止上船，甚至不許走近船邊，為的是，防備他們暗中給錢與船上的人，以做碼頭稅。這真是太豈有此理了！一樣的給錢，必須由自己給，不許由旁人代給；不是存心搗蛋嗎？

「前面說過，他們所以加碼頭稅，原來就是有心限制中國人，想用金錢的手段，卡住無錢的人，使他們自然不能去。又恐怕他們的親友有錢，在岸上借給他們，所以又想出一個惡辦法，必須自己親交。變來變去，無非是不歡迎中國人，順便剝削中國人。其實，這也是一件很痛心的事！中國地方這麼大，出產這麼多，要是都開發起來，變成了世界上的強國，何至到外洋去，要受人家的氣？看人家的嘴臉？可恨的是，我國年年打仗，處處土匪，一點不太平，國內人民窮苦得無活路，又不能保護到外洋去的人民，外國人因此便看輕我國人！

「剛才我不說過嗎？沒有碼頭稅的，不許上岸。這話還不大清楚。到南洋去時，船一到岸，岸上的荷蘭官，便帶領一批員警，同上船來，將全船的搭客，聚集在一個艙裡，由員警監視著，查驗護照，收取碼頭稅。

「南洋的員警，平常倒也不壞；只有這時，卻狗仗人勢，狐假虎威，對我們中國人，呼呼喝喝的，非常的凶惡！沒有帶碼頭稅的，便交給這種員警，帶上岸去，關在海邊的牢房裡，等候有船開往中國時，送回中國去，一點不容情。

「這牢房叫做移民廳。說起來，移民廳是等船的地方，不能算做監獄；可是，實際上，人進了移民廳，關在黑房子裡，日夜由員警監守著，一點不能自由，和坐牢沒有兩樣。

「這種牢房的房子，都是很大的。每間擺著幾十張硬木板架，算是床，也是桌子，睡覺在上面，吃飯也在上面。一進去，廚房給你兩個洋瓷盤兒，一個盛飯，一個盛菜湯。總算是把你當人看待，每天給你吃兩頓飯。每頓是白米飯一盤，鹹魚一塊，或鹹蛋一個，冬瓜或茄子湯一盤；另外還給兩次開水；這便是主人待客的飯食。

「這一點也夠氣人，就是只給盤子，不給筷子和羹匙，請你用手抓飯吃，湊著盤子去喝湯。吃完之後，牆角有自來水管，自己去洗盤兒去。

「睡覺便只有硬木板一塊。灰塵，自己去掃；蚊子，拿血肉去擋。（那兒的蚊子，比荷蘭官還多還凶狠！）

「一天到晚，員警們時常走進房來，數羊兒一般，一個一個地數著，恐怕有人逃走了去。

「這些房子：有的還好；有的連在廁所一起，沒有窗戶，門又日夜關著，屎臭尿騷，簡直比監獄還不如，那才要人的命！」

菊妹聽到這裡，忙問道：「爸爸，你說沒有碼頭稅的，才關進移民廳，我們交了碼頭稅，為什麼也關了一晚呢？」

四、移民廳

「別忙，讓我慢慢地說。這移民廳是管什麼的，你們知道嗎？移民廳呀，就是管外國人入境的。這外國人可不可以入境，入境應該辦些什麼手續，手續合不合，都歸這移民廳管。

「沒有碼頭稅的，不能入境，算是不合手續，所以要關入移民廳；有碼頭稅的假如沒有人擔保，也一樣的不能自由上岸，須關入那臭移民廳！

「原來，按照荷蘭人的法律，入境的人，除繳納碼頭稅外，還得有一個住在岸上的人，到船上來擔保，證明你是來做什麼的，找誰的，才得自由上岸。倘若擔保人來遲一步，荷蘭官已經回去了，那只得將你委屈委屈，『未到外洋，先進監房！』倘若擔保人所說的姓名，和你自己所報的不同，那也不許擔保，上不了岸。聽說前幾年，有一個中國人，不知為什麼，擔保人沒有來，在這移民廳裡，足足關了八個月，結果，便在這裡面病死了！那才慘呢！

「一條到南洋的船上，每次總有幾百中國搭客。靠岸之後，入境手續這樣麻煩，辦事人又只有一兩個，一天半天決辦不完。因此，有碼頭稅，又有擔保人的，因為時間來不及，也不免被趕進移民廳，受一夜苦：真是冤枉透了！」

靜靜地聽著的韋梅，久已不打岔兒了，現在趁著陳伯父停頓的機會，插嘴道：「請問陳伯父，只有中國人，才被這樣的虐待呢，還是別國的人也一樣的呢？」

陳伯父喝了一口茶，籲了一口氣，搖頭道：「這倒是一個有意思的問話。你要曉得：凡是弱國的人，凡是弱小的民族，無論到哪裡，都一樣地受人家欺淩。我國人是弱國人，所以不能不受人家的欺侮。別的東方民族，好比：印度人呀，猶太人呀，阿拉伯人呀，錫蘭人呀，安南、緬甸人呀，新加坡人呀，都是弱小民族，或是亡國之人，比我國人更不如，所以也都受著不平等的待遇。

「本來，我國是一個獨立的國家，我國人不應該和印度人等受同樣的待遇。可是，話又說回來，在現在這種世界上，只有強權，沒有公理：你的國家強，便優待你；你的國家弱，便不平等待遇你。你自己的國家不爭氣，還有什麼話可說？只好和一切東方的弱小民族，同站在一起，同受著不平等的待遇。譬如移民廳吧：中國人和印度人等，便同關在一起，日本人卻和西洋人另在一處。

「簡單明白地說，入境的外國人，手續不合的，無論是強國的人，弱國的人，都得請入移民廳，這是平等的。不過強國人民總好做點，佔便宜點，少受許多麻煩；弱國人民可難做了，錯了固然要被關，不錯而被冤枉關了，也得忍受，有口難辯，有冤難訴！

「至於待遇上，中國人與東方人的，上面已經說過了，睡的是硬木板，吃的是白水淡飯；西洋人與日本人的，可大大的不同了。比較起來，一個好比是天上，一個好比是地下，差得遠呢。」

韋梅正聽得入神，陳伯父忽然停了嘴。

五、不平等待遇

原來廚子已開了飯來，韋梅的爸爸正叫著吃飯。

爸爸笑著向韋梅道：「陳伯父和菊妹英弟，老遠地從南洋來，一路多辛苦，你不讓他們休息也罷，連飯都忘了請他們吃，不太對不起人家了嗎？」

韋梅也笑答道：「誰教陳伯父從南洋來？我就愛聽這些談話，吃了飯，還得請陳伯父講下去呢！」

伯父也真好，吃了飯，喝了茶，便又接了下去：「日本人從前原也和我國人一般，被人家看不起；可是，他們很捨得努力，幾十年的工夫，已成了頭等強國民，誰也不敢小看他們了。他們到哪裡，都和西洋人平等。像荷蘭這種小國家，素來欺弱怕強的，尤其不敢不尊重他們，對他們的待遇，不消說，自然會和西洋人一樣。

「日本人和西洋人，雖也有同被關在移民廳的，可是，房間是同東方人隔開的。他們的大房間裡，另有小房間；小房間裡，有鐵床，有蚊帳，有厚的褥子，有氈子，有枕頭，一切如同旅館。他們吃的是番菜，用的是刀叉，每日伙食費二盾半，由移民廳供給；中國人和其他東方人的伙食費，卻只有四鈁（每盾值十鈁，一鈁好比我國的一角）。他們有食案，有寫字臺，有坐椅，有睡椅；中國人始終只有一張硬木板。他們有抽水瓷馬桶，中國人用的是蹲廁；他們的電燈亮晶晶，中國人的烏湫湫；他們被尊稱為Toean（ㄉㄨㄢ，馬來話的尊稱，即『先生』，或『君』的意思），中國人沒有尊稱。如此如彼，這般那般，簡直沒有一樣是平等的！

「不但移民廳如此，社會上各種待遇，也都是和這一樣的。我有一個朋友，他在一個報館裡做編輯，為了一篇文章，得罪了荷蘭政府，被關在監獄裡，整整地過了六個月。據他說，那裡面的待遇更氣人。譬如吧：中國人照例同土人和別的東方人住在一起，吃頂賤的伙食，這不消說。最可恨的是：到法庭之時，犯罪的人雖然都須乘著囚車，可是西洋人與日本人，都紳士似的，大搖大擺地撒手坐著，中國人卻須和土人一樣，帶著鐵手銬！西洋人雖然犯了殺人罪，也不須帶這勞什子；中國人縱然犯了極輕的，縱然是極文明的人，也非帶這勞什子不可！法庭也分等級：中國人的官司，照例在下級法庭，與土人們同審；西洋人的，卻在高等法庭。審判完了，要是西洋人，便馬上可以離開法庭；要是中國人，便得關在一間小屋子裡，受太陽的薰蒸，受汗與尿的騷臭，在裡面，凳子也沒有，茶飯也不給，要從清早餓到下午四五點，等齊了一切犯人，才和裝豬玀一般，擠在一部囚車裡，送回監獄裡去。這樣的不平等待遇，要不是親身受過的，真想也想不到呢！

「日本人雖然事事得平等待遇，可也有一件事，和中國人一般，受白種人的排擠，那便是吧達維亞（爪哇的首府）的游泳池，只白種人可以進去，黃種人一律不許洗。這不但是中國人的羞，日本人的羞，乃是有色人種的恥。（白種人叫做無色人種；白種以外的，如黃種、棕種、紅種、黑種等，都叫做有色人種。）我們有色人種應該聯合起來，將這白種帝國主義者打倒！」

六、香港

陳伯父似乎有點乏了，沒有再往下講。韋梅轉過頭來，見菊妹還很有精神，便請她接著講。菊妹也不能推辭，又從動身的事講起道：

「我不是講到了護照的事，又講過了碼頭稅嗎？那天是十一月八日，我們的碼頭稅弄到了，便辭了家人和鄰舍，啟程往香港。

「我們住在廣東。由廣東到南洋去，一定要先到香港，然後才乘船過番。（我又說過番了！）香港這地方，聽說很熱鬧，我早就想去看看，這回才如了願。這地方果然不錯！當我們的船到達時，已經是晚上八點。我雖然以前不曾到過，可是我一見便知這是香港。因為燈光通明，照耀如同白晝，繞著山兒，一層一層地高上去，老遠便可證明這就是他，就是孤立在海中的香港。那時我才十一歲，從來不曾出過家鄉，所以外面的情形，都不大懂得。船剛一靠岸，猛地跳上一群打手來，手裡各拿著棍棍棒繩索，奮勇地往船上衝擠；另外還有一些徒手的強人，高聲地叫罵著，也成群地向我們跑來；只嚇得我和弟弟連忙大叫爸爸，直往爸爸懷裡躲。爸爸問我們為什麼，我指著那些人道：『強盜來捉我們了！我怕！我怕！』爸爸聽了不覺大笑，罵我們鄉下傻孩子。後來，我們才知道那不是強盜，不過是挑夫和接客的，我們自己也笑了！

「香港這地方真奇怪，你看，他的房子不散開建築，卻將這所房子建在那所的頂上。房子堆房子，越往上去，越堆得高，假如倒下來，豈不糟糕嗎？當我站在旅館的樓上，望著許多洋房時，我心裡獨自這麼想著。等到睡了後，我還在想這件事，只怕房子倒下來，將我們壓死。第二天，爸爸領著我和英弟到街上去，我才知道我看錯了，房子並不是堆起建的，乃是各各分開的，不過晚上從山下望到山上去，好像是一幢堆在一幢上罷了。我知道我又發了一回傻，不敢告訴爸爸，怕他笑我。

「我走到馬路邊時，正想過街去，爸爸將我一把拉住道，『快站住，老虎來了！』嚇得我連忙牽著爸爸的手，不敢動。但是，等了一會，並不見老虎，只有一個黑色的方箱子，自己滾了去。我問爸爸，老虎在哪裡。爸爸便指著這黑箱子說道，『這不是嗎？』我不覺懷疑道，『怎麼一點也不像書上畫的呢？』爸爸又笑起來道：『你真是個傻孩子！這不是真正的老虎，乃是汽車呀！』

「一會兒，我們走到了山邊，光滑的路，走倒好走，就是怕踏不穩，一腳滑倒，滾下山去。阿英忽然指著山上叫道，『姐姐，你看，山上也有一隻老虎！』我一看，又是一隻方箱子，便道，『不是老虎，乃是一輛汽車，你弄錯了。』爸爸抬頭看了一下，接著向我說道，『你也弄錯了，那不是汽車，乃是電車呀。』

「我心裡想，『香港這地方太奇怪了，這樣高的山，人走上去，不知要費幾點鐘，這個什麼電車，不用人拉，一上一下，毫不費力似的，快得很，真叫人莫名其妙！』

「我們在香港住了兩天，天天在外面玩。香港是一個怎樣的地方，我到底說不清；我只曉得有數不清的人，走不完的馬路，看不盡的熱鬧。」

七、輪船上的生活

菊妹遊過了香港，這天中午，輪船要開行了，她便和爸爸弟弟一同上船。香港使菊妹莫名其妙，這輪船更使她稀奇。聽她說：

「我們要上船了，先乘著小划船，由香港這邊向海中盪去。海裡的船太多了，輪船，汽船，各噴著黑煙，放著哨兒，來來往往，絡繹不絕。帆船、划船更多，也如織梭一般，忙個不停。我們要乘的輪船，停在海中間。遠遠地望去，倒不怎樣大；走近前一看，可了不得！鐵壁銅牆，又高又大，要不早知道是一條船，不免要疑心它是一所大房子！

「船邊放下一長條繩梯來，木踏板，繫在繩索上，走起來搖搖擺擺，有點怕人，也有點有趣。上了船後，爸爸領著我們，直往船尾那頭走。原來我們買的是二等票，二等艙是在尾上。我們繞了幾個彎，經過一扇門，到了一個大客廳裡。爸爸停了腳，叫茶房找房間，順便告訴我們說，『這就是二等艙。這裡就是我們的食堂，也算是我們的客廳。等一會，我們就得到這裡來吃飯呢。』

「房間找著了，是一間有兩個鐵床的艙，恰好夠我們用。房油漆得雪白光潔，地上鋪著花地毯，很漂亮。床上鋪著厚的墊，蓋著潔白的毯子，還有兩個大而軟的白枕頭。床的一頭，附在壁上，有一個小小的方箱子，木框兒，銅圍壁，是預備擺零碎物的。對面的壁邊，立著一個長方形的櫃子，上面嵌著玻璃。爸爸用手在旁邊一按，櫃子的中段便開了，放下一個瓷盆來，裡面，有水龍頭，原來是一個洗臉櫃。洗完之後，將盆子往櫃上一覆，便向櫃下水箱中流了去，櫃門也便自關上了。上面的玻璃門，還有一個小櫃子，是擺梳裝用具的：真做得巧妙方便！爸爸說，凡是郵船的二三等艙裡，都是這樣設備的。水櫃的旁邊上，還裝有一個電扇，隨時都可以開用。（我當時自然還是傻的，什麼都不知道，後來才慢慢學會了。）艙邊有一個圓窗，朝著船邊，足夠流通空氣，射入陽光。

「艙外過道上，也鋪著地毯，收拾得乾淨。過道的一頭，通著食堂；另一頭有廁所和澡堂，有洋瓷馬桶和洋瓷澡盆。由這裡再過去，便是船尾，露出了一些機器。

「這過道裡還有一條梯子，通到樓上，那裡也是二等艙，和樓下一樣。船尾是一塊大空地，有桌子椅子，布置得跟客廳似的，爸爸說，這叫做『甲板』，是預備給乘客散步、遊戲、休息的。倒很舒服。

「由這樓上往船頭走，那裡的甲板更寬大，布置也更好，爸爸說，那是頭等艙，不要走過去。我想，『二等艙有這個樣兒，已經夠舒服了，為什麼還有頭等艙？頭等艙又是怎樣的好法呢？』

「這時船已開行了，我們正在甲板上玩，忽然聽到鈴聲當當，爸爸道，『下樓去吧，吃飯了。』原來這是吃飯的鈴聲。一邊下樓，爸爸一邊對我們細聲地說，『吃飯的人很多，你們要規矩一點，不要鬧笑話。』

「果然，吃飯的人都穿得整整齊齊的，很規矩地吃著，毫不隨便。爸爸說，『這裡盡是中國人，吃的是中國菜，還比較好一點，假如和外國人坐一起，吃番菜，那規矩更大呢！』

「我問道，『為什麼要這樣的規矩呢？』爸爸說，『這原來是西洋的風俗。西洋人吃飯，就愛這樣的講禮貌。我國人吃飯時，可以將馬褂等禮服脫下來，吃了飯再穿；外國人相反，吃飯時，非將衣服穿整齊不可。吃了飯後，倒可隨便一點。』

「這時船已出了口，有了風浪，雖說船大，也不免有點搖動。好在爸爸不暈船，我和英弟也不覺得。略微休息一下，爸爸便要領我們去看三等艙和大艙。他說道，『你們小小的年紀，別知享福，不知沒錢人的苦楚，到了大艙裡，你們才知乘船不舒服。』

「我們一出飯廳，再過一道門，便是大艙。你猜，大艙是什麼艙？大艙嘛，並不是一個正式的艙，實在就是甲板。底下是貨艙，兩邊是過道。上面撐著篷布，算是艙頂。船邊也懸著番布，但並不能擋風遮雨。大艙的乘客，便住在這種公共的寬敞地方。自己帶了番布床或睡椅的，還可以睡在床上或椅上；不曾帶的，便請將鋪蓋鋪在甲板上睡覺。

「一塊甲板，大家要攤鋪，要擺行李，又要讓出過道來，怎不會擠得一團糟？人多口雜，既要睡覺，又要招呼行李，怎能住得舒服！風浪一大，海水沖上船來，行李被蓋，統通浸濕，便休想睡覺。大艙照例接近廚房，肉肉魚魚，氣味已經很大；加以暈船的人一吐，小孩們一撒尿，空氣更髒得不堪！

「大艙的客連床都沒有，自然更不會有食堂。他們的飯菜，由廚房裡用大鍋大桶送來。先發給每人一塊竹牌，到了吃飯時，各人拿著自己的碗碟，憑這竹牌領取飯菜。領到後，各人自己找地方去吃，隨便你坐在廁所邊也好，蹬在尿池邊也好，只要你吃得下，船上是不管的！

「爸爸說，大艙裡的苦楚還很多：大艙客上船後，須將上身脫精光，讓醫生查驗身體，種牛痘，一群一群地呼來叫去，好比對待犯人一般。大艙裡每天早晨須洗掃一回，洗掃時，你如果不趕快將鋪蓋搬開，髒水臭垃圾便光顧到床上來。大艙晚上往往無燈，只能摸黑著睡覺。大艙沒有公用的澡堂，夏天也不能洗澡。諸如此類，都是頭二等艙客享不到的福（？），想不到的苦。

「冬季是海中風浪最大之時，不如夏季的平靜。這時船正向外走，愈搖愈厲害。大艙之中，頓然起了一片嘔吐聲，一會兒，髒物便狼藉滿甲板；小孩們的啼哭叫喊聲，也鬧成了一片：嚇得我們不敢久留，急忙下樓，到三等艙去。

「三等艙在船底上，每艙有四床的，也有六床的，比大艙自然較好，比二等艙卻差得很遠。其實，所謂比大艙好，也不過多一個房間，房間裡有一個木板床，床上有一張薄褥，以外也沒有什麼。長條木凳與白木長桌，擺在一處，算是飯桌，飯菜便開在這裡吃。聽說，三等艙有公用的澡堂，這倒比大艙方便一點。

「這時三等艙裡，也有些人在嘔吐。窗門為防海浪打入緊緊地閉著，空氣很不好，我們只得退了出來，回到自己的艙裡去。

「這樣的船上的生活，我們由香港動身後，直過了六天才完畢。」

八、邦加的慘劇

菊妹說到回艙之後，趁勢就將輪船生活了結，想一徑就說南洋的景物，卻忘記了一幕大慘劇，虧得陳伯父代她說了，韋梅這才得知。

陳伯父怎樣說？請聽——

「我們乘的是荷蘭船。這種船是屬於荷蘭船公司的。這公司叫做『中國日本爪哇輪船公司』，簡單一點，叫做『渣華公司』。這渣華公司的船，專走爪哇、香港、廈門和上海的，每兩個禮拜，由上海與爪哇各開行一艘，差不多是專做中國人的買賣，專賺中國人的錢。假如我們中國人不乘他們這船，不給他們裝貨下貨，他們這些船便都完了，非停開不行。所以，我們中國人，乃是他們的大主顧，唯一的乘客。

「可是，他們不但不感謝我們，反而仗著強國的勢，常常欺壓我們，侮辱我們，殘害我們，真乃是忘恩負義，慘無人道！

「船將近到爪哇之時，路上有一個小島，也是屬荷蘭人的，叫做邦加島。這邦加是產錫的地方，錫礦很多，所用的工人，大半是中國人。這種工人，平常大家都叫他們做豬仔。可憐這班豬仔，也是堂堂的中國國民；只因國內生活艱難，沒有飯吃，不得不到海外，給人家去當牛馬！

「荷蘭需要這種豬仔時，便到香港、廈門等處去招募。礦上的工作怎樣輕，礦上的生活怎樣好，礦上的待遇怎樣優，將來發財的希望怎樣大，住在邦加怎樣快樂，把這一派甜言蜜語，向我國窮人宣傳，誰聽了會不動心？而且，前去之時，有船乘，有飯吃，不須自備路費，到達之後，馬上有工作，有錢賺，也不須自己帶一文錢；想想，這事情多麼好！這機會多麼巧！無知無識，腦筋簡單的窮朋友，誰不願應募？誰不願打手印，訂工約？

「可是，這工約一訂，便等於賣了自己，等於魚鑽進網中，鳥飛入籠內，虎走進陷坑，苦海無邊，有去路，無歸期了！為什麼？

「荷蘭人和他們所訂的約，訂明自願工作三年或五年；滿期後，願意續訂的，可以續訂；不願的，可以由公司送回中國。工資照出貨計算，即每擔錫工資多少，每日能挖多少錫，便給多少工資。這時，他一定和你說，每人每天能挖得很多，可賺得很多，使你聽了，滿意稱心，毫不遲疑地打下手印來，作為簽字成立。那時他們對你定很和氣，笑容滿面的，祝你發財。等到人已招齊，送到船上之後，將你往大艙裡一推，將船一開行，便不會再向你笑了！訂了約，上了船，簡直就成了他們的所有物，等於買來的一批豬牛，他們哪裡還肯和你客氣？幫助荷蘭人，做這種騙人的，用花言巧語去哄窮人的，是一些喪盡天良的同胞。他們只要荷蘭人給錢，便可不顧你的死活，將你騙上地獄去。等到你上船了，他們做介紹人的，便一溜煙逃開去了，你再也找他們不到。他原來答應你，有什麼事情，都可以幫你，萬事不消問荷蘭人，只問他們便是一樣。現在船開行了，落到了荷蘭人的手中了，言語不通，身不自由，有苦說不出，有腳動不得；介紹人又影子也不見；到這時才覺得危險，才覺得靠不住，已經遲了！可憐這樣的苦同胞每回應募上當的，不知有多少；身陷番邦，心向祖國，無家可歸的，更不知有多少！」

伯父嘆息了一會，便又續下去說道；

「我們那次到爪哇去，同船的便有四百名豬仔。平常形容窮的話，有兩句道：『穿在身上，吃在嘴裡』，說窮人除了身上外，沒有衣，除了嘴裡外，再沒有糧食，這樣，也就真夠窮的了。可這些豬仔們，更窮得厲害：要不是船上供給，連嘴裡的食都沒；要不是怕羞，恐怕連褲子都會賣掉！你瞧，他們多半披著破衣，幾乎赤裸的，縮做一團的神氣，多麼可憐，多麼可慘呀！然而，只知要叫他們去挖礦，只知靠他們發財的荷蘭人，哪裡會有這種慈悲心？

「船行四天，到了邦加的文島（文島是邦加的一個海口，是一個小埠）。因為沒有碼頭，便在海中停下。岸邊盪來了一些划船，乘著十幾個員警，來接豬仔工人。（不是迎接，乃是押解！）有些豬仔，看這個情勢，知道不妙，哭哭啼啼的，抵死也不肯上去。可是，已進了虎口，哪由你自己作主？如狼似虎的員警，等荷蘭人的命令一下，便不管三七二十一的，強迫下船。不肯動嗎？推下！反抗嗎？捉下去！用蠻嗎？警棍如雨點般打下來了！荷蘭人手按機關，還預備開槍呢！這時一片哭聲，誰聽了，也得傷心落淚！何況受罪的又是我們的同胞，我們自然不能不去看看。

「前面說過，這種荷蘭船上的搭客，差不多都是中國人，除了豬仔外，中國人一定還很多，為什麼他們不出來幫幫忙？卻不知豬仔固然可憐，出外的中國人，也和豬仔差不了好多，實在也一樣的無力，因為我們同是弱國國民呢！

「你不信嗎？且聽我說這件慘案；當豬仔們正在下船時，一個中國搭客想看一眼。剛走近船邊，不料荷蘭人忽攔住去路，厲聲地叫他退後。他不懂荷蘭話，又是初從鄉下出來的，嚇得慌了手腳，沒了主意。正在發呆之時，荷蘭人以為他不聽命令，登時大怒，伸出鐵拳來，對準他的背脊，猛的就是一拳。只聽撲通一聲，這位同胞撲倒在甲板上，血流如泉，半天沒有聲息！原來這甲板上有一個汽水瓶，他正倒在上面，瓶被壓破了，破玻璃片插進了他的肚子！請看，這是何等殘酷的毒手！這要是碰在強國人身上，怕會馬上大亂起來，鬧他一個天翻地覆！至少得將無故行凶的荷蘭人捉起來，送交員警，辦一個殺人罪，並賠償受傷者的醫藥費，擔保受傷者的生命安危；要求船主向全船華人道歉，並保證以後不會再發生這樣的事情。

「可是，唉！我們別忘記了，中國人是弱國國民呀！弱國國民，根本就沒有說話的力量，交涉有什麼效力？吵鬧有什麼結果？後來，船主總算大發慈悲，將受傷的抬下船，送到文島醫院裡去醫治了。這件慘案也便這樣地完結了！

「當初我們想，到爪哇後，在報紙上宣傳一下，再要求總領事，努力交涉一下，為那位同胞出出氣。可是，在荷蘭人壓迫下的報館，哪敢說話？弱國的外交，哪有效力？不但交涉沒有結果，氣不曾出，連那位同胞的生命，還不知能不能保全呢！」

九、居留字

陳伯父講完了邦加的慘劇，時間已經不早，便大家都去歇息了。只有韋梅記起這些事來，在床上轉來轉去地睡不著，真個是，又氣又恨，又惱又羞。

第二天吃了早飯，天正下著雨，不便出門，又恰好是星期日，韋梅便又纏住陳伯父，要他再講南洋。陳伯父又叫菊妹先講，菊妹只得答應道：

「好吧，我今天講居留字。我們到了南洋，因為時間來不及，手續沒有辦清楚，有碼頭稅，有擔保人，也在移民廳裡關了一晚，前面已經說過了。

「喂了一晚蚊子，做了一晚犯人，第二天一早，才由我的叔叔，將我們擔保了出去，我們這才得自由地走路，自由地看外國風景。

「到了叔父家裡，坐不了一會，爸爸又叫我們出門，說要到移民廳去。我不覺害怕起來道，『我們還要被監禁嗎？為什麼又要到那地方去呢？』爸爸笑道，『好孩子，不要怕，這回不是到那個移民廳，乃是到吧達維亞的移民廳去領居留字的，不會再被監禁。』

「『什麼叫做居留字呢？不領不行嗎？』我問爸爸。爸爸道，『這地方麻煩著呢。單是交了碼頭稅，找了擔保人，是只能入境，還不能居留的。要居留在這裡，要再到這裡的移民廳去，交幾盾，領取一張居留字才行；不然，便不許住在這裡。』

「於是我們又穿好衣服出門，到一個地方，門前壁上，有一塊白方石，刻著幾個中國字道，『民籍事務衙門』，這便是移民廳，好像一所普通住宅，一點也不神氣。

「過了大廳，入二門，往右一轉，有一個商店櫃檯似的地方，圍著粗大的木欄杆，這便是辦公處。爸爸將護照交給辦事人，又交了我們的照片，每人三張，再給了幾盾錢。辦事人先問爸爸的名、籍貫、年齡、職業、家眷等，然後叫爸爸站在一個木架下，將上面的橫木移動，壓在爸爸的頭上，量爸爸的高矮。再又拿著紙，細細地端詳爸爸的臉，好像畫像一般，看一眼，畫一會。後來問爸爸，才知並不是畫像，乃是記像，就是記臉上、額上、耳上等地方的特點，以便下回認識。最後，居留字辦好了，將爸爸和我的照片，貼在後面，叫爸爸將指頭蘸點黑墨在那居留字上印了一下，這才將居留字給我們說，『好好地收著；如若遺失了，便不能在這裡居留。』

「我們領到了這居留字，這才安心回叔父家去。爸爸在路上告訴我說，『這居留字是暫時的，只能住六個月，所以叫做暫居。六個月以內，如若離開這爪哇地方，那麼，我們所交的碼頭稅，還可以領回來；若過了六個月，這一百五十盾的稅（碼頭稅）便被荷蘭政府沒收了，而這暫居字也沒有用了，須再到移民廳去，再發一張。那張才是正式的居留字，然而也不能永久地有效，只能用兩年。過了兩年，須再請移民廳簽字，延長一年。這樣須簽幾次字，滿了十年，才另換給一張居留字，叫做永居字，或叫做王字，這才可以永久住在這裡，不須再求教移民廳。不過，你如回國去得太久了，再來時，這居留字依舊無用，須重新做過。所以，我說，這地方麻煩著呢！』」

十、丹絨不綠

「居留字弄好了，我們才算定妥，真的住在南洋，可以痛快地玩了。是的，我和爸爸，講了一夜零一早晨，還不曾正面地講南洋，未免太對不起韋梅哥，現在開始講點吧。」菊妹講完居留字，接了這麼一段插話，於是開始講起吧達維亞來：

「我們初到爪哇，上岸的地方，叫做 Tandjoen priok 譯名為丹絨不綠，乃是爪哇的一個海口。爪哇原是海裡的一個島，四面全是海，所以海口很多，不過，最大而又最好的，是這丹絨不綠和泗水兩處。泗水也是爪哇的大埠，以後再說。

「這丹絨不綠的碼頭，建築得很堅固，很整齊，貨倉很多，堆疊排列，起重機伸入天空，一座一座的，都在等著工作：這些，一看就知道是一個大海口。

「由這裡上了岸後，有兩件麻煩事：第一是海關檢查行李，第二是搜查身體。海關檢查行李，原是很普通的事，各國都是一樣辦的；不過，這裡查得特別的認真，所有的行李，都得打開來，一件一件的，細細密密地查看，據說是防人家私帶鴉片。把你的行李翻得一塌糊塗，東西弄得亂七八糟，這才算檢查完畢。

「行李檢查過了，應該可以無事了，可是到了那『出口』處，你的全身上下，還得讓人家摸一回；若是女的，便到那小房子裡去，讓女人去查。據說，這又是防人私帶鴉片，所以要搜查身體。這只對中國人施行的，西洋人不消受這麻煩。他們說，中國人吸鴉片的很多，私帶鴉片的事也常有，所以不管你是窮人闊人，才從中國來的，或是到碼頭接客的，只要你經過這裡，便得搜查一回！

「過了『出口』後，便到了馬路邊。呵！好紛亂！『Taksi Taksi！』很多的人直嚷著。汽車不知有多少，都紛紛地在開動著。爸爸說，『這就是 Taksi Taksi，是馬來話，是出租的意思。原來這些車，都是出租的，所以名字就叫做ㄉㄚㄙㄧ（Taksi）。

「已經到了這個地方，為什麼還要乘汽車呢？不，這裡不過是海口，並非城市。城市在吧達維亞，還要乘二十分鐘的汽車，才能到達。要不，便得由這裡走一長段馬路，到火車站去搭火車，或者電力車。

「電力車，應該到電車站，為什麼到火車站去呢？原來，這不是街上的電車，乃是一種新式的火車，一切車箱，都是用的火車的，不過發動力用電力，不用蒸汽，好比電車一般，用一個鐵架，接在電線上行駛。爸爸說，這電力車才好呢：

走得又快又穩，又沒有煤煙衝入車箱，比火車乾淨得多了。我想，我將來一定要乘一下。

「我們不曾乘電力車，也不曾乘火車，乃是乘的汽車。因為有行李，乘汽車比較方便。由這裡到吧達維亞，汽車費一盾，不貴也不便宜。為什麼不乘洋車（人力車）呢？哈，這裡就沒有這種車子。聽說，從前這地方原有洋車，拉車的都是中國人，時常被外國人欺侮羞辱。那時中國人還有辮子，外國人常坐在車上，抓車夫的辮子，催他快走，如趕牛馬一般，不人道極了。後來中國人一氣，便聯合起來，給車夫們多少錢，全體送回國去，將洋車取消了。這是叔父後來告訴我的。」

十一、吧達維亞

菊妹似乎很歡喜南洋，所以講起來滔滔不絕，講過了丹絨不綠，便緊接著講吧達維亞，她說道：「我們現在離了海口，到吧達維亞去了。柏油馬路，真個是又光又平；路旁的樹木，葉綠枝青；路上的汽車，來往不斷；好一個所在！

「我們的車子，走得好快！只見路上的車輛，紛紛後退，路旁的電杆根根後倒，照這樣快下去，一點鐘怕要走二三百里呢！爸爸說，『這種汽車夫，就老是這樣的：你若和他包鐘點，他便無氣力似的，給你慢慢地走；你若單叫他送到，他便不要命似的，電掣風馳地奔。你別看這條馬路好，這條路上的車禍最多，撞車撞人的事，幾乎每天都有。一來是這條路仄狹一點，二來便是車駛得快的毛病。所以，你們以後走這條路時，須得格外當心！』

「郊外的路走完了，到了市上了。呵，這就是吧達維亞！我在船上時想，吧達維亞是一個有名的地方，一定和香港一般，房子都是洋房，住宅都是高樓，行人和車馬，多得如螞蟻，現在親眼看了，卻不儘然。高大的洋房雖也不少，平房卻更多；車馬行人雖不斷，卻並不大熱鬧。這是什麼道理呢？問爸爸，爸爸說，『南洋地方寬敞，有的是空地，用不著蓋高房子，也用不著擠在一堆，所以平房很多，車馬行人都不覺擁擠。』

「到了叔父家後，叔父見我問長問短，好像很留心研究，便問我道，『吧達維亞怎樣拼寫的，你知道嗎？』我答道，『我只知這是一個外國字，倒不知怎樣拼寫。』叔父說：吧達維亞的寫法是Ba-tavia。我國人也有譯為『八打威』的，也有叫他『吧城』的。這裡並沒有城，為什麼叫『吧城』呢？因為兩個字叫起來方便，又像中國城名，所以，我國人多半叫他為『吧城』。

「這時，已經是下午五點，叔父領我們到馬路上去玩。我很奇怪：一切商店，為什麼都是中國人開的？馬路上為什麼都是中國人？為什麼全不像外國地方，倒像中國？叔父說，『吧達維亞分新舊兩區，新區多外國人，舊區差不多都是中國人。這條路叫班芝蘭，是舊區的中心，所以中國人有這麼多，中國商店占了全市。』

「這班芝蘭倒還熱鬧，各種商店都有。這幾所是水果糖食店，差不多十二月了，還有西瓜和香蕉呢！這幾家是華洋雜貨店，店面很小，貨物還擺得熱鬧，就可惜洋貨多，國貨少，價錢貴！這裡是酒樓！再過去是藥店。這裡到了書店了：玻璃窗內，陳飾得花花綠綠的，有樂譜，有運動器具，有雜誌，有儀器，完全和國內一樣。店裡面也盡是中國書籍文具，還有《小朋友》，聽說買的人很多。這家叫做中西書店，經理張先生，聽說我們初從中國來，特意招待我們，請吃茶，吃點心，客氣得很！張先生說，這條街上共四家書店，都是賣中國書的，帶賣少數外國書。

「這裡又是洋貨店，門前懸著大街招牌，寫著『八周紀念大減價』，樓上有一隊樂隊，大鑼大鼓，響徹耳底，正在奏著廣東樂曲。過去一點，便到了街的盡頭，須過橋了。原來這條街很短，舊區的熱鬧地方，便只這麼短短的一段，以外都是零零散散的。」

十二、紗籠和土人

「還有一件事，我忘記說了。」菊妹想起了什麼似的，接著說：

「初到爪哇的人，一上岸，便看見一些特別的人，奇怪得很！他們頭上包著花布，紫地間黃白花，兩邊耳上，稍為高起，前額上伸出一個尖頭，好像一隻母野雞，伏在人的頭上，也有戴黑色帽子的，頂平而形略扁，好像頂著一隻蒸缽。他們的上身，倒沒有什麼不同；下身真有意思；明明是男子漢，卻人人穿著長裙子，而且有大朵小朵的花紋，鮮明豔麗的顏色，走起路來，一閃一搖的，既不像女人，也不像男子！爸爸說，這裙子似的東西，並不叫做裙子，乃叫做紗籠（Saroeng），是本地土人男女的服物。

「的確，這紗籠是不分男女，大家都穿著的。你瞧，那些不是土女人嗎？她們都穿了這東西呢。她們還留著長頭髮，梳著單髻，垂在肩上。上身穿著薄薄的短衫，有的是綢製的，有的是紗製的，裡面的坎肩兒，很分明地看得出。無論老的少的，胸前都隆起很高，好比西洋女人一般。原來他們都讓乳部聳起，不像我國的女子，把乳部特意紮起來。他們的腳，也是天然的，沒有包。他們有穿高跟皮鞋的，有穿高跟拖鞋的，也有打赤腳的，但雖穿拖鞋，卻沒穿襪子。他們之中，有些嘴唇通紅的，嘴裡還時常吐出些紅水來，好像血一般。爸爸說，『這裡的土女人，素來好吃蔞葉和檳榔，說是可以助消化，洗牙齒，殺牙蟲，這吐出來的，便是蔞葉和檳榔水。中國女人住在這裡的，從前也多照樣嚼著這東西，隨地亂吐，很不雅觀；現在有知識的女子，已經不再嚼了。』

「我想，熱帶地方的人，老是在太陽下晒著，一定都黑如鍋鐵，不料這裡的土人，皮色都是黃黃的，竟和我們差不多，有的女人還很白呢。爸爸說，新加坡的土人黑一點，有的黑得和安南人一樣，只有眼睛與牙齒是白的，以外都是烏油油的。那恐怕也好看吧？

「又是一件新奇的事：這不是馬路嗎？為什麼中間有小河？河裡還有人在洗澡，也有女人呢？女人在馬路邊洗澡，這不是奇怪嗎？有的還在洗衣服。

「爸爸說，『這裡一年到頭的熱，每天得洗幾次澡。有錢人的家裡有自來水，早晚都可以在家裡洗澡（這地方，把洗澡叫做『沖涼』，或洗涼，因為天氣無論怎樣熱，用冷水一沖一洗就很涼爽），沒錢的人家裡用不起自來水，所以只好在河裡洗。每天天還沒大亮，土人們便起來沖涼，順便洗衣服；晚上與中午前後，再各沖一次。人多的時候，沿河一帶，好比肉屏風一般，熱鬧著呢……」

菊妹說到這裡，望著韋梅笑道：「你怎麼想？你以為女人在馬路邊洗澡，也脫得精光嗎？不會的！他們的紗籠長大得很，先拉上齊著肩，將上身的衣服脫掉，然後就穿著這紗籠下水，在紗籠內洗著。洗完後，將乾的紗籠套在身上，將手一鬆，裡面的濕紗籠便落在地上，然後再將上衣穿好，紗籠穿下一點，便完事了。褲子呢？他們是從來不穿的，所以不用換。男子們上身多脫光，下身圍一條手巾，便可以洗了，他們雖然男女不分，同在一處洗，倒也不鬧事，因為大家都慣了。」

十三、洗澡和大便

韋梅聽了菊妹講洗澡的事，新奇有趣得很，不覺說道：「我聽說過，爪哇土人，還是半開化的民族，應該不知道衛生，你這樣說來，他們倒很愛清潔呢！」

菊妹答道：「倒不見得清潔！你瞧，這河裡的水，又黃又濁，聽說是山上流下來的，根本就不乾淨。那邊浮起的樹葉裡，露出一塊青肚皮，不知是死豬，還是死狗。前面一點，不是有人在岸邊，大便嗎？這小孩不是向水裡小便嗎？那些女人不是在洗衣服嗎？可是，這群男女，都在有的洗頭，有的漱口，說不定比不洗不漱還髒一點呢！聽說這河水都是用水閘關起來的，要到晚間才開閘流動一次，真不清潔得很。不過，窮人用不起自來水，又不能不洗洗汗，也許明知不清潔，也不得不將就一下吧？這真是沒法的事！」

陳伯父聽到這裡，忽然也熱心起來，插嘴道：「菊妹說的，只是吧達維亞的情形，其實，這荷屬有些地方，都還沒有自來水，有錢無錢，一樣地要到河裡去洗漱。譬如婆羅洲的坤甸地方，每早起來，誰都得拿著牙刷手巾，去找河水；天乾水少的時候，還得跑遠的路。還有些地方，連河也沒有，只有井。譬如邦加島上的小埠，有的井水多，還比較清潔；有的井水既少，又有黑泥黃沙，還得接些屋瓦上的雨水，添補添補，那也要洗澡漱口呢！

「比較起來，還是鄉下好一點。鄉下有清潔的山水，洗的人少，比這城市上的河水，乾淨得多。」

陳伯父說到這裡，歇了片刻，又說道：

「菊妹剛才說，男女在一處洗澡，慣了，也不覺什麼，這話不錯得很！荷屬有一個地方，名叫吧里（Bali），也是一個小島，那邊的居民，是另外一種民族。他們洗澡時，無論在哪裡，都是男女不分，而且都脫得精光，一絲不掛地洗著，也不要緊。我們中國的男人，初到那裡，看了這些男女，總是站在水邊，直害羞，不敢脫衣服下去，這些男女們，還直笑他呢！

「熱帶地方，水自然是很重要的，因為天天要洗澡，要沖涼。這沖涼，雖就是洗澡，其實用意不同。洗澡不過把一身洗乾淨，沖涼卻是要借冷水的力，把熱氣沖去，把頭腦冷靜冷靜，把血脈刺激一下。說也奇怪，住在這地方，假如幾天不沖涼，便會頭昏腦漲，打不起精神，甚至於害起病來。假如天天沖涼，而且是天明便沖，便不但頭腦清爽，精神舒暢，小病還可以沖去。這樣看來，水的用處，在熱帶地方真大呀。可是，還有一個用處，韋梅一定想不到。

「菊妹，你記得嗎？你初到爪哇的一天，叔父送你到廁所去大便，你直在裡面嚷著，不出來。後來一問，才知道你要解手紙。叔父問你說，『有了乾淨的自來水，為什麼還要紙呢？』你不明白，反問叔父道，『大便為什麼不要紙？』原來，那時你還不曉得南洋地方的人，解手不用紙，而用水洗的。叔父忘記了你是慣用紙的，所以不曾給你紙，也不曾給你說明。

「大便用水洗，原是土人的習慣，後來才普及到各國居留民。土人大便後，照例是用右手持杓舀水，用左手去洗擦，所以他們不用左手拿食物，也不伸左手和人握手，因為怕這左手不乾淨。」

十四、馬來話和馬來化

伯父正在講得津津有味，一直不曾開口的阿英，忽然叫了一聲，跳起來道：「Apa itoe！」原來是一個蜜蜂碰了他一下。韋梅聽了，不懂他講的是什麼，忙問陳伯父道：「剛才阿英弟怎麼叫你阿爸意多？你的名字並不叫『意多』呀。」

陳伯父笑道：「他並不是叫我，卻是說的馬來話。Apa是『什麼』，itoe是『那個』，合起來，就是『那是什麼？』他在南洋說慣了馬來話，所以不覺順口說了這一句。」

韋梅問道：「這馬來話容易學嗎？住在南洋的人，都是說馬來話嗎？」

陳伯父道：「馬來話很簡單，很容易學。你住在南洋，到處都聽得到，久了，不學也會說。南洋的華僑，差不多人人都會說會聽，就是這個原故。南洋的土人，單是荷屬地方，便有很多種族，有馬來人，有爪哇人，有巽達人，有吧里人，還有未開化的野蠻人，言語也各有分別，本不應該單叫馬來人和說馬來話；不過，我們為說話方便，便隨便一點，籠統叫他馬來人，說他馬來話。

「我們中國人的嘴舌，原來很靈巧，學外國話很快，不像日本那樣笨，所以南洋的華僑，都會說會聽馬來話。這自然不是什麼壞處。可是，馬來話說得嘴滑了，連對自己同胞，也說馬來話，對自己家裡的人，也不說中國話，久而久之，便把中國話忘了，變成單說馬來話的中國人！家裡的孩子們，聽不到中國話，自然更不會說了。這樣，一代兩代傳下來，他這一家，中國話便絕了種，這是頂不好的！現在像這樣的家庭，南洋還多得很呢！

「這種人家，不但言語馬來化了，便是思想習慣和衣服等，也和馬來人同化。

「他們生長在南洋，叫做『僑生』，從來不曾到過中國，又不曾讀過中國書，自然不記得中國。他們看見中國這般稀糟，國勢這般衰弱，便根本不想做中國人，情願做馬來人。這自然是少數無識的人；有知識的，決不會這樣，這卻要弄明白。

「這種無知識的人，歡喜和馬來人來往，反看不起同國人；新從祖國來的，尤其看不起，給他起了一個不好的名詞，叫他『新客屎』！他們吃飯不用筷子，也不用刀叉，只學馬來人的樣，用手去抓。他們的女子，穿馬來裝，赤腳紗籠，和馬來女人一般無二。他們情願嫁給馬來人，不願嫁給『新客屎』，恐怕『新客屎』養她不活，又恐怕把她們帶回中國，他們是頂不願回中國的。他們自己，不願做中國人，荷蘭人也不許他們做中國人。為什麼呢？他們不是中國種嗎？不錯，他們本來是中國種；不過，中國政府雖說，『凡是中國種，就是中國人』；荷蘭政府卻說『凡是南洋生，就是南洋人』。

「爭來爭去，至今還沒有分明。究竟將來怎樣，還是要靠我們努力。我先前說過，荷蘭人是欺弱怕強的，我們只要強起來，這些中國人，便不愁他們不交還我國！

「僑生笑新去的人為『新客屎』；新去的人，也給僑生們起一個名詞，也一樣的不好，叫做『娃娃屎』。本來，馬來人就叫僑生Babac（即娃娃），並不要緊；不過加上一個『屎』字，就很難聽了。為這個原故，僑生和新來的，總分成兩派，不相聯絡，這也是很不好的！」

十五、爭一口氣

陳伯父覺得講得太多了，回頭叫菊妹道：「你再講你的吧，讓我休息休息。」菊妹的記性不壞，自己講到了哪裡，儘管旁人打岔，她也不忘記，所以她又從河邊起，接了下去道：

「剛才，我不是說河都有水閘嗎？這種水閘，都是用的鐵門，修築得堅固便利。開閉都有機關，一點不費力；要開就開，要關就關，也一點不出毛病。大的水閘，上面還有小小的露臺，有鐵梯上去。遠遠望著，很像一所洋房。

「爸爸說，『荷蘭本國地方，比海面還低，四圍都是海，國內四處都是河，不能不好好地築堤，好好地建閘，以防水災，以利用海水與河水。因此，荷蘭人很會治水，成了世界上有名的水利工程師。這南洋的水，疏通得這樣好，水閘建築得這樣妙，便是荷蘭人的大功。

「不但水閘修得好，便是各種橋梁，也很巧妙。兩條馬路，中間夾著一條河，怎樣交通呢？自然要修橋。我們這時乘著叔父的車，沿著馬路，慢慢地走，我便留心看一路的橋。

「這橋是連著馬路的，建築得和馬路一樣，鋪著塞門土，砌著行人道，要不是有欄杆，你走過了，還不知是橋。

「這橋是木頭的，窄得很，兩個人空著手，並排起來，恐怕還不大好過去吧？這是專給行人走的，不許車馬經過的便橋。

「這也是一座木橋。可是，當那馬來人走過時，橋為何會搖動呢？原來，這是一座吊橋，左右各用粗大的鐵索綳著，繫在岸上，我們特地下了車，在橋上走了一個來回。起初還害怕，後來才知道很安穩，略微有點上下搖動，好玩得很呢。這也很窄，是行人走的。

「那前面不也是一座橋嗎？為什麼忽然斷了？我們怎樣過去？原來，這是一座活動的旋橋。橋中間有一個機關，撥動他，要拆開就拆開；要他合攏就合攏。為什麼要拆開呢？因為大一點的船要經過時，橋太低，非拆開，就過不去呀。

「這一帶地方，沒有幾所商店，差不多都是住家。過去一點，有一條馬路，很熱鬧，大大小小的商店很多，這時已經上燈，燈光明亮，車馬擁擠，走道上行人也摩肩擦背的，著實不少。爸爸說，『這就是新區，這裡叫做新巴殺，是這裡最繁華的地方。什麼叫做『巴殺』？巴殺是一個馬來字，歐洲人譯做 pasar，意思就是『市場』。由這裡過去，還有一個市場，叫做『老巴殺』。

「老巴殺不大熱鬧，我們沒有停車，直往前走。這裡沒有商店了，空曠的草場，零碎地栽著些花。小路上，有小孩們在玩耍，跳跳蹦蹦，唱唱叫叫，好玩得很。也有些男女在散步，好像是一所公園。這近邊的房子，都是沒有樓的洋式房，收拾得漂亮精美，門前都點著最明亮的電燈，用大紅綢罩兒罩著，越顯得美麗。原來這地方叫做『新門登』，是西洋人住居的地方，空氣好，房子好，風景好，勝過吧城百倍！

「我問叔父道，『叔父，你為什麼不住到這裡來？我真喜歡這裡！』叔父說道：『這裡嗎？這裡是西洋人住的地方，不許東方人住的，你白喜歡了！』我不覺恨道，『這真太無理了！東方人就這樣不好，連住的地方都得分開嗎？我將來長大了，誓必努力，替東方人爭一口氣！』」

十六、有規則的天氣

菊妹和爸爸叔父等，正在『新門登』看風景，叔父看了看天色，又看了一下手表，說道，「八點多了，我們回去吧，下雨的時候就要到了！」

菊妹抬頭望望天空，卻見月明星亮，並沒有烏雲，便問叔父：「這麼好的天氣，怎會下雨呢？」叔父笑道：「你到底是『新客屎』，不懂得這裡的情形！這地方，不單是民族不同，言語不同，風俗不同，連天也兩樣呢！」

菊妹也笑道：「同是一塊天，難道這裡的天上，真有個另外的『玉皇大帝』，開了『天門』，告訴你：什麼時候下雨，什麼時候放晴不成？我倒不相信！」

叔父笑道：「你不要這般嘴尖！且聽我說：這裡的天，自然也是一個太空，沒有什麼『玉皇大帝』；不過，這裡的氣候，比我們中國的確是不同些。你瞧，現在快十二月了，中國已經很冷，要下雪了，這裡還扇著扇子，流著汗，過著夏天的日子，這不是和中國大不相同嗎！」

菊妹點頭道：「這倒不錯！我在香港上船時，穿著棉袍，海風吹來，還覺得冷；船上的暖氣水管，通通開了，恰好不冷不熱。快到這裡時，不單穿不了棉袍，用不著暖氣水管，開了窗戶，穿上單衣，還覺得熱得很，不得不開電扇！五六天的工夫，一下由冬天到夏天，要不是自己經驗過，說起來，誰也不肯相信呢。不過，叔父，你怎麼知道會下雨？我不明白。」

叔父道：「這裡的天氣，雖然一年到頭的熱，卻不是一年到頭的晴，也不胡亂下雨。要晴，就晴幾個月；要雨，就雨幾個月；要雜亂（時晴時雨），也就雜亂幾個月：都有一定的。怎麼講呢？

「這裡每年由五月到十月很少下雨，太陽先生天天忙著，沒有休息，這叫做『乾季』。由十二月到下年三月，晴的時候雖也有，可是，雨點先生，每天必降臨一次，從來少請假，這叫做『雨季』。以外的月份，有時晴，有時雨，有時陰，有時風，沒有一定，變化不測，這叫做『變化季』。現在正是雨季，所以我知道會下雨。」

菊妹還不滿意，再追問道：「叔父，你知道會下雨，因為現在是雨季，不錯；不過，你怎麼知道『現在』就會下雨呢？天空沒有雲呀！」

叔父答道：「別忙，且聽我講完。這裡下雨的月份，既有一定下雨的時間，也差不多是有規則的。大概，由早到晚，每天推動著。譬如：今天是早晨六點下的雨，明天、後天，一定也是這時候；以後每隔兩三天，下雨的時間，改遲一點，一直移到晚上；再又由晚上，慢慢地移到白天：所以我說，差不多是有規則的。昨天、前天，都是晚間九點下的雨；現在又差不多九點了，所以我知道快要下雨了。你說沒有雲嗎？你瞧刮起風來了，遠遠的天邊，不是有一片黑東西嗎？就要下了！」

果然，這時天氣忽然變了，車夫忙將車停在路邊，把車篷支起來，然後往家裡開。走到了半途上，大雨便下起來了！

菊妹被風一吹，精神頓然爽快，不覺高興地問道：「叔父，這裡有電影院嗎？再過三天，我要看電影。」叔父道：「電影院多得很。為什麼要再過三天才去看？」菊妹笑道：「因為呀，再過三天，十點多才下雨，看完電影好睡覺！」

十七、金雞納和熱病

第二天天剛亮，叔父便叫菊妹和阿英，起來沖涼。菊妹揉著眼睛說：「現在不是很涼嗎？為什麼還要沖？」叔父道：「越涼越要沖，你們『新客屎』，尤其要沖得早。為什麼呢？初到這裡的人，過不慣這熱天，容易害一種病。什麼病呢？就是『熱病』。這熱病是：頭痛、口渴，一會兒熱，一會兒冷；一熱就熱得要命，一冷又冷得難當。新來的人，容易得這種病，所以又叫做『新客病』。要不害這種病，便要多沖涼；尤其要清早沖涼。起得早，空氣好，沖得涼，精神好，自然而然病不倒！有些當苦力的人，初到這裡，沖涼之時，還用木棒在滿身捶打，摩擦，使皮膚強健，以免害病呢。」

菊妹聽了，連忙去沖了涼。沒沖之時，像有點怕冷，沖下去之後，卻覺得暖烘烘的；冷水從頭上流到腳上時，已經變成熱水了。不但不冷，反而輕鬆、爽快，這才證明了叔父的話不錯。但是，她還擔心著熱病，沖完涼，擦乾身體，穿了衣服出來後，便又問叔父道：

「叔父，熱病危險不危險？容易醫治嗎？」

叔父答道：「這倒不要害怕，並不危險。不過，從前的時候，沒有治這病的藥，冤枉死了很多人。後來，有一個醫生，發見了一種樹，他的皮可以治這個病，拿來製成丸子，給病人吃下，非常的有效；從此，這病便害不了人了。這是什麼樹呢？便是『金雞納樹』。將這金雞納樹皮剝下，製成白色的丸子，便是『金雞納丸』。這金雞納丸，便是專治這熱病的。犯了熱病的人，只要每天吃他幾顆，幾天便可以治好。」

菊妹道：「這倒是一個好寶貝。我們中國也有這種樹吧？我將來回國以後，定要栽幾棵。」
叔父道：「不成，這樹是生長在熱帶地方的，中國是溫帶，栽不了。並且，熱帶地方，也不是到處有這種樹，只有這爪哇的萬隆（Bandoeng）地方才出產。萬隆和吧城一樣，是爪哇的大埠。地勢很高，全在山頂上，所以氣候涼爽，不像吧城這樣熱，金雞納樹便愛生長在這種地方。荷蘭人知道這東西好賺錢，很細地栽培著，一個一個的園子，全栽著這種樹。又造起很多工廠，專門製造這種丸子。所以，這金雞納丸，我們在這裡的中國人，又叫他做『萬隆丸』。全世界所用的金雞納丸，十分之九，都是出在這萬隆的。單是這東西，荷蘭人每年要賺七八萬盾呢！」
菊妹道：「這萬隆丸既然這樣靈驗，那麼，我不等病來，先吃一點不好嗎？」
叔父道：「本來就可以的。平常的時候，每個星期吃一兩顆可以防熱病。不過，不可以吃得太多了，一來於身體不好，二來耳朵要聾。」
菊妹道：「假使病了，不多吃不能好，那豈不要變成聾子嗎？」
叔父道：「不會，病好之後，只要吃幾次雞湯，耳朵便不聾了。」
菊妹笑道：「這倒不錯！吃藥醫病，病好了，又吃雞湯治藥！聽說，吃菌子中了毒的，要吃人糞，才能解救；我倒願多吃點萬隆丸，因為有好吃的雞湯解救。」

叔父也笑道：「這樣說來，你不怕熱病了？一個人的健康最寶貴，吃雞湯，平常也可以，你還是別歡迎害病吧！」

十八、橡樹和椰子

本來是菊妹講故事，井花的筆頭一滑，不覺代菊妹講述了一長段，現在還是歸還原主，讓菊妹自己講。

這天下午，韋梅的父親，領著陳伯父、菊妹和阿英，去遊公園，韋梅自然也跟著去了。遊了一會，菊妹很歡喜這裡的風景，心裡暗自和南洋比較，覺得南洋的風景，比不上這裡。便又和韋梅講起南洋來道：

「我們到一個生地方，少不了要看看風景，所以，當我們到爪哇兩天後，叔父便領著我們到市外去遊玩。

「一路上，樹林和草場可真不少。草場上的青草，真青得可愛，又光又嫩，好像綠毛毯子一般，到處都蓋著，等著人去坐去睡。可惜沒有什麼花，不顯得熱鬧！樹木雖有各種各樣，卻都是直挺挺的，沒有什麼姿式。為什麼會直挺挺的？我想，是因為沒有冰凍，沒有雪壓，所以不會像我國的樹一般，沒有各種奇奇怪怪的彎曲。

「樹木之中，最多而最普通的，有兩種。一種是光光的樹幹，上面有繁枝密葉，都被栽得整整齊齊的，一行一行地排列著，正面看去是直行，側面看去也是直行：這是橡樹。這樹幹上，有著整齊的斜坑，坑下面掛著一個酒杯似的東西，盛接著樹上流來的白汁，好像接牛奶一般。兩三個馬來人，手裡各提著一個桶，正在倒取這種白汁，一杯一杯的，很敏捷地往桶裡倒，靜悄悄的，好像很專心工作。這白汁是什麼呢？便是樹膠汁。將這膠汁加一點藥品，讓他自己凝結，便是樹膠。什麼叫樹膠？就是橡皮呀！我們寫字時用的橡皮，鞋子上的橡皮底，汽車上的橡輪，皮球裡的橡皮膽，都是用這樹膠汁製成的，都出產在南洋。這種樹雖有用，風景卻不好，因為他們都是一園一園的，高低一樣，大小一樣，行列又太整齊，地上的野草閒花，又被拔得一根不留，只有鬆鬆的泥土。

「還有一種，也是光光的樹幹，幹上一輪一輪的，好像棕樹一般。這種樹，樹多半很高，只有頂上披著一些長葉兒，比棕葉更粗，以下都是光光的，遠望去，好像一個大雞毛撣子，預備長上天去，給『玉皇大帝』撣『天門』（我又開玩笑了）！在這些長葉的底下，長著一顆一顆的圓球，抬頭望去，好像一顆一顆的人頭，上面還連頭髮！這是什麼樹？這叫做『椰樹』。這人頭似的東西，便是它結的果子，叫做椰子。

「『這椰子有什麼用呢？或者可以做球踢吧？』我這樣問叔父。叔父笑道，『瞧！你又說傻話了！椰子重得很，誰能不怕痛，敢拿來當球踢？至於他的用處，卻大得很呢！椰子裡面，有大碗的椰肉，可以吃，可以做糖果，可以取油。這南洋的土人，所吃的油，便都出產在他身上。椰肉以外，還有椰汁，可以當甜水喝，可以釀酒。外面一層頂堅硬的殼，可以做水杓，可以做飯瓢，可以製成各種玩具，可以盛種種東西。硬殼之外，還有一層棕毛，可以做掃帚，可以做抹布，可以織地毯。你想想，他的用處大不大？簡直沒有半點廢物呢！這裡的土人們一家只要有十棵八棵椰子樹，便不愁衣食了！你還說他沒有用！』

「不是叔父這樣一說，我真不會想到這醜樹的用處，竟有這樣大。」

十九、香蕉最多的地方

菊妹說完橡樹和椰子，並不休息，接下去說道：「橡樹和椰子，布滿南洋，都不好看，所以，我說南洋風景不如我國的好。這且丟開，再講別的。

「除了橡樹和椰子外，還有一種植物，也看到很多，我說那是高粱；但是叔父又笑了！他說，『這是高粱嗎？這高粱真特別，生的可以當水果，熟的可以當白糖！這不是高粱，乃是甘蔗呀！』

「原來這爪哇地方，出產白糖，所以甘蔗很多。叔父說，『糖是爪哇的最大的出產，比什麼都產得多，比哪裡都出得大。世界之上，除了美洲的古巴國外，產糖最大的地方，便是爪哇，買賣大得很呢。』

「提起甘蔗來，我又想起了南洋的水果。南洋這種熱帶地方，水果應該很多，而且很好。可是，並不這樣，很多水果，都是從外國運來的。譬如：蘋果、葡萄、蜜棗這些東西，南洋就沒有，要從美國和澳洲運來，所以價錢很貴。橘子雖有，不大好吃，酸中帶苦，我們中國人，還是喜歡買廣東出產的。

「南洋的水果，有和荔枝相像的，叫做『紅毛丹』；有像桂圓的，叫做『露果』；有像黑球的，叫做『山橘』，還有的像雞頭，有的像辣椒，有的像芋頭（叫做『沙窩』），都是南洋的特產，別的地方沒有。有些也很有味，有些我們吃不慣。

「最多最好的水果，要算香蕉，馬來話叫做『皮桑』（Pisang）。這皮桑的種類，據說有幾十種。有小到一寸多的，叫做『皮桑馬司』（Pisangmas，就是『金香蕉』）。有長到一尺多的，叫做『牛角蕉』，是喂馬的；有黃皮而略方的，味最甜，最好吃，叫做『皮桑拉假』（Pisang Radja，就是『香蕉王』）。醫生說，吃這樣一條香蕉，二十四小時不吃飯，也不會餓傷。以外還有『香蕉王后』『牛奶香蕉』『安汶（地名）香蕉』，數不清，說不盡！

「各種香蕉，一年到頭都有，隨便哪裡都買得到。上海的香蕉，又小又爛，差不多是南洋人不吃的，卻要十枚八枚銅圓買一個；南洋地方，兩角錢可以買一大串上等的，那才吃得痛快呢！

「椰子雖是頂普通的水果，氣味特別，我們初到的不要吃。可是，這還不要緊，勉強還可以吃下去；最難吃，最可怕的，還有一種果子，叫做『流連』，馬來話叫做Dorien。這東西好像一個小冬瓜，大的有一尺來長。皮色黃青，皮上有一瓣瓣的刺；毛叢叢的，先就使人看了害怕。吃的時候，須用刀將他劈開。這可了不得了！一股又熱又臭的氣味，比屎臭還鑽心些，半裡路內都嗅得到！裡面是一顆一顆的肉，肉色死白，肉內有一顆扁圓的核，吃就吃這核上的爛如泥的肉。

「這東西，我們不要說不敢吃，看見人家吃時，還得趕緊躲開，緊掩著鼻子。據說，初來的人，吃了也不好，因為這東西很熱，沒有吃慣的，吃了容易生病。假如能吃了，那你便不會想回祖國。因為這東西能留人，所以叫做『流連』；『流連』就是『流連忘返』的意思，這話也不知對不對。不過，聽說吃過他這東西，下次想再吃，不但不覺得臭，反而覺得香，情願不吃飯，不肯不吃這東西。馬來人就常常是這樣的，當了衣服，去買流連，據說是很普通的！」

二十、三保公

菊妹講了一回「流連」，將眉頭一皺，鼻子一縮，做出一個怪臉，似乎還覺著他的臭。她接著講道：

「提起這臭流連呀，還有一段故事：

「你上歷史課時，先生和你講過三保太監嗎？這三保太監，名叫鄭和，真是一個了不得的人！他在明朝永樂年間，奉了皇帝的命令，帶領兵馬，到南洋去了七次，歷史上叫做『七下西洋』，是一個頂有名的故事。這『西洋』便是現在的南洋。

「南洋地方的人，看見他有這樣的本事，大家都佩服得了不得，不把他看做一個人，卻將他看做神。凡是他說的話，無論怎祥，大家都完全相信。

「他看見土人們太愚蠢，太沒用了，想了一個計，想把他們害死，便告訴他們道，『人到了新年的一個月，決不可以吃飯，一定要餓，這樣，將來死了，到陰間去，才有飯吃，才有幸福。』土人們聽了，果然照著辦。三保太監自然也一樣地不吃飯；可是，到了晚上，他卻偷著吃。有一晚偶然不小心，被土人看見了，便問他，道，『我們不可以吃飯，怎麼你又可以吃？』他沒有話說，只得說謊道，『只有白天不可以吃，晚間不要緊。』所以，從那時起，直到現在，土人們在過年的前一個月，還是禁食，白天抓著肚皮餓，晚間拼著命吃，叫做掛紗（Koeasa）。有一天，三保太監拉了一泡屎，盛在鞋子裡，用鞋子蓋著，拿繩子扎緊，掛在樹上。土人們看見了，很奇怪，便問他這是什麼東西。他有心騙他們，便又說謊道，『這是一種頂好的果子，叫做流連，頂好吃。』說也稀奇，這泡屎被他這一說，果然變成了果子。土人們摘下來吃了，還很誇讚他的味道好呢！據說，這便是流連的來歷，所以流連好比屎一樣的臭。」

陳伯父很久不插嘴了，聽到這裡，忽然站住說道：「故事是故事，歷史是歷史，故事是說著玩的，別相信他就是歷史。譬如吧：土人的禁食，實在不是三保太監教的，乃是回教的規矩。原來南洋的土人，差不多都信回教。照回教的規矩，每年過年前，應該禁食一個月，過了年才開禁。這也不但南洋如此，全世界的回教都是一樣的。」

菊妹聽了笑道：「爸爸，你別打岔呀，人家講三保太監還沒完畢呢。」

韋梅忙問道：「有趣的故事還很多嗎？你快講吧！」

菊妹答道：「南洋地方，不論是中國人和土人，誰不知『三保大人』的大名？誰不知『三保公』的大名？這『三保大人』或『三保公』，就是三保太監，他的故事多得很呢！可惜都是零零碎碎的，說不出長篇的來。

「總而言之吧，三保公是南洋土人最敬重的人，也是最敬重的神，所以，他的神話很多。譬如：邦加地方，海邊有一塊大石，上面有一塊凹形，好像一個頂大的腳印。大家便說，『這一塊石頭呀，是當初三保公從這裡經過時，看見這地方好，便站在這，施了點法，頓時從海中長出一個島來，這便是現在的邦加。在他以前，這裡還是一片海水呢。他在石上站重了，所以印下了一個腳印。』離這石頭不遠的海中，有一根木杆，不知是什麼時候留下的，大家便又說，『這是當初三保公繫船的杆兒』，你想，好玩不好玩！爪哇有個地方，叫做三寶壟，那裡還有三保公廟，這卻是真的。」

二一、有些什麼車

菊妹講完了三保公，已遊完了公園，便一同出來，預備回家去。

前面不遠，停了許多洋車，車夫們見他們人多，齊圍了近來拉買賣。菊妹一邊走，一面對韋梅道：「這光景很像南洋的汽車。」韋梅問道：「南洋的汽車，和這裡的洋車一樣多嗎？」

菊妹這時已坐上洋車，來不及回答，只點了點頭，便隨路看著熱鬧，直到韋梅家裡。

吃了午飯後，韋梅追問著汽車的事，菊妹的話匣子，便又開了：

「我先前講丹絨不綠時，不是講過 Taksi 嗎？這 Taksi 就是出賃的汽車，前面也講過。剛才我們在外面走，我看見不少的汽車行，門前都有『出賃』或『出租』的字牌，可知上海地方要租汽車，可以到車行裡去，不是嗎？」

韋梅點頭道：「不錯。不過有些地方，像火車站、輪船碼頭，停著有出租的汽車，就可以在那地方雇用。」

菊妹道：「爪哇地方可不同，你走盡馬路，除了出賣新汽車的，找不到汽車行。所有出賃的汽車，都停在馬路旁的空地上，或在馬路上遊行著，雇起來很方便。汽車停得多的地方，你由那裡經過，只要叫一聲 Taksi，車夫們便蜂擁上來，有的還將車子也開來，紛紛地說價，拉買賣，情形正和剛才的洋車夫一般。

「馬路上來往的汽車很多，哪是自用車，哪是出賃車，怎麼分得出呢？很容易！凡是出賃車，兩邊的車身上，都有一個月亮似的白印，遠遠地便看得出；沒有這白印的，便知道是自用車。這種出賃車，晚上便停在馬路上過夜，車夫也多在車上睡覺，所以一天到晚，一晚到天明，隨便什麼時候，差不多都可以雇得到汽車。

「南洋的汽車，雖然這樣多，可是，到底是貴價錢的車，不是人人都雇得起的，而且近處乘汽車，也不合算，所以，還有馬車。馬車比洋車，似乎也要貴一點，可是，沒有洋車的地方，就貴也得乘馬車了。爪哇的馬車最多，形式小巧：兩個輪子，四根銅柱子，上面蒙著帆布，車左右各圍一節欄杆。車夫坐在前面；乘客由後門上去，連車夫旁邊的座兒，一共可以乘四個客。假如是一個大胖子，便只好獨乘，因為地方太小。這算是一種普通的車子，差不多人人可以乘，車價從一鈁起。汽車須四鈁五鈁起碼。平常辦事的和做買賣的人，來來去去，都是乘的這種馬車。

「馬車汽車以外，爪哇最多的是自行車。這，我們中國人叫他腳踏車，因為他們叫汽車為自行車的緣故。爪哇的馬路修得好，四通八達，無論鄉下山上，到處都有平穩的馬路，哪裡都好走，所以人都願意騎自行車。騎自行車比乘馬車更便宜一點，所以，辦事的人、工人、學生、商人、中國人、荷蘭人、馬來人，大家都買一輛自行車，圖他省錢、方便、迅速、自由。有時候，馬路上的自行車，成群結隊而來，比什麼車輛都多幾倍呢。

「馬路上的車輛，還有電車，和上海的一樣。還有公共汽車，沒有上海的漂亮，可是很多。以外還有一種車子，既不用電，也不用汽車油，卻是用的蒸汽，用完了一鍋爐，又回車廠去換一個，也在馬路上行駛，叫做汽力車。地上裝著軌道，走起來響得很，有點討厭，可是很便宜。這種車只有吧城和泗水兩處有。」

二二、爪哇的交通

爪哇旅行的方便，菊妹也不曾忘記，所以，乘著講車馬的機會，又給韋梅講旅行：

「南洋的地方很大，本來不止荷屬；不過，我對荷屬最熟，所以，多講荷屬的情形。荷屬的地方也不小，本來不止爪哇；不過，爪哇地方最發達，以外各地方還沒有完全開闢，沒有什麼可說的，所以，我所講的，多半是爪哇的情形。這點，要請記往，才免得弄錯。」這是菊妹特別交代韋梅的話。以下便講爪哇的交通：

「你到了爪哇，如果要遊歷，真方便得很。鐵路通著各處，火車每天按時開行，從來不誤點。就可惜沒有夜車，這是因為爪哇地方不很大，由東到西，最長也不過一天就可以到，用不著走夜道兒。

「鐵道之外有汽車道，這比鐵道更長更多，差不多哪裡都可以通。因此，長途汽車到處都有，價錢比火車便宜，又可以隨時停車，讓乘客上下，不像火車那樣呆板，非到站不停，所以，很多人願意乘長途汽車，不肯乘火車，汽車和火車大搶其買賣。長途汽車也有一點不好，機器走得遠了，容易壞，車輪也容易破，半路上出了毛病，說不定要耽擱幾點鐘；並且，長途車很容易相撞，時常鬧亂子，所以很多人不敢乘。

「我國人，住在鄉下的，還是靠腿子跑路。爪哇人連賣小菜的，都乘著汽車到市上去，因為要早早地趕到市場，出賣新鮮的菜蔬和水果。比起來，我國才慚愧呢！

「除了地上，空中還有飛機，海中還有輪船，都好乘好坐。飛機很快，就可惜比什麼車都貴，我沒有乘過，也不知是什麼味道。

「這一天，叔父得閒，叫我和英弟和爸爸旅行去。我問他乘什麼車，他說，就乘自己的汽車。我很高興，因為自己的車，要快就快，要慢就慢，可以自由。

「我們是要到另外一埠去的，那埠名叫做茂物。那裡有個大植物園，風景頂好，所以叔父特地領我們去遊。

「由吧城到茂物，有火車，有電力車，有長途汽車，交通極方便，所以來往的人也極多。有些在吧城做事的人，有些在吧城讀書的學生，都住在茂物，早晚各乘一點多鐘的火車，走來走去的。

「我們的車，清早六點，由吧城動身，七點便到了茂物。一路上，涼風吹面，空氣新鮮，我們都十分快樂。

「鄉下的馬來人真起得早，男的女的，都已經在田裡工作；有的在插秧，有的在犁田，有的卻在割稻，有的已挑著稻穗回去。這地方的農田，看來也就真夠奇怪的了！你想想：犁田是春天的事，插秧是夏天的事，割稻是秋天的事，這在我們中國，是有一定的；這裡亂七八糟，把春夏秋三季的事，聚在一天做，這還不奇怪嗎！

「這時我們的汽車走得不快，路邊的東西，都可以看得清楚。有一種木牌，漆著紅色，上面畫著粗而寬的黑條，我不懂是什麼意思。叔父說，『這是指路牌。』上面畫這樣一／的，是指示你前面要上坡；畫這樣一＼的，是下坡；畫這樣一⊻的，是往下拐彎；畫這樣一√的，是向上拐彎；連畫這樣幾個的，是連著幾個彎：這真太方便了！」

二三、大植物園

菊妹講遊茂物的事，還只講到半路，現在才到了茂物，你聽她講：

「茂物是爪哇一個有名的地方。第一，因為總督住在這裡。總督是什麼官？就是荷屬地方的國王，他是奉了荷蘭女王的命令，到南洋來，代替女王管理荷屬地方的。第二，因為這裡的氣候涼爽，風景幽美。第三，因為這裡有一個大大的植物園，據說是世界第二個，很有名。我們便是順便看風景，專心來遊園的。

「這裡馬路上車馬不多，沒有電車和汽力車，清靜一點。路邊樹木很高大，枝葉濃密；草場上有些花木，一來就像個公園。一個大大的草場，用鐵欄檻圍著，裡面有一群鹿在吃草。頂裡面有一所大洋房，叔父說，『這就是總督府。』

「過了總督府，再轉一兩個彎，車停在一個牆門外，這裡便是大植物園了。今天是星期日，所以，雖然還是清早，遊人已經很多了。這園子很大，有很多的門，我們進的是總門。進門後是一條大的走道，兩邊盡是大樹。樹上都牽著青藤，有的葉大如蒲扇；有的又細如柳葉；有的從上面長出根來，直往下垂，到了地上，又向外面伸，好像大蛇一般。叔父說道，『這裡的植物都是分了類栽的，一類在一個地方，不相混雜。這裡是藤類，所以，從這頭到那頭，兩邊都是藤。』

「看完了藤類，向右轉，有一個水池。呵，好大的荷葉！浮在水面上，足有腳盆大！如果硬一點，恐怕我可以站在上面，把它當船划！那邊有幾朵荷花，瓣兒尖尖的，有的紅，有的白，叔父說，『這叫做鬼蓮。』再往前，有一所洋房，門口架著炮，是總督辦公的地方吧，不許過去。

「回頭幾步，再向右走，經過一段樹林（我們不知是什麼類），下得坡來，有一個圓池，中間有噴泉，還好看。池邊有椅子，還有一個小亭子，可以隨意坐。

「從這裡再往前，經過另外一個水池，到一條溪邊，水不多，石頭倒堆得不少。由這裡過溪，有一道很好的吊橋，我們站在上面，跳得很有趣。橋下石頭中間，有些馬來女人在洗澡洗衣服，有一個女孩子，伸著手向我們，似乎是討錢。

「這邊也盡是樹林。樹林外有十幾塊土地，好像都是栽的花，可是，都還沒有開。前面有一個小亭，幾個馬來人，正在裡面吃什麼；大概是自己帶來的點心，這裡面沒有賣食物的店鋪。

「好！這園子這麼大，這樣細細地遊，半天還走不完吧？我們已經走累了，便坐在路邊椅上休息。我留心一看，每棵樹下，都插著一塊小木牌，牌上寫些外國字。叔父說，『這是說明這樹叫什麼名字，是什麼種，出在什麼地方的。上面注著China（中國）的樹也不少呢。』

「照我看，這裡有兩種樹最奇怪：一種是本地的，樹根都好像木板，露在土外，彎彎的，有的好像圍椅，有的好像圍牆，我還沒有他那麼高呢。一種是美洲的，光光的白白的樹幹，上小下小，中間特別大，好像一個大肚子，有趣極了！

「這時已經十一點多，我們走得夠了，肚子又餓，不等遊完，便出來了。」

二四、中華會館

菊妹講完了茂物，似乎想不起什麼來了，停了嘴。陳伯父提醒她道：「那天從植物園出來，吃了飯後，我們還到中華會館參觀，聽了很多可氣的事，你忘了嗎？為什麼不告訴韋梅哥？」

菊妹點頭道：「啊，不錯，這件重要的事，真的差一點忘了。」韋梅聽了，忙問是怎麼一回事。

菊妹道：「你別著急，讓我慢慢地講。

「那天叔父領我們去參觀中華會館。我以為是一個中國人的住所，裡面一定住了不少的人。誰知走進去一看，卻是一個學校，並沒有旁人住，只有幾位教員住在裡面。我很奇怪，偷著問叔父。

「叔父道，『這南洋地方，到處有中國人，即到處有中華會館。中華會館裡面，都辦一個學校，就叫做中華學校，這也是各處一樣的。到南洋來的人，多少總有點職業，可以自己租房子住，用不著住會館；中國人這樣多，就要住也住不下：所以，乾脆大家都不住，拿來做學校。這門外掛著一塊中華學校的招牌，剛才進門時，你沒有看到嗎？』

「這時，裡面的教員先生，已經出來招待我們。我在旁邊，聽爸爸、叔父和先生談話，只弄得滿肚子的氣憤。

「原來，先生說，『這裡辦學校很難，荷蘭政府壓迫頂厲害，一點不如意，便將教員驅逐，將學校封閉。管理各學校的官員，叫做漢務司。現在這個漢務司，聽說曾在我國北平住過十幾年，所以能說北平官話，也能看一點點中國文。這個人凶得很呢。

「『有一回，他到我們這裡來查看，正逢著學生上課。他到教室時，有一個學生忘記向他行禮，他便怒氣沖沖地問他不行禮是何道理。那學生說，「沒有留心，因為正在用心聽講。」答得不大客氣。漢務司聽了，順手就是一個嘴巴，只打得他眼淚直流，臉上登時留下一個紅的手印！這是文明的荷蘭人，對我們中國小孩子的舉動！

「『這荷屬地方，學校所用的課本，須由漢務司查看後，才許用；不然，可又犯了他的法了！這地方，絕對不許教三民主義。假如哪個學校裡，被漢務司搜出一本《三民主義》來，那可是一場大禍，非驅逐教員不可！他們說，小孩子腦力弱，不應該給講政治上的事，三民主義又是講政治的道理，所以不應該教。其實呢，什麼政治不政治，不過怕孩子們懂得了革命，將來不聽荷蘭人的話，不肯做帝國主義者的順民。

「『此外還有很多的書，也禁止小學生們看。那些講革命的，不准看，還有道理；不料故事和劇本也被禁止！《月明之夜》和《十兄弟》，漢務司竟不許給學生看，這真胡鬧極了！』

「叔父也說道，『荷蘭人的心裡，根本就不願中國人自辦學校，自教中國兒童；可又不便取消，所以，想出種種方法來搗蛋。你瞧，凡是有中華學校的地方，荷蘭人一定辦一個荷華學校，和中華搶學生。中華學校靠中國僑民積錢辦理；荷華學校，由荷蘭政府津貼；他們有錢有勢，中華學校哪裡是對手？要不是我們僑胞熱心，看破了他們的詭計，盡力維持，不讓兒童進荷華學校，恐各處的中華學校，都早已關門了！』」

二五、南洋的教育

「在荷屬當教員的，荷蘭政府調查得很嚴密，除了漢務司外，時常還有偵探，私下到各學校調查，防備教員們對學生講政治，談革命，考查教員們的思想和行為。所以，教員們對不認得的人，不敢隨意談話，更不敢批評荷蘭人。這位中華會館的先生，怎麼這樣敢說呢？原來，他和叔父是好朋友，所以，什麼話都可以說。你聽，他的話還沒有完呢。他繼續著叔父的話道：

「『果然，中華學校，要不是僑胞熱心維持，恐怕都早已關了門；不過，像現在這樣的情形，也還是不好得很。怎麼講呢？

「『南洋的中華學校，都是僑胞自己辦的。你辦你的，我辦我的，各地不相聯絡；我國政府管不到，又不能津貼；南洋又沒有一個教育總會：所以，各學校辦得很不齊，有頂好的，也有頂不好的。頂好的，沒有人去獎勵；頂不好的，也沒有人去取消；這多麼糟糕！

「『僑胞開通和懂事的，自然很多；可是，沒有知識的也有。這種知識不大足的人，因為學校是自己拿錢辦的，便把學校看做自開的商店一樣，什麼事都要自己做主，不管自己懂不懂。有的事，應該辦的，他說不要辦，有的事，不應該有的，他說一定要有這樣，便什麼都不好辦，誰也辦不好了。這樣也是滿糟糕的一件事！

「『這裡的僑胞們，多半是做買賣的，從前生意好的時候，大家有錢，辦一個學校，不愁沒有經費，現在市面不好，生意清，大家都不活動，學校的經費，可就很難弄到了。有很多小地方的學校，都因為這沒錢的關係，停辦了；沒有停辦的，也都危險得很。這才更糟糕呢！無數的小朋友，到哪裡去讀中國書，到哪裡去受中國教育呢？不都會跑到荷蘭學校去嗎？

「『這地方，本來就有些人，願意叫小孩子進荷華學校，不願進中華學校。他們說，讀了中國書，沒有用；學了荷蘭文，將來好找事做。他們只知賺錢，不知讀書不是專為賺錢，是要求得豐富的知識，明瞭祖國的文化。這是因為他們知識不足的關係，沒有法子。不過，這中華學校一關門，他們可就更有話說，不客氣地將兒童送到荷華學校去了！

「『說到南洋的小學生，也有些不好的事。有些學生，把讀書看做隨意課，高興便到學校，不高興便不到，不管功課趕得上趕不上。還有些學生，便是讀一學期，休學一學期，再又讀一學期；或者，讀幾個學期，不等畢業，便退了學；這樣來來去去，馬馬虎虎，弄到功課很不好教，程度非常的不齊。』

「先生講到這裡，望著我笑道，『你也是一個小學生，聽我盡講學生的壞話，很不高興吧？現在，我對你講點教員的壞話，好不好？

「『這裡的教員，差不多都是從祖國來的。有的是特地來當教員的，自然有點把握，教得下去；有的是來找事的，也有的是失業的，自己受的教育就不夠，哪裡能當教員？可是，他們沒有路走，不管教得教不得，也胡亂去當教員，把一些小孩子教得一竅不通，莫名其妙！這樣的教員，恐怕還不止一個兩個呢！你想，該打不該打！我自己就是其中該打的一個，你可別白饒了我！』

「先生說到這裡，不覺打了個哈哈，我們也都笑了。」

二六、馬來人的跳舞

阿英聽菊妹講教育，好像厭了，便問韋梅道：「韋梅哥，你別盡聽姐姐瞎談，屋子裡悶氣得很，我們出去玩玩，好不好？這裡玩的地方一定很多吧？」

韋梅道：「少得很。除了看電影，看舊戲，逛遊戲場，沒有什麼地方好玩。公園也少得很，游泳池又遠，都不好常去。現在天氣正熱，還是在家裡玩玩吧。」

菊妹聽他這一說，可又有了材料。她說道：「上海地方，還有公園，有遊戲場，有舊戲，有大公司；南洋爪哇地方，這些可都少得很，舊戲簡直沒有，沒有好玩的。譬如：吧達維亞的舊區裡，就沒公園；新區雖有一個，卻小得很，也不好，人都不愛去。吧城也沒有一個游泳池。要游泳時，須跑到丹絨不綠的海邊去，每人要買五鈁錢的門票，海水又不乾淨，常有毒魚傷人，海中又沒有欄檻，不方便得很。吧城只有幾家電影院，沒有舊戲，也沒有新戲。有的時候，也有廣府戲，可是，只偶然來一下，個把月便走了。國內有名的歌舞團，好像中華歌舞團，黎明暉，紫羅蘭等，也遊過南洋。他們的歌舞真好。中華歌舞團表演時，戲院裡簡直擠人不下，真熱鬧，真有趣！可惜表演完了便回了國，不能常和我們在南洋玩！因此，在南洋住久了，很有點悶氣。

「我們實在沒有玩的了，便到電影院去。吧城的電影院都不大，形式是長方的，又窄又長。看的人，如果是中國片，自然是中國人多；如果是外國片，那馬來人便多了。馬來人喜歡打架，所以打架的片子，頂受歡迎。就只一宗不好，他們在戲院裡面不守秩序，亂七八糟地吵鬧著，碎紙呀，瓜子殼呀，在空中亂丟，很討厭！

「馬來人有一種跳舞，我們也看過。哼，那真沒有意思！你想，他們在什麼地方跳？就在街邊灰土的地上！每天到了晚間，他們在地上插一根木杆，上面掛一盞煤油燈，也不用燈罩兒，黑煙直冒，火光一閃一閃的，隔遠點便看不清人。他們男男女女，就圍著這煤油燈，彎著腿，曲著腰，偏著腦袋，做著簡單的手勢，一個跟著一個，跳起舞來。男女都赤著腳，女的有時披著一條圍巾，男的有時就將紗籠搭在肩上，胡亂地舞著。

「他們不用樂隊嗎？用著的！他們的樂器很特別：有的像我國的胡琴，卻蒙著布，不蒙蛇皮，下面有一個長柄，可以插在地上。他們的鼓，都是很長的圓形的，只一頭蒙著皮，一頭空著；打的時候，不用鼓槌，用手去拍，所以老是放倒在地上，夾在膝間。這種鼓，大的小的，有很多種。他們也吹笛子和喇叭，和我國的差不多。他們還有一種敲的東西，很奇特。一個兩尺多長的木匣子，擺在地上，上面橫排著十多塊長鐵板（有的是竹板，也有的是木板），用兩個纏著布球的槌子敲著，叮叮噹噹的，竟和風琴洋琴一般，有字音，打得調子出來！敲得快時，還很好聽呢！這些東西合起來，就成了馬來人的樂隊。他們的調子，簡簡單單的，不大好聽。他們就坐在地上，不管有土沒有土，髒不髒。跳舞的女人，有時和著喇叭的聲音，尖著嗓子，唱幾句馬來歌，倒很清脆，就可惜聽不懂。你說這種跳舞沒有意思嗎？看的人倒很多，每晚總要跳到深夜呢。」

二七、打獵

韋梅聽菊妹說，南洋沒有什麼好玩的，便問陳伯父道：「南洋既沒有什麼好玩，那麼，你住在那裡，不是很沒意思嗎？」

陳伯父答道：「住久了，好像也還好，不覺得苦。我們有件好玩的事，你還不曉得呢！」

韋梅忙問道：「還有什麼好玩的事，請告訴我。」

陳伯父道：「你知道嗎？南洋的野獸很多，我說的好玩的事，是打野獸。沒有事的時候，約幾個朋友，帶著獵槍，同到山裡，去打獵，野豬呀，猴子呀，兔子呀，野牛呀，虎豹和野象呀，時常打得到：你想，多麼有趣！」

韋梅聽了，喜得眉花眼笑的，忙央求道：「請陳伯父詳細地告訴我，我真歡喜打獵呢！」

陳伯父道：「南洋這種熱地方，動物容易生長，所以很多。譬如，我們住的屋子裡，蚊子和螞蟻，一年到頭不絕；牆壁上一到晚上，便爬滿了壁虎，嘓嘓地叫著。有一種大的，足有五六寸長，躲在屋簷內，『刮刮刮』地叫，比烏鴉的聲音還粗還難聽。

「這是說的屋子裡的東西；若說到山林裡的動物，那更多了。長尾巴的猴子，各處樹林裡都有。荷屬有個島，叫做蘇門答臘，那裡的猴子尤其多。你坐在汽車上，在山裡走一兩天的路，看不見別的東西，只看見這裡一群，那裡一隊，都是野猴子。吧城到海邊去的路邊，隔一條小港，有一片樹林，那裡面便有不少的猴子。每天傍晚，他們便出來乘涼，在橋上和路邊玩耍。

「婆羅洲也多猴子。你聽過猴子捉鱷魚的故事嗎？鱷魚也是南洋頂多的東西，他們和猴子的故事，等一會再講。猴子這東西，本來就像人，猩猩也和人一樣，機靈得很。他們身體輕巧，能在樹上縱來跳去，好比飛鳥一般，所以白天不容易打到。要打他們，須得在月明的夜裡，等他們睡著了，輕輕地走近去，對準一槍，他逃走不得。打到之後，便帶回家裡，剝了皮，煮著當菜吃，味道好比雞肉，還很好吃呢。有的人，歡喜吃他們的腦髓，單將腦髓挖出來，蒸了吃，我可不敢嘗。

「打野豬也要在月夜。那要到深山裡慢慢去找。若是很多人同去，須得分開，輕輕地走，別弄出大響聲。因為野豬這東西也很機靈，一聽到響聲，便逃走了。這樣地玩，須得特別小心！必須大家約好，用一個東西做標記，免得隔遠了，大家不認得；要不，你伏在一棵樹下，正在細細地聽，有沒有野豬，我站在這邊看不清，以為你是一隻野豬，將槍機一扳，你便完了！這不是瞎說，報紙上常有這樣的新聞呢。這樣地死了，未免太冤枉呀。

「打虎豹和野象等，那可不能隨便，也不容易打到。因為這種野獸很凶猛，打得不好，反而要被他們咬死。打這種猛獸的，多半是軍人。南洋地方太平，軍人反正沒有事幹，所以拿了槍，跑到野外去，拿野獸當敵人，和老虎們打仗！

「打獵不是要用槍嗎？在南洋地方，你可以自己自由地買，買來之後，須得到警察局裡報告，交幾盾錢，請他們在槍上蓋一個火印，才可以用。要不，便算犯法。這火印不是蓋一次便完事，須得每年蓋一次，蓋印的時候也有一定。」

二八、猴子和鱷魚

現在，韋梅請陳伯父講猴子和鱷魚，因為韋梅並不曉得這個故事，陳伯父道：

「人家說，人是猴子變的，所以，我說，猴子和人差不多，機靈得很。南洋地方，既多猴子，也多鱷魚。鱷魚這東西雖生在水裡，卻會爬上岸來，捉人和豬狗當飯吃，猴子也是他們的食物。

「天氣熱得很時，猴子跳到水邊乘涼，坐在樹上吹風。鱷魚看了，便想捉他。猴子仗著自己在高地方，身體靈巧，明知鱷魚不懷好意，卻也不怕，只坐著不動。不料鱷魚也聰明，把他那長嘴巴插進水裡，吸滿一闊口的水，猛地往上面一噴，瀑布似的，沖得猴子腳亂手忙，躲閃不得，坐立不牢，心裡一慌，便落下水了。

鱷魚把他那一尺多寬的嘴一張，這猴子便緊緊地夾在他的尖齒上，逃不掉了！這是鱷魚捉猴子的方法。

「猴子對鱷魚，也不存好心。一群猴子，先找到一些藤索，然後跳到有鱷魚的地方，故意去惹他。惹得鱷魚怒火一發，便起來追趕猴子們。這時，一隻猴子急忙爬上樹去，裝作逃避的樣子。鱷魚見了，便也往樹上爬。不料沒有爬上一半，下面的猴子一齊圍了上來，用藤索將他的長尾捆在樹幹上，使他動轉不得。上面的猴子，再將他一嚇，他使勁一轉身，便頭朝地地倒掛下來，再也上不去了！這樣，便只好聽猴子擺布，打也好，抓也好，等著死！這便是猴子捉鱷魚的故事。

「巴城街上的河裡，聽說也有鱷魚，有的時候也傷人，但很少，看不到。婆羅洲地方，海邊的鱷魚可就多了。你在船上的時候，遠遠地看見水面有兩個發光的東西，那便是鱷魚來了。鱷魚在水裡走動時，總是先露出眼睛來看看，然後才浮出來。他們並不常在水裡，天熱時，反而常跑到岸邊雜草裡乘涼、睡覺，可是，一聽到響聲，便急忙起身，往水裡逃竄。有時候，竄得太慌了，會跳進人家的船裡去！

「鱷魚的尾巴最有力，平常捉人捉動物，便完全靠這尾巴。比如人在海邊走，尤其是小孩子，他從草裡猛然一衝出來，只要尾巴一掃，隨你什麼好漢，也站立不穩，被他掃下海去了！

「鱷魚掃到了人，先不吃不咬，只將人沒入水裡，讓水將他淹死；然後再騎在人身上，在海裡游行，好像殺人時的遊街示眾一般。游行完了，這才找一個有亂石的地方，將人身在石上搗破，然後慢慢地吃。因此，如果有人被鱷魚吃了，你要找他的屍身，便得到有亂石的地方去。

「鱷魚也可以用槍打得到。不過，這東西沒有用，皮不可以製東西；肉不可以吃，所以人都懶得打他們。

「迷信的馬來人，有一種釣鱷魚的方法。他們在小港邊，用一粗長的索子，由這邊牽到那邊，緊緊扎在岸邊的樹上。索中間另垂一根索子，下面吊著一根一尺多長的木扡，兩頭尖，中間粗。將木扡插在一隻死羊或死狗的肚子裡，然後垂在水面。馬來人在岸邊念念有詞，算是施法術。過了一晚，拉起索子一看，死狗不見了。那根木扡，卻釣著了一條鱷魚！馬來人以為這是法術，其實，不施法，鱷魚還不一樣會吃這隻死狗，一樣會上鉤！」

二九、蠻人和野蠻人

陳伯父笑道：「提起婆羅洲和馬來人，我又想起打雅（Dajak）族來了。韋梅，你要聽野蠻人的故事嗎？這打雅族便是野蠻人呢。」韋梅連連答應道：「我要聽！我要聽！請陳伯父馬上就講！」

陳伯父於是開講道：「先前說過，荷屬的民族很多，還有未開化的野蠻人，這打雅族，便是這裡面的一種。婆羅洲是個還未開闢的地方，高山大林很多，這打雅人便住在這山林裡。中國人叫他們為『嶗子』。

「從前的嶗子，完全是野蠻人，從來不和外族來往。外族人如果走到他們的地方去，便休想活著出來，因為他們定會將他殺掉。他們對於殺人的事，是看得很平常的，好比殺雞殺鴨一般，毫不在乎。反過來，他們以殺人為勇敢，為英雄，越殺得人多，越被人稱讚，越被女人愛慕，越是自己的光榮。所以，他們將人殺後，一定將人家的頭割下來，掛在身邊，懸在住家門前，表示他是勇敢的英雄。直到現在，他們的家門前，還有些懸著人頭骨的。

「自從荷蘭人到南洋後，想法子開通他們，教育他們，現在，已有些嶗子開化了，走出山來，和外族人一塊住居、工作。可是，住在山裡的，依舊是野蠻人。

「他們無論男女都不穿衣褲，赤身露體的，只在胯下圍一塊紅布或黑布。男的頭髮剪短了，紮許多小辮子，向上豎著，插著許多紅紅綠綠的雞毛。他們的臉上，都刻著花紋，塗著各種顏色。女子更奇怪，一圈一圈的藤圈，茶杯大小的，至少有十幾個，穿成一串，掛在耳下的小洞內，從耳跟直垂到胸前，以為美觀。臉上的裝飾也奇怪，有的在鼻孔中間，掛一個大銅環；有的在鼻子外面皮上，插入一枝竹簽，長約五寸，直對著額頭；額頭上，再橫插一根竹簽，和鼻子上的一根連起來，成一個十字架。我們看了害怕，肉麻，他們卻以這為頂美麗。

「他們用的武器，有長矛，有尖刀，還有盾（樹皮或木板做的，兩三尺寬，四五尺長，外面畫著亂七八糟的花紋，內面有橫木把手。這東西可以擋箭，可以擋槍，名字就叫做『盾』。我國古時，也用這東西打仗）。他們的戰士，身上披著樹皮做的盔甲，腰間圍著獸皮，右手持矛，左手持後盾，腰下掛著短刀，胸前懸著骷髏（人頭骨），也很威武呢。

「他們打獵時，除了用刀矛外，還用一種竹筒槍。那就是一根長竹竿，一頭粗，一頭細，將中間的竹節打通，刮光，在粗的一頭，放一個小箭頭，套在嘴邊，使勁一吹，箭頭便好像槍彈一般，猛力飛出，可以將鳥雀和小動物打倒。這東西，就算是他們的槍。

「他們過慣了野蠻生活，忽然走到我們的地方來，非常的不慣。前年，爪哇地方開什麼會，這種野蠻人，荷蘭人特地弄來了十個，安置在吧城的博物館裡，售賣門票，讓大家參觀。晚上將他們送到軍營裡，和他們的頭目一同住宿。這一晚，頭目睡著了，有一個野蠻人，忽然拔出刀來，將他殺死。殺了之後，這野蠻人便向外跑，想逃出去，被守衛的兵捉了回來。你想，他為什麼要這樣？原來，他不願住在吧城，苦想著他那山上的家；恨那頭目不該領他來這裡，又不讓他回去，所以一怒便將那頭目殺了！

「這種打雅人，已經開化的，也知道下山來做買賣。可是，腦筋簡單得很，不會算數，什麼都要屈著手指去計算；手指不夠用時，常將腳指也算上去。你看，他們規規矩矩的，一個指頭一個指頭地數著，那才有趣呢！蘇門答臘有一個地方，名叫亞齊，那裡的人民，也算得蠻人，可不是野蠻人。怎麼講呢？他們是開化的民族，至少和馬來人一樣，所以，決不是野蠻人。可是，他們很勇敢，很堅決，不怕死，不投降，蠻幹到底，所以，我說他們是蠻人。這蠻人的精神真可佩服！

「荷蘭人到南洋後，南洋的土人，自然都和荷蘭人打過仗，可是，不久便都降服了。有一種土人，叫做安汶族的，還願意做荷蘭的忠臣，替荷蘭人殺南洋人，打南洋人，防南洋人，直到現在，還是一樣。

「南洋的土人，降的降了，順的順了，誰還有勇氣反對荷蘭人？可是，英雄的亞齊人，一點都不退縮，勇敢地和荷蘭人大戰了三十年，至死不降！荷蘭人雖有快槍大炮，也終究打不倒這堅決的民氣。直到現在，亞齊人還是獨立的！你想，他們蠻不蠻！他們的精神，可佩服不可佩服！假如我們東方人，都有這種精神，帝國主義者，恐怕老早被打得無影無蹤了！」

三十、南洋的土產

吃飯之時，菊妹問韋梅道：「南洋人吃什麼飯，你知道嗎？」韋梅道：「不知道。吃白米飯吧？」

菊妹點頭道：「不錯，中國人和土人，都是吃的白米飯，所以，我們初去的人，吃飯的事倒沒有什麼不方便。南洋是產米的地方，暹羅和西貢（安南地方）的米，尤其有名。荷屬地方，每年便要買進很多的暹羅米。為什麼要買米進來？難道荷屬不產米嗎？

「不然，荷屬原也產米，不過，荷屬出產的東西太多，都很好賺錢，所以，大家都不肯多種稻子，因此，米便少了，非從外面運進來才夠吃。

「荷屬產得最多的是糖，前面已經講過。再就是橡皮。近幾年，糖和橡皮，買賣都不好，價錢都低落，幾乎沒有人要。荷屬的商業，因此大大地不行，無論哪一種人，都困苦得厲害呢！

「南洋人喝什麼？南洋人愛喝咖啡，也愛喝茶。咖啡是樹上結的小果子，摘下來，晒乾炒熟，磨成細粉，便是平常喝的咖啡。這南洋的出產好像泡茶一般，只消把開水一沖，加上一點白糖，便好喝。價錢便宜，味道很香，所以，土人們非常的愛喝；很多人一早起來，非喝一杯咖啡，不能痛快。

「茶葉原是我國的特產，從前西洋各國，不但沒有茶葉，簡直不知道茶是什麼東西。後來，茶葉運到了世界各處，外國人才喝起茶來。因為只有我國產茶，所以外國人都不能不向我國買，我國茶葉的銷路，因此大大地增加，而且是『獨家買賣』。外國人看我國茶這樣賺錢，未免眼熱，便設法自己栽茶。於是，英國人在錫蘭，日本人在日本和臺灣，荷蘭人在爪哇，都紛紛地栽種起來。現在是，他們的茶，哪裡都銷到，我國的茶買賣，輕輕地被奪乾淨了！爪哇的萬隆地方，遍山遍野，都是茶樹，荷屬所用的茶，便都產在那裡。

「南洋的土產，還有一樣東西，也銷得很不少，買賣很不錯，那便是蛇皮。婆羅洲地方，不但猴子和鱷魚很多，大蛇也到處有。土人們將竹竿插在水邊，上面繫著釣鉤，垂在水裡，第二天，清早起來，一竿一竿地把釣鉤取出，一定有些蛇上了鉤。長大的蛇，一條的皮，可以值到幾十盾。一天捕得一條，便大大地賺錢了。因此，土人們靠捕蛇生活的很不少。可惜近幾年來，蛇皮的銷路也不好，捕蛇人的生活也就靠不住了。」

菊妹和陳伯父兩個，無論在家在外，一有空，便和韋梅講南洋。講得詳詳細細的，韋梅就沒有到過南洋，也差不多等於到過了。不過，口講耳聽，總不如身經目見的真確，所以，韋梅想到南洋的念頭，並不因此打消；反而被菊妹和陳伯父一講，更急於想去看看。

恰好這時韋梅的父親，因為有點事，要到英國去，要從南洋過，便答應韋梅，讓他和陳伯父、菊妹和阿英等，一同乘郵船到南洋去，在陳伯父家裡住半年，等自己由英國回來時，再同路回國。

韋梅聽了，滿心歡喜，急忙請教菊妹和陳伯父，要帶些什麼衣服，什麼用具，什麼食物。又和菊妹談了一些南洋的雜事，這才歡天喜地地，到朋友家、親戚家去辭行，預備一兩天內到南洋去。現在恐怕早到了。

選自《小朋友文庫》高級第一一〇冊，

一九三五年九月中華書局出版

十兄弟

一、和神仙比賽本領

五千年前，崑崙國裡發生了一段有趣的故事，流傳到現在，就是這篇十兄弟。崑崙國東邊亂山裡面有一個小鄉村，名叫龍虎鎮；鎮上住一位貧窮的老婆子，懷了十年胎，生下一個大肉蛋來。親戚鄰裡聽說這種奇事，爭著來看，一面賀她，一面又替她發愁。都說：「這樣一個肉蛋，有甚麼用處呢？不是男孩子，又不是女孩子。唉！可怕的怪物！倒楣的窮婆子！」

過了三天，來了個乞丐到她家裡。這時候，肉蛋正在地上跳著，好像從遠處踢過來一個極大的皮球，乞丐連忙捉住，拿出把很快的刀子在上面一劃，忽然從這裡面跳出十個活潑的男孩兒來。他們拜見了母親，又謝謝乞丐，乞丐也不告辭地走了。

他們把蛋皮扯成十塊，分披在身上，都變成美麗而舒適的衣服。他們身體非常強健，生長得也格外迅速，經過一天，恰如平常孩兒經過一年一樣。每人有種特別的形貌，每人也有種特別的本事，後來，全國的人沒有一個不知道這十位兄弟的。

他們特殊的本事，驚動了兩位神仙，要求他們開一個小小的運動會，他們也很高興。南海觀世音騎著一匹四步象，太上老君騎著一匹大黃牛，先和他們賽跑。觀世音說：「我這象一步走上天，兩步到天邊，三步更是快，四步繞天轉一圈。」果然四步繞了一個圈子回來。

老君說：「我這牛打一棒，滿天晃；扎一錐，滿天飛。」果然一棒就晃起來，一錐就飛起來。

弟兄們中，獨有老五的腿最奇怪，是可以任意伸縮的。他就接著道：「不騎牛，不騎象，左腿立在中央，右腿一掄更快當。」只見他身子一轉，一隻腳早在天邊繞了一個圈子。

觀世音和老君都不服，要和他一直跑向天外去。老五一手握象鼻子，一手扳著牛的角，早跑得沒有影兒了，差不多老五已經跑到太陽裡，他們才進月宮的門。

老五勝了，兄弟們都賀他，旁人都叫他長腿老五。

他們又開始賽力氣。

觀世音說：「手指尖尖，彈倒高山！」說著話，卷起袖子向山一彈，嘩啦一聲，山就倒了。

老君也蹺著小指頭兒說：「不要笑我指頭細，鑿口井兒不費力。」於是用小指向地上一觸；真成了一個無底深洞。

老八提著拳頭搶著說：「我的拳頭硬，一捶打得地球動！」只見他拳頭落地的時候，房屋樹木擺了好幾擺，觀世音和老君都恍坐在雲霧裡一樣，模模糊糊辨不出東西南北來，參觀的人也覺得頭昏眼花。

老八戰勝了，兄弟們都賀他。從此就得了一個硬拳頭老八的稱號。兩位神仙很不高興地走了。他們卻快快活活地過日子。

二、沒有效驗的法律

有一天，大頭老大進城——幸福城，是崑崙國裡的一個大城趕集去，滿街的人都圍著他，看他的大頭，老大很不耐煩。正向前走著，忽然一座又高又厚的牆，擋住了去路，老大更是氣。牆下站著許多人，正在商量怎樣打破這座牆，才可以自由走去，老大也加入他們團體裡，討論這件事。有一個老頭兒說：「這座牆實在妨礙我們的交通，我們應該一齊用力推倒它；這不但為我們自己的利益，也是為公眾的利益。」說罷，大家沒有一個不樂意的，就在牆下邊排成一行，舉起兩手來，準備著推。老頭兒在後面喊著，「一！二！三！」大家就猛力一推。不過這座牆實是過於高厚了，一連推了數次，竟如蜻蜓撼泰山一般，絲毫不能動。

過一會兒，老頭兒掉轉頭來對著老大說道：「大頭哥！剛才我失敗了。頭大力氣大，你能碰倒它嗎？我們沾光不淺哩。」一圈的人都勸他試試看。

大頭說：「你們站開些，讓我來試試吧！」他齊牆根對面站著，將頭向後一仰，又向前一碰，嘩啦一聲，一座牆完全倒了！不但如此，牆後面一座妨礙走人的大樓，也給他碰倒了。

滿街的人沒有一個不慶賀他的，並且喊著「大頭萬歲！」可是一件不幸的事情也跟著發生了——樓上住的富人，摔死在地上。

老大見了法官，報告這件事。

法官說：「我的法律，誰摔死人誰償命。明天就取下你的頭來，你還有話說嗎？」

老大說：「法官說得對！我應該服從你的法律，不過我只有一個母親，她很愛我，我想到家看看她去，回來再讓你用刑。」

法官答應了，限他三天回來。

過了三天，大頭老大沒有回來，他弟弟老三到了。

法官說：「老大為什麼不來？你知道他犯了什麼罪？你願意替他受刑嗎？」

老三說：「大哥能孝順母親，母親很愛他。我知道哥哥不是有意摔死人，可是犯了你的法律，我願意替哥哥受刑。請法官允准！」

法官說：「很好，我答應你了。劊子手，立刻取下他的頭來吧！」

劊子手領他到一塊空地上，對著老三說：「站穩了！低下頭！」就見有一個人掄著一把很快的刀向他脖子上砍。說也奇怪！頭並沒有下來，刀卻飛出去了好幾丈遠。拾起來一看，已經捲了刃，切不斷一棵白菜了。小兵的胳膊震得生疼，不由得喊著道：「喂，朋友！好結實的脖子呵！我的刀砍壞了。」從此鋼脖子三的名兒傳遍了全國。

劊子手當下把這件事情報告給法官。

法官道：「嘿，笨東西！我的法律竟無效嗎？人原是不能殺的嗎？你們的刀怎麼這樣的無用呢？好！以後就廢去這殺人的法律！但是！老三！你的罪是不能赦的，明天改用蒸籠好了，你還什麼話說嗎？」

老三說：「法官的話很對！不過我想回家看看母親去，回來受你的刑罰。」

法官答應了，限他三天回來。

過了三天，鋼脖子老三沒有回來，他弟弟老六到了。

法官說：「老三為什麼不來？你知道他犯了什麼罪嗎？你願意替他受刑嗎？」

老六說：「三哥能孝順母親，母親很愛他。我知道大哥不是有意摔死人，可是犯了你的法律。三哥已經替過一次了，現在我願替大哥受刑，請法官允准！」

法官說：「老三既沒有來，我就答應你吧。小兵們，把他裝到蒸籠裡去！」

小兵們把老六領到蒸籠旁邊——這是鐵制的籠。正面一扇門，一面連著一口大鍋，幾十根鐵棍橫豎架在鍋口上，使受刑的人坐在上面。若是關好了籠門，哪兒也走不了熱氣。籠後面堆山一般的木柴，還有許多人正向鍋裡添水。他們請老六進了，關好了門，就點火燒起來。

整整地燒了三天三夜，全城的人都覺得熱了，山一般的柴，也燒完了，小兵們連忙去報告法官。法官說：「好了，不要再燒了。把籠內的肉取出來吧。」

小兵們開了籠門，見老六睡在籠裡打鼾，他們扯住老六的腳，用力向外拉。

老六從夢中驚醒！揉著睡眼說道：「喂！朋友！慢慢的，不要忙！裡面很和暖，讓我再睡一會兒吧。」從此全國的人都知道有蒸不熟老六了，但是法官很生氣地說：「咄！無用的法律。怎麼不能治死一個人呢！以後就停止蒸籠這條法律。但是，老六！你的罪是不能赦的，明天要用滾開的水來煮你了，看你還有什麼本領。」

老六說：「法官的話很對，不過我想到家看看我的母親，回來再受你的刑罰。」

法官答應了，限他三天回來。

三、等候命令中的旅行

過了三天，蒸不熟老六沒有回來，他弟弟老七到了。法官很不高興地問：「怎麼你來了？老六在什麼地方？我想你一定很不願意替你哥哥受刑的，還是快些回去換你哥哥來吧！」老七道：「不！不回去，我願意替哥哥受刑。他能孝順媽媽，媽媽很歡喜他。請法官處置我吧，不要使你的法律不生效力。」法官很奇怪道：「真真奇事！世界上竟有這些愛兄弟比愛自己還厲害的人。來！小兵們，把他送到大鍋裡去，當心著去煮他。」

小兵們讓他自己脫了衣服，跳進鍋裡去，便把一塊大鐵板密密地蓋上，整整燒了三天三夜，山一般的木柴，恰好燒完了，鍋裡的熱氣，把鐵蓋沖得拍拍拍地響了起來。法官聽見了說：「好了，不要再燒了，把鍋裡的白煮肉撈出來吧。」

小兵們掀開鍋蓋一看，喝！老七正仰著身子在裡面練習游泳呢。於是煮不爛老七的大名，又從此轟傳出來了。

法官大怒，把桌子一拍，喊道：「我的法律竟完全失敗了！我再沒有第四種法律可以對付這些怪人了！可是大頭老大實在是有罪，這叫我怎麼辦呢？……哦！很好！老七，你們兄弟破壞了我一切的法律，我也沒有話說，不過你們總是有罪的，我只好報告給萬知萬能的皇帝吧。可是他的法律卻更是十分厲害的。現在，你且回家去，好好地等候皇帝的命令好啦。你還有什麼話說沒有？」老七說：「法官的話很對，我且回家去等候皇帝的命令，我們兄弟統統都在家裡等候著。

我很佩服你的公平。再見吧，願你健康！」

全城的人見煮不爛老七要走了，都歡呼著送他出城，因為他們自從他哥哥碰倒了那座牆和樓以後，交通就很便利了。

老七將近到家的時候，兄弟們早已在村子外遠遠地歡迎他——他們就都很快樂地在家裡團聚著。

當皇帝的命令未到以前，他們做了許多有趣的事：

炎熱的夏天來了，最小而最聰明的弟弟老十提議，要到遠處去旅行，末了再到海邊去洗澡。兄弟們都拍掌贊成。他們便辭別了媽媽，立刻出發。平原高阜，萬水千山他們都一處一處地旅行過了，那一片汪洋的大海，就在他們的眼簾裡出現了。

有趣的洗澡開始了：長腿老五獨自一個人在海水最深的地方跑來跑去，可是他的半截身子，還是露在水面上。他正跑得很高興的時候，一腳不小心，恰好踏著一隻睡在海底的鯨魚。鯨魚吃了一驚，便浮出水面來，向遠處逃去。老五想要捉住他，便一口氣追上去，海水都被他攪渾了，總捉不住他，因為他的鱗太滑了。

老十看見，大聲喊了起來：「看啊！好大的魚！倒像一座大山在海裡呢。」

老二聽著，從水裡鑽了出來，忙喊道：「魚！這是鯨魚！我從沒有吃過。哥哥弟弟們，趕快幫助我把他捉住吧！」老四伸出他那長胳膊來，說：「讓我來吧！這件事你們不行的！」他站在海岸上，高高地舉起兩隻手來，伸出去。一隻手擋住鯨魚的去路，一隻手捉住鯨魚的大嘴，活活地把他提到海岸上去了。

四、海岸邊大吃鯨魚

山一般的大魚，橫臥在海岸上，兄弟們有的騎在魚脊上，有的站在魚頭上，也有走到它嘴裡去參觀的，也有跑到它的尾上去跳舞的，也有在魚鱗片上去滑冰的，只有老二從頭跑到尾，從尾跑到頭，什麼遊戲也不做，只管連聲喊著要吃魚。有時候把鼻子湊到魚口旁邊，去嗅嗅它的滋味，解他的饞癮。

老十這時開口說道：「我們應該開一個會議，商量一個怎樣吃這條大鯨魚的法子，哥哥，你們贊成嗎？」九個哥哥聽了都贊成。那最高興的要算老二了。老二便推舉老十做主席，大家都贊成，因為他最聰明最能做事，人都叫他做聰明童子老十。老十也不推辭，說了一聲好，便開口說道：「我們從來沒有吃過魚，今天難得撈到這麼一條大魚，應當怎樣辦法才好呢？請大家隨便發表些意見出來。」大嘴老二說：「一定要吃熟的，生的不好吃。」大頭老大說：「對的，不過我們不應當吃乾淨，應該送些去給媽媽嘗嘗。」蒸不熟老六，煮不爛老七，聽了這話，都拍掌贊成。

老十說：「我們已經決定吃熟的了，但是怎樣才能煮熟他？請大家再想一個好法子。」長腿老五說：「我想應該借一口大鍋來煮他，現在我就去借鍋。煮熟以後，也是我送去給媽媽吃。」

老十說：「那麼，就請你去吧。我們沒有木柴，拿什麼來燒呢？」長胳膊老四說：「我可以伸手到山上去採些來，大家放心，這包在我身上。」大腳老九向來不喜歡多說話的，這時候，他也站起來說道：「我看，暫時且不要到山上去採，我這裡倒有一點，但不知道夠用不夠用？」老十道：「在哪裡呢？請你且指給我們看。」大腳老九說：「旅行的時候，我記得我的腳底下在路上踹了一個木刺進去，請八哥替我拔出來，看看夠燒不夠燒。」硬拳頭老八聽著，便說：「讓我來。」就在他腳心裡用力一拔，拔出一根又粗又長的大樹幹來，差不多有鯨魚那麼大。

老十說：「現在鍋，木柴，都有了，可是鍋還小了一點，不能煮整個的大魚，最好把它分成一塊一塊的，這件事哪一個能辦？」鋼脖子老三說：「八弟能做這件事，就推他吧。」兄弟們都附著推舉硬拳頭老八，老八也就答應了。

大嘴老二說：「哼！你們別小瞧了我，我也有我的本領呢！我吃東西，極有研究，知道滋味，曉得生熟；哥哥弟弟們，今天就請你們讓我先嘗了。」兄弟們都答應讓他先嘗。

煤油池一般的鍋借到了，大家便搬了幾塊大石頭，把鍋架好了。先在鍋裡添好了水，又放進一塊很大的魚肉，然後把從老九腳上拔下來的木刺，劈成幾千塊木柴，一塊一塊地燒著。

第一塊肉熟了，長胳膊老四把手伸到鍋裡去，把肉拿了出來，往老二嘴裡一扔。哪曉得老二還是直著脖子，張著嘴兒在等著。原來那一塊魚，他並沒有咽下去，不是他不咽下去，因為那一大塊魚恰巧落在他牙縫裡，他一點兒也沒有知道。老四從他牙縫裡把魚剔了出來，用勁往他喉管裡一摔，這才咽了下去。

長腿老五送魚給媽媽回來，大家便都坐在一塊兒大吃而特吃。兄弟九個人都吃飽了，剩下的都滿滿裝在老二嘴裡去。

借來的鍋，送回去了，他們便動身回家。

五、貓參謀調查十兄弟

皇帝得了法官的報告，要看看這件怪事，便親自來到幸福城，又派貓參謀、牛將軍先到龍虎鎮上調查調查。

牛將軍扮成乞丐，貓參謀扮成過路商人，先後向龍虎鎮進發。

貓參謀戴了一頂久經風雨的草帽，穿了一雙跋涉山川的草鞋，挑了一副擔子，擔子上滿堆著兒童玩具和零用物品。當他走進那個小鄉村的時候，看見街心裡圍了一圈子的人；又見幾個奇形怪狀的孩子，在那裡指手畫腳地說話，他就把擔子放在一邊，進去一看，原來裡面坐著一個衣履不全的乞丐——牛將軍。

乞丐發出很悲切的嘆聲和誠懇的要求道：「哎！謝謝你們今天可憐我，給我許多食物和零錢；不過我覺得身上不舒服，誰肯發慈悲送給我一點開水吃？噯噯！」

大頭老大說：「喂！這可以，且等一等，待我去取來。」

商人開始叫賣著，許多人為他擔子上鮮美的貨品所吸引，變換了注意。有的買了一面球形的鏡子，有的買了一個紅髮綠眉的假面具，商人又很和氣地向鄉人說：「朋友們！我是個過路商人，從遠處來到此地，今夜找不到宿店，誰肯留我在院子裡住一夜？」

大嘴老二說：「好極啦！你若不嫌地方狹小，就住在我們家裡吧。我們兄弟都歡喜來個生客談談天。」

商人趕緊笑著答應了。

乞丐喊著道：「啊呀！我今天真病了，開水仍然不濟事，肚子還是非常的痛。怎麼辦呢？善人先生們！」

長腿老五說：「我替你請醫生去，忍耐一些吧！」

商人說：「管這些事幹什麼？他是個不安本分的人，所以變成乞丐；這樣的人是應該受罪的。」說話時，很有譏笑蔑視乞丐的樣子。

乞丐又喊著道：「噯！商人，你的話不錯，現在我懊悔了。」

聰明童子老十說：「商人，你的話不對。他現在病了，什麼都不能做，我們幫助一個病人，也是應盡的義務。比方你現在沒房子，沒有能力蓋房子，難道就沒有住房子的權利嗎？我們願意借房子給你住，正和我們也願意幫助病人治病是一樣的道理。人應該扶助無力的人，不要專為自己！」

商人聽了，羞得滿臉緋紅，就取出一匹布來給乞丐做衣裳。

醫生來了，給乞丐治好病，他們就分頭走了。

六、貓參謀夜談赤子國

大嘴老二把商人領到家裡去，大腳老九替他挑了擔子。夜裡，在月光下面，貓參謀對他們說了一段有趣的故事：

「崑崙國東邊的海濱上有一個赤子國。他們國裡有秀麗而發光的山；幽美而能歌的海；聰明的小鳥，能作忘憂之樂；馴順的小獸，能作合歡之舞；豔麗的花，常噴著清雅的香氣；青蔥的樹上，結滿著無愁的果子；更有著名的風景，便是善的泉、智的淵。」

硬拳頭老八已經聽得耐不住了，忽然插進了一個問題：

「赤子國的人民怎麼樣呢？」貓參謀不覺得笑了起來，他依舊繼續說道，

「那國的人民和我們差不多，是一樣的和氣、信實、平等、自由；不過他們

沒有繁瑣的法律，也沒有固定的官吏。他們不知道戰爭、欺詐、壓制，沒有高低不同的階級。

「無論哪一國的人民，到他們國裡去，都很容易改變了固有習慣；不知道為什麼人人都努力做工——聽說一個人若無故不做工，便得不到一切的權利，他們覺得工作是無上的快樂。

「赤子國的人，不像你們諸位兄弟各有專長，各有奇怪的形狀，他們是一樣的人，和老十差不多；但是他們都會很快地在陸地上，或水上跑；也能長久藏在水裡或飛在空中；又能隔開幾千萬里談話，晤面；他們可以使夏天不熱，冬天不冷，並且開著四季的花……總之他們能做所要做的一切事，不是你們幾位人人做得到的；因為他們在兒童時代，就都在愛的海、善的泉、智的淵沐浴過。

「將來我要到赤子國參觀去，一定要在愛的海、善的泉、智的淵裡洗洗澡，回頭可以更詳細地告訴你們。這是我聽得一個朋友說的。」

十兄弟聽得呆了，都在夢想著赤子國。商人早已停止了他的談話，那十兄弟二十隻眼睛，卻還都注射在他的身上，商人不覺得又笑了起來。

他們的母親很高興地催他們唱月夜之歌，他們立刻攜著手兒一面跳舞一面唱起來。那個歌兒是：

親愛的朋友們，快來唱歌吧，
月兒起來了。
親愛的朋友們，快來遊戲吧，
月兒起來了。
小朋友不要怕！
靜靜地睡覺吧，縱然黑暗包圍著，
光明的月兒起來了，
萬里通明，黑暗逃走了。
你還疲乏嗎？
月兒正在輕輕地撫摩著，
你還寂寞嗎？
月兒正在悄悄地安慰著。
月兒！

你是唯一的仁愛的天使！
你是唯一的兒童的慈母！

第二天清早，商人告別了，他們都互贈了些有趣的紀念品。

七、皇帝親試十兄弟

皇帝得了貓參謀和牛將軍的報告，就請十兄弟到城裡來。

皇帝彷彿過一個重大的紀念日一樣，戴著金冠，穿著一件很美麗的袍子，坐在大理石雕刻的椅子上，對十兄弟說：「來呀，小朋友！你們做的事，我統統知道了，我很喜歡見你們。現在，你們要聽我的命令，各人都做一點事給我看，好作斷案的根據。」他的第一個命令是：「老大，閉上你的眼睛，從大門走到我跟前來。」

老大用手閉上了眼，慢慢地向前走，和捉迷藏一樣，在黑洞洞的感覺裡面，他發現了許多遊移不定的小金星和天矯飛騰的小金龍，覺得很有趣；正默默地前進著，忽然一塊大石頭，絆住了他的腿，老大跌倒了，眼睛睜開了。他即刻爬起來，把石塊搬到旁邊去，重又閉上了眼，走到皇帝跟前。

皇帝問道：「你不願意服從我的命令嗎？為什麼半途中睜開眼睛？又為什麼把我放的一塊石頭搬開去？」

老大答道：「石頭絆倒我以後，我原想照常走過來，恐怕別位走的時候，再給他絆倒，所以我把他搬開了。我知道這樣做是對的，實在不能服從你的命令，請你原諒！」

皇帝讓老大在一旁休息。於是發出第二個命令來：「老二！把這封信送到法官那裡去，回來給我一個正確的報告！」

但是不多會工夫老二空著手回來了，臉上露著很為難的樣子。

皇帝問道：「沒有取得回信嗎？他有什麼話說？請你報告吧！」

老二回道：「法官看了你的信，神氣非常詫異，因為你的信是一張白紙！他隨後送給我一隻很光輝的白玉盤，問我：『皇帝為什麼給你這樣一封信，當時說些什麼話。』我沒有要他的贈品，並且回答他：『皇帝要我一個正確的報告，別的事一概不知道。』他著急，不知怎樣才好；我又勸他，也應該給你一張沒有字的，他似乎不敢，卻託我在你面前說他的好話，什麼公平啦，人民愛他啦……還寫了一大篇的文字。當時我很不高興，便完全拒絕了，一口氣跑回來，所以我沒有法子報告，請你原諒！」

皇帝使老二在一旁遊戲去，又發第三個命令：「老三！請你用這柄銀尺，到市上去換一把金製的剪刀來。」

老三走到國家公司裡，商人竭誠地歡迎他。

老三說：「請你將這一柄銀尺，換一把金的剪刀給我！這是皇帝需要的。」

商人說：「兩柄銀尺，才換得一把金剪刀；但是為皇帝的緣故，請你拿去吧。」

皇帝見老三拿了金剪刀來，非常的高興。但是老三在未交剪刀以前，說了幾句話道：「兩柄銀尺才換得一把金剪刀，請你找還商人一柄銀尺；不然，只好停止交易。損人利己的事，不是我們應該做的。」

皇帝又給老三一柄銀尺，使他送給商人。隨後又發第四個命令：「老四！給我取一百個麻雀蛋來，預備午飯。」

老四站在房檐下，伸出長臂來，問麻雀要一百個麻雀蛋。

麻雀說：「喳喳！你太沒有道理呀！我不容你殺我的小孩啊！」叫著就在老四手上啄了幾下，手上立刻流出血來了。

老四哭喪著臉見了皇帝說：「你這不仁慈的命令，我實在不能服從。看哪！因為聽你的命令，使我流血了。」

皇帝笑他太懦弱了，於是發第五個命令：「老八！給你這把寶劍，趕快把一切的麻雀都殺了！因為他們不願意使我吃麻雀蛋。」

老八並沒有接這把寶劍，立刻說明他的理由：「皇帝！我不能做這件事，也不喜歡再派別人做這件事；因為麻雀兒生活著，決不是為著皇帝才下蛋的！皇帝也不要把人當作是天生的服從命令的奴隸。」

最終皇帝笑著說：「很好！很好。我再沒有命令給你們了，你們給我的教訓實在不小，你們做的事一點兒不錯。好吧！午後休息，明天就辦老大摔死富人那一件事了。」

十兄弟告別了皇帝，很快活地回到龍虎鎮上，把一切的事，告知了母親。

八、皇帝最終的判決

第二天早晨，十兄弟都到城裡，聽候著裁判。

規模宏大的裁判開始了：皇帝坐在正中間；法官是原告，站在左首；老大等是被告，站在右首；全城的人因為此事重要，皆要旁聽，就站在兩旁，擠滿了一廳的人。

皇帝說：「正式開庭了，原告聲明理由。」

法官說：「老大撞倒了橫街的牆，牆裡面的樓也給他碰倒了，無論他是有心無心，富人終是因此而死。按最公平的法律他應當償富人的命。我以法官的資格，已經給他們相當的處分，不過沒有發生效力；所以請皇帝裁判。」

皇帝說：「被告有什麼理由？」

老大說：「撞牆的時候，我不知道牆裡面有樓，也不知道樓上住了人；我覺得這件事，是我樂意而且是該做的；為著公眾的利益做了這件事，不幸死了一個人。」

皇帝說：「誰是富人的親族？……誰是富人的鄰居？……難道他竟沒有親族

和鄰居嗎？怪癖的富人！但是市長在這裡嗎？請答覆我幾句話。」

市長不是別人，正是請求老大碰倒那堵牆，自己喊著一！……二！……三！的那個老頭兒。他請皇帝發問。皇帝問：「富人生活狀況，請你大略報告。」

市長說：「全市的情形，我無一不熟習，獨是富人的生活不大清楚。他住的樓，四圍都是極高的牆，以為這樣可以使市民得不到日光。他又嫌市民煩擾，延長他的牆，斷絕全城的交通。他所有的是金玉珠寶，可以買旁的勞力，供他的需要。但是全城的人，大都不滿意他，都拒絕他的金玉寶貨，因此他得不到一切食品用品。在牆倒以前，富人沒有開他的大門，已經有三個月了。」

皇帝說：「全體市民！你們能證明市長的話都真實嗎？」

一個年長的市民說：「市長的話是對的，我們所知道的，也不過是如此。」

一個少年的市民說：「我不能證明市長的話，完全不錯；但是沒有見過富人的面。前年市民提燈大會，經過他的牆外，從裡飛出許多磚土石塊來，一塊恰好打在我的頭上。」

一個中年的市民說：「市長的話是對的。富人孤獨地生活，並且對待我們，十分的強暴，我們都不願意理他，他雖有錢，可是買不到我們的食物，我想他大約有一個月不曾吃飯了。」

皇帝說：「夠了！富人早已餓死在樓上了，原告理由，不能成立。但是老大撞倒了牆和樓，沒有應得的處分嗎？怎麼判決才公平？」這時老十說：「皇帝可以問全城的人，看他們是什麼意思？人民的意思，不就是皇帝的意思嗎？」皇帝笑道：「對啦！市民的意思，就是我的意思，老十你真聰明呀！……全體市民！你們對這件事有什麼意見？」市長說：「倒牆的運動是全市的意志，不過我們沒有老大那樣的本領，所以不能成功。當日請他為我們做這件有益的事；按理說，對社會有功的人，縱然得不到報酬，也絕不應當受處罰。全市民都以老大為無罪，我可以斷定的。」皇帝任意指了一個市民，問他對這件事有什麼意見。

被指定的市民說：「老大的確無罪，一來富人早已餓死了，並不是跌死的；二來富人死了以後我們的樂趣不但沒有減少，反而加多了。」

皇帝說：「靜聽我的判決，老大無罪，沒收富人的財產，作為建築市立紀念公園的基本金。」

雷鳴似的歡呼聲浪突然發生了，當皇帝和市民都向老大致敬的時候，另有一個市民向皇帝提議，於是歡樂的聲浪，立刻變為沉寂。

另一個市民說：「皇帝，法官的三條法律，不是市民的公意，而且他也沒有做法官的能力，請皇帝宣布用老十替代他吧！」

皇帝說：「老十這樣聰明，只做法官真可惜了，我的意思，讓老十暫時在此練習一年，明年我情願將帝位讓給他，不知道你們的意思如何？」皇帝見沒有人反對，便任命老十做法官。市民聽了話，雷鳴一般的讚美。老十從從容容地說道：「諸位！我不樂意做皇帝，最好請全國的人民共選出許多委員，由委員推出一個委員長，總理國家大事。」市民和皇帝都十分贊成，當時便把皇帝的名稱改為領袖。午後老十就了法官的職，領袖也要回京都籌備選委員的事去，老大兄弟也要回到龍虎鎮。在全體市民的慶祝會裡，聽到最後的呼聲是：「老大萬歲！法官萬歲！領袖萬歲！」

九、老十做法官的大效果

幸福城自從老十做了法官，立時變了一種新氣象。他的法律決不殺人；他沒有私定的法律。他用全城市民的公意，解決有關全城利害的一切事務。這些市民有相同的歷史和習慣，對於事理有一致的是非觀念，對於道德也有一致的善惡標準；所以一切事情，辦得非常順手。

老十做了許多有趣的事，獨這一件很奇怪，就是：有一次，市民捉住了從別地方來的兩個賊，送到法廳裡，老十於是開始審判。

他先問那一個小賊道：「你為什麼偷人家的錢和衣服呢？」

小賊道：「法官！我不是生來就會偷東西，我也不喜歡偷；不過想謀生沒有職業，想做工沒有地方容納，我的肚子不因為沒有工作就不餓，身體也不因為沒有工作就不冷；我的能力閒著不得用，我的需要急得無處求；所以除了偷些東西來維持我的生活外，我想不出別的好法子了。」

老十說：「假如給你工作，你能改好你的行為嗎？你願意償還別人的損失嗎？」

小賊很高興地答道：「我能。我高興工作。只要我有了職業。」

老十也笑道：「那麼，很好。你沒罪，你到市長那請他介紹職業去吧。」

小賊退去了，老十又提問大賊道：「你為什麼做賊？你所偷的東西超過你所需要的了，這有什麼理由？」

大賊道：「我覺得做賊也是一種職業，不過稍微有些區別。他們是間接取利，我是直接取利，目的既是在利，自然多多愈善了。」

老十說：「你選錯了你的職業了。無論什麼職業，一方面可以維持個人生活，一方面又可以供給他人需要。——就是一方面益於自己，一方面也要有益於人。社會不歡迎你這種專門損人利己的職業，你知道你選擇的錯誤嗎？」

大賊答道：「也許你的話是有理由的；不過我喜歡這樣做。我偷的東西都是他們的積蓄，他們現在不需要，藏在他們那裡和藏在我這裡，不是一樣的嗎？想必法律也不是專為個人而設的吧？」

老十道：「法律目的是在維繫全體社會的，不是保障個人特別行為的。不過你既然好做這件事，我也可以特別保護你，現在給你一張護照，你隨便偷誰的東西，都不治你的罪。」

他拿了護照，想偷許多東西，滿足他最增高的欲望。如果有人捉住他，問他為什麼偷東西，他就拿出護照來給他看。上面寫著：

「法律特別保護這個志願做賊的人。你的一切物品，可以任讓他拿去；把你的損失報告給市政廳，自然有相當的辦法。法官老十。」

被偷的人見了這張護照，也就把他放了。於是他又偷了一座美麗的花園，和一幢高大的房屋，把偷來的一切東西都放在裡面，裝飾得和天宮一樣，他現在變成世上第一等富人了；但是他很害怕，怕旁人也拿一張護照，把他的一切又偷了去，所以他很盡心看守他的房屋和花園，不使有被偷的機會。不但白天不敢出門，不敢睡，即在夜間也只是守著門坐著，這真是煩惱、憂慮、恐怖的職業，終於使他病倒在天宮似的房屋裡。

忽然良心一動，使他發生幾個問題：一、我的東西既不願意給人家偷去，難道旁人就願意讓我偷他的東西嗎？二、旁人的勞力結果，一定有他的正當用途，被偷以後，該有怎樣的痛苦呢？三、除了煩惱、恐怖、被咒詛以外，我有絲毫的快樂嗎？我是剝奪人幸福的人，我是有害的寄生蟲！他想到這裡，便鼓起勇氣跑到法廳裡。

老十問道：「你還不能滿足你的欲望嗎？有人妨礙你的職務嗎？」

大賊答道：「不，法官！你的法律害了我，因為我也害了社會，這張護照使我的理想完全實現了，然而結果自己只有悔恨、苦惱；社會只有損失、擾亂，我真選錯了職業了。現在交還這張護照，請你宣布我應得的罪名！」

老十驚道：「你改悔了嗎？將來你怎樣生活呢？」

大賊說：「我要選一種有益於個人，並且有益於社會的職業。我要和從前那個小賊做一樣的工。」

老十說：「應當把偷來的物品退還原主，以後憑你的勞力，還他人的損失，你去做工吧，再沒有別的罪了。」

大賊也變成好人了。

幸福城從此沒有盜賊，沒有乞丐，也沒有爭鬥，全體市民永遠幸福地生活著。

十、遊赤子國前的會議

十兄弟漸漸地長大了，他們自從聽了貓參謀講的赤子國的故事以後，總想著到那裡去遊歷遊歷，機會終於來到了——幸福城裡沒有事情做，即使有些小事，市政廳也很能公平辦理，所以老十辭了職，回到龍虎鎮，邀集弟兄們開始商議。

老大說：「這次旅行，我們應該得些益處，不要白跑一次；或者像從前的海水浴一樣，專為取一時的快樂。在我們這樣單調的因襲的鄉村生活裡，實在沒有趣味。即使不到別處去參觀，對於我們的生活，也應該著實商量一下，怎樣能有趣，怎樣能合理，這點意思，我以為值得討論。參觀的時候，這一方面，須要特別注意，不知諸位弟弟以為怎樣？」

老八說，「當我一個人在家的時候，我就這樣想：世界上面只有我這一個家，家裡面只有我這一個人。太孤獨了！誰做成這種不可避免的孤獨的原因呢？……」

老五不等他說完，就搶著說道：「不但家是這樣，城也是這樣，最好打破一切的大牆和籬笆，使大家能夠在一塊兒遊戲，一塊兒做工。」

老九站在旁邊，只是點頭，意思是說，這話很對。

老十說：「我聽旁人說，龍虎鎮現在這樣，從前也是這樣，不過近來多添了幾間房子。思想、禮教、習慣完全是先人的遺產，幾千年來，絲毫沒有改變；不過一代一代的人稍微換了換面貌。這種事實，真使我感覺著深切的不安。大哥的話不錯，我們應該在這一方面注意，做改善我們鄉村的準備。

老三老四老六老七沒有旁的意見，都催著出發。

老三張著大嘴，唱了幾首催行歌兒：

太陽高高，風和天氣好。赤子國，萬里遙，出發在今朝。
旗兒飄飄，銅鼓咚咚敲。少年隊，真英豪，不憚跋涉勞。
兄弟十人，一齊抖精神。善的泉，智的淵，實能慰我心。
告別母親；辭別了鄉鄰。龍虎鎮，再回頭，面目當日新。

此唱彼和，歡笑著一直往東走。

十一、出發後途中的見識

嚮導自然是長腿老五，他可以跑在前頭探問方向，偵察去路。愉快的旅行，使他們忘記了路程遠近，風塵勞苦，不久他們就來到崑崙國東邊愛的海的西岸了。這裡住著本國的交涉使和赤子國的公使，無論出國或入國，都要向他們問明一切手續。

交涉使發給他們一張參觀旅行護照，把他們的姓名、住址、職業各項，都填得清清楚楚，末了還簽著交涉使和赤子國的公使的名字。又因為他們是第一次團體旅行，而且是少年的旅行隊，特發給他們一張優待券。這張券的效力：坐車，坐船……一切交通器具不給錢；穿衣住房不給錢；吃飯喝茶不給錢；因為這些營業，都歸國家經理。至於娛樂呀，遊戲呀，衛生呀……在赤子國裡是向來不收費的，這可以減少他們旅行上許多滯礙，增加許多興趣。

愛的海正在輕微地柔軟地鼓蕩著，岸上一段宏壯整齊的石階，仿佛一直要伸到海底似的，看不到邊際。許多人坐在那裡，他們也坐下，商量渡海的方法。

老二忽然指著前面大聲地喊道：「看哪！前面又有一條大鯨魚來了！」

老八接著說道：「不是鯨魚！魚背上有這樣高的柱子嗎？他還在那裡噴煙呢。」

旁邊一位客人聽到這種辯論，知道他們不認識什麼叫做輪船，便細細地給他們講明輪船的構造和功用；並且告訴他們道：「船到岸的時候，就泊在這個碼頭，我們都要搭這隻船到赤子國去。」

船靠了岸，許多客人走下來，他們也隨著眾人走上去。船長知道他們有優待券，不但不要他們買票，反引他們到一所寬宏美麗的招待室裡，船上一切的機械──蒸汽機，發動機，電報，電燈，電話，羅盤──和一切的設置──健身房，遊藝室，飯廳，浴池，海上公園——他們也都參觀過了。這種見所未見的情形，很足以滿足他們的好奇心，直樂得他們手舞足蹈。

汽笛叫了三聲，船便離開崑崙碼頭駛向赤子國去。長腿老五要和這船比賽快慢，撲通一聲，跳到海心裡。乘客得到這種新聞，爭著來看，尤為興高采烈的，自然是九位兄弟。起初，船真沒老五那樣快，但是當他感覺疲乏而需要休息的時候，便不能不眼看著他跑在前頭了。他覺得自己沒有特別的本領可以傲人——他們兄弟都這樣想——於是跳到船上，舒服地坐著，快樂地玩著，聽他走去。

安樂鎮是赤子國西方一個最大的都會，在這裡住上幾天，就可以看出赤子國的文明程度、民生狀況和習慣的優勝了。旅行於愛的海的人，要到赤子國裡去，都在此地登岸。

十二、安樂鎮中的觀感

十兄弟到了安樂鎮，被引入一個華麗的招待所裡，市長還派了二個顧問，給他們解釋一切，指導一切，招待一切。

鐺鐺鐺……市政廳樓上的鐘響了十二下，緊接著各家的電鈴琅琅地響起來，顧問立刻告訴他們：「公共食堂就要開飯了。」他們出了招待所，恰好前面來了一輛很大的電車──這輛車專為迎送距離食堂較遠的市民用的。──他們都跳上去，還有不少的市民陸續著上來，末了，就停止在中央食堂的門前。

除了特別勤勞持有優待券的人不付飯資以外，無論工人、農人、商人、發明家、文學家、專門學家、官吏或教師，都是按月或按日付值的。市民吃罷了飯，有的在俱樂部休息，有的在公園或自然的原野裡散步。等到市政廳敲了兩點，工廠也開了，農田裡的機械也活動了，各辦公室、研究室、著作室也都有人在那裡繼續他們的精神工作了。──種種情形，都使十兄弟感覺到非常的奇異與濃厚的興趣。他們繼續著很熱心地往下看。

又經過了兩點鐘，重要的工作，就算完畢，全市若狂的快樂時期，於是開幕。學生們有的在家等候他們的父母，有的隨著教師或同學作種種的研究或遊戲。旁的市民有的到兒童公育局接回他們的親愛的兒女，有的忙著觀劇，觀影戲，跳舞歌唱；有有的緩步低歌在山明水秀的自然界裡；也有跑到體育場參加各種運動的……總之安樂鎮上充滿了活潑與愉快的空氣。

直到六點半鐘，晚餐方能完畢。公民大學各種補習教育，和其他遊樂集會，都在進行著。十點鐘時，一切公共機關都關了門，市民帶著他們的兒童回到自己家裡去。

第二天六點鐘起，鐘在鎮上遍地地響著，市民吃了點心以後，開始今天的工作，嬰兒都被送到兒童公育局，學生也都跑進學校裡去了。除開九點鐘時有二十分鐘的休息以外，一直到十二點才能吃午飯。

顧問又告訴十兄弟下面的話：

「工資是按勞力大小按月付值。各人勞力，結果都能維持他們的生活，而且能夠達到他們直接生活以上的欲望。如果有特別的勤勞，異常的功績，除了應得的工資以外，還可得到長期或短期的優待券。券的效力和諸位所用的一樣。鎮上的電氣事業，自來水，自來火，交通機關等，取價都非常低廉。至於公共的遊樂場所，衛生設備，醫院等都不收費。市民教育費，老人和幼兒養育費，也完全是市政廳負責的……」

這種生活，引起十兄弟無窮的羨慕來。他們離開了安樂鎮到旁的村鎮參觀，規模雖有大小不同，精神總是一樣的活潑愉快。最後他們才知道這都是智的淵、善的泉的功績，他們向智的淵和善的泉出發。

十三、遊歷善的泉和智的淵

善的泉位置在一個廣漠而幽靜的曠野中，是世上唯一的溫泉。善的蒸汽彌漫在赤子國的空間，所以鮮豔而芬芳的花兒，永遠在開著；甘腴而碩大的果子，永遠在結著；溫柔而美麗的鳥兒，永遠在歌舞著；雄偉峭拔的山，為善氣所籠罩，常在靜靜地微笑著；汪洋而浩渺的江河，更是輕微地活潑地鼓舞善的波，喜孜孜地流蕩著。

十兄弟浸在善的泉的深處，拜見了善的神和愛的神，只有讚美和崇拜神祕的自然，更不想什麼了。嗅了這樣芬芳的花香，一切疲勞立刻變為興奮了。吃了這樣甜蜜的果子，一切願望立刻感覺滿足了。聽了這樣宛轉的歌兒，一切煩悶立刻化為快樂了。對著那雄峭而微笑的山，他們不知道什麼叫卑鄙、詐欺、嫉妒、自私與猜疑。對著那汪洋而活潑的水，他們也不知道什麼是傲慢、殘暴、壓制與階級。若在月明的夜裡，或遇到溫暖的清風，燦爛的繁星，水光山色，鳥語花香，無一不令人愉快。赤子國真不愧為極樂世界呵！

十兄弟竟變成了這國的人民，心內只有一個愛！身外只有一個美！

不過赤子國的人民，不專沐浴在善的泉裡。因為他們的善心，時常被塵埃汙染，他們的生活，也時常受各種勢力的限制；他們不得不時時改善自己的環境，不能不抵抗生活上的一切妨害，不得不使他們的善心更為發展，更為清潔正當。獨有沐浴在智的淵裡，可以幫助他們解決一切困難，建築一種適當的人生。

十兄弟便離開了善的泉。

智的淵也在一塊廣漠而幽靜的曠野中，是赤子國裡唯一的冷水，在這裡沐浴並不妨礙健康，而且人人承認這是極有益於衛生的。這裡有長生不老的美鳥，有四時常春的鮮花。雄偉峭拔山上，隱約地流露著五光十色的光彩，汪洋浩渺的水裡，鼓蕩著日新月異的波濤。十兄弟遊覽一周，把衣服脫在有求必應的岸上，一個個都跳到淵的深處去了。

智的淵裡面有幾千個深洞，洞前面掛著一塊美麗刺眼的小牌子，上面寫道：「你要什麼？」洞裡面有一位絕頂聰明的智的神，坐在那裡，沐浴的人如果不回答那個問題，他就進不了那個門，不知道洞裡面有什麼東西，得不到沐浴的益處。

可是十兄弟是想要些東西的，所以他們見了「你要什麼？」這個問題，都有答案。

你要什麼？

老大這樣答：「我要知道天為什麼有星辰雨露？地為什麼有山川草木？人為什麼有生老病死？時為什麼飛流不住？」智的神把他引入「自然科學的洞」裡，告訴他說：「找吧！這裡能答覆你的問題，滿足你的欲望。」

老二這樣答：「人們為什麼智愚不齊？好惡各異？文化如何起，將來變到什麼田地？」智的神把他引入「教育的洞」裡，給他一個滿足的答覆。

老三這樣答：「人類怎樣才能平等？社會怎樣才能沒有階級？怎樣可以化除戰爭？怎樣可使貧富均齊？」於是他被引入一個「社會科學的洞」裡，使他知道了歷史政治法律經濟。

老四這樣答：「什麼可以陶冶性靈？什麼可以豐富生趣？人類什麼表現，才能與自然的美抗衡呢？」他被引到「藝術之洞」裡，去解決這個奧妙的問題。「創造之洞」使老五知道聲、光、化學一切原理和應用的方法。「博物之洞」使老六知道鳥獸花木的名稱種類與其所以繁榮，又知道天地的構成和年齡。老七跑進「醫藥之洞」。老八跑進「工藝之洞」。老九跑進「農藝之洞」。老十因為要解決人生與天地的究竟，便走到那神祕的「哲學之洞」。

大家出來之後，又一齊被引到「藝術之洞」，明白了許多聲音和形態的美的原理，練熟了一切美的藝術。十兄弟竟變成了這的人民！心內只有一個理！身外只有一個新！他們都求到自己所需要所預期的知識了。他們的智慧便是他們知道赤子國怎樣產生這樣合理的制度，高度的文明，人民為什麼會有這樣平等而自由的生活了。他們的理性使他們對於祖國故土，起了深深戀念，感覺到責任的壓迫了。他們的熱情使他們努力奮鬥，奔向建設真美善的坦途上了。

他們感念貓參謀，他們感念赤子國的一切，他們欣欣然離開智的淵回到安樂鎮。幾個月的特殊工作，使他們每人得到一張優待券，加上應得的工資，恰好換了一架堅大的飛車。

剛好全國委員長，公舉了老十承當，九位哥哥都被選為委員，於是十兄弟很誠懇地致謝於赤子國，致謝於安樂鎮的市民，登上飛車，駛向京都去了。

小朋友們！你們要知道現在的崑崙國和龍虎鎮是怎樣的情形嗎？你們要知道赤子國的愛的海、善的泉、智的淵在哪裡嗎？最好你們也作一次參觀旅行，實地看看去。

猩猩姐姐

一、洛賓老伯的故事

有一年，蛇生鬍子馬生角，桌子生了九隻腳，這一年是極奇怪的一年。洛賓老伯這一年夏季在大學校畢業，因為他長得很漂亮，學問又好，所以有許多女子要和他訂婚。最愛他的，就是梅林小姐；他們都得了父母的許可，快要訂妥了。

一天下午，洛賓和梅林在林子裡遊玩，不料青草裡有一條大蛇，見她十分美麗，忽然躥了出來，要把她吞下去。正在極危險的時候，洛賓跑攏去，抱住梅林轉身逃走，不幸被蟒蛇纏住他的左腿。洛賓放下梅林，彎轉身體，和蛇對敵。結果，蛇受傷逃走了，不過洛賓的左腿，也被蛇咬了一口，紅腫得很厲害。

一轉眼，一隻雄獅從林中跑了出來，直向梅林撲去，把梅林嚇暈了。洛賓不管死活，迎上前去，用盡平生之力，向獅子的左眼一拳打去，恰好把大眼球打得翻轉過來，獅子大吼一聲，向林中逃去，只因經不住痛，也像梅林一般暈過去了。

後來被獵人捉住，送到北京萬牲園去，關在鐵欄裡。看書的小朋友們，大約還見過他的，這就可以證明我不是說謊。不過洛賓的臉上，也被獅子抓了一把，皮破肉爛，血流不止。

三個月以後，洛賓從醫院裡回來，已經變了一個人：臉皮上盡是疤印；兩道眉毛，挪到上嘴唇上去了，恰好變成兩道八字短鬍；鼻子橫擱在眼睛上面；耳朵挪到後頸窩裡，並在一處；左腿腫得太大，把右腿擠斷了。——唉！那個樣子真難看。他的父母，十分傷悲；但是他們想，留了活命，還是萬幸，便替他造了許多應用的器具，讓他在家裡養息。

洛賓最煩惱的事，就是梅林賴了他的婚約，嫁給別人了！當梅林出嫁的第二天，洛賓氣得暈過去了，從樓上跌下來，他的四肢，都一件一件地跌散了。可憐的母親，一面流淚，一面把洛賓的五官和肢體，照最先的樣式，一件一件地擺好，用膠水粘起來，再用溶化的蠟，塗在他的臉上；再用生髮油畫了兩道眉毛；把他的一隻大腿，從中割做兩條，接成原來的樣式。——這一很辛苦的工作完了以後，恰好洛賓醒了。他站了起來，喝！比幾個月以前的洛賓，更漂亮得多啦！僅僅有一點小小的缺陷，就是每隻腳只有兩個半腳趾，不過這沒甚要緊，因為穿上襪子，誰都看不出來。

梅林聽見洛賓這個消息，立刻和他的丈夫離婚，跑到洛賓家，立刻要和他結婚。洛賓自然很不願意；但是梅林最後和他說：「限你一秒鐘答覆我，不然，就要和你拼命。」但是這一句話還沒有說完，早已過了十秒鐘，梅林便揪著他去跳井。走到井邊，洛賓先跳下去，他的小狗邦邦兒也跟著他跳下去。狡猾的梅林，她倒不跳了，仍舊跑回他丈夫的家裡，重新又和他的丈夫結婚。

洛賓和邦邦兒向井裡掉著，一直掉了一整天，還沒有掉到井底。原來這口井是「無底井」，直通地球的那一面。他們一直地向下掉，整整掉了三十年，洛賓和邦邦兒都老了，洛賓的頭髮鬍子都白了，一隻小黑狗邦邦兒，也變成純粹的老白狗了，剛好在一月一日這一天，掉出了井的那一面。

不過他們掉的時候，是腳朝下，頭朝上，掉出來的時候，那一面的人卻是腳朝上站著，頭朝下懸著。所以洛賓只好用手做腳，腳來做手。邦邦兒更可憐啦！只好四腳朝天，用背在地上擦著，加上一塊白竹布的篷，正像西湖中的遊船。他們這樣吃了一天苦，好容易遇著一個戲場裡的小丑，教會他們翻筋斗，才把身子翻轉過來。

　　那地方叫冰冰國，原來是冰結成的大地，只有冷天才可以停住，一到熱天，那一片大陸便要移動，一直向北方流去。所以冰冰國的人，都是趁著春季向真的陸地上逃走。這一次，單留了洛賓和邦邦兒在那裡，沒有逃脫，流，流，流，一直流到北極去了。

　　一直過了三年，沒有一個人知道洛賓和邦邦兒的下落，只有一隻熊，曾看見過他們一次，那熊便替他們拍了一張照片。我們只要看這照片，不用再說明，便可以知道他們的情形了。

　　那冰山流到極北的地方，再不能往北了，因為已經到了北方盡頭了；所以他要再流，便是向南方流了。流，流，流，流了許多的時候，又流到赤道的地方，冰也完全溶化；剛好剩著他們腳上的一片冰塊，把他們載到了一座島上。

　　再過了三年，洛賓才在島上和他的妻子正式結婚。他和誰結婚呢？喝！真是一位很稀奇的洛賓夫人。原來洛賓受了梅林小姐的欺騙和侮辱，他立誓不和小姐們結婚。凡是女人，他都不敢交際；所以他便和一隻黑毛大猩猩結婚。這位很不漂亮的洛賓夫人，卻是很能幹，很有良心，很愛她的丈夫。於是一個很快，很整齊，很富足的家庭，也因此成功了。

第二年，洛賓夫人生了一個女兒。這個奇怪的女兒，剛生下來，便開口問道：「爸爸，媽媽，我叫什麼名字？」他的父親剛要答覆她，她便搶著說道：「我叫猩猩姐姐，好不好？」洛賓答道：「好極啦！」現在就是猩猩姐姐出世的一天；也就是許多眼睛瞧在這個地方的這一天，我們若把這一天寫出是某年，某月，某日，決不能一律相同，所以我們只能叫這一天做「三怪節」，就是怪年，怪月，怪日。

五年之後，洛賓老伯的家裡，更熱鬧了。應該先把他們家的人，一位一位地介紹一遍，再說別的話。

洛賓夫人生產猩猩姐姐時的情形。坐在旁邊診脈的，是一位很有名的醫生。

袋鼠太太是猩猩姐姐的保姆，常常把猩猩姐姐放在她胸前的肉袋裡，在野外遊玩。

野貓大力士，是隨時保護猩猩姐姐的武士。

刺蝟姑娘是教授猩猩姐姐遊戲的老師。

雞大嫂子，是專管掃地的老媽子。

鼠大姐和鼠二姐是專管洗衣的丫鬟。

還有一個廚子叫老蛙，現在出門買菜去了，等他回家，我再介紹。

這種有趣的家庭，誰也可以希望得到，因為這個家庭在你們腦子裡；若是腦子裡沒有，這本書中也有，不過請你們先到腦子裡去找一會，萬一找不著，再到書中去找罷。

二、奇怪的親戚朋友

列位小朋友，世界上最奇怪的東西，就是生物。一顆小種，忽然發芽，長葉，開花，結實，這些植物，到底是誰教他這樣做呢？各種各類，各有不同，各有各的用處，這到底是誰發明的呢？喝！這些動物大的大，小的小，矮的矮，高的高，飛的飛，跑的跑，游的游，跳的跳，成千成萬，不知多少——請教這些有趣東西，又是誰製造出來的呢？再說我們人類罷，五官，四肢，何等的靈敏！思想，能力，何等的神妙！一切植物和動物，都敵不過人類。列位，試問我們人類，又是誰製造的呢？——這些問題，實在沒有妥當的話可以答出來。若說這些都是神製造的，那麼神是誰製造的呢？若說神就是神的神製造的，那麼神的神又是誰製造的呢？

憑你怎樣說，神的神的神的神的神的神……就說一輩子也說不完呀！

這種問題，因為我們的學問有限，還不能夠解決。現在，我們且把他擱起，先來努力求學，學問充足了，自然有解決的這一天。

「啊哈！啊哈！猩猩姐姐，你好啊？我們久不見了。你吃過飯沒有？」……我們若是這樣問她，她一定要大笑，或者答出來的，簡直不合我們的習慣。我們試試看：

「猩猩姐姐，你好啊？」「你問什麼東西好？」「自然是問你身體好呀。」「我的身體嗎？一點也沒有破，自然很好。」「猩猩姐姐，你吃過飯沒有？」「飯呀，飯是什麼東西？我可沒有吃過。」「猩猩姐姐，你從哪裡來？」「我不從哪裡來。」——照這樣問她，她越答越不通，因為她生平，沒有一個人照這樣問過一次，所以她答不出來。

原來她除開她的父親以外，她的母親，保姆老師，僕人和一起的鄰居，親戚，朋友，都是很奇怪的。她家裡的人，上節已經說明了，現在，我且把她的鄰居，再慢慢地告訴列位：

白太太和她的三個女兒，是猩猩姐姐的左鄰。

黑太太和她的五個兒子，是猩猩姐姐的右鄰。

猩猩姐姐的兩家鄰舍，都是很窮的，飲食房屋，都是歸洛賓老伯供給。因此，她們常常替洛賓老伯看守前後門，若見凶惡的東西走近來，她們便大聲報告，好讓洛賓家裡的人防備，所以洛賓也很優待她們。不過守門的職務，很不容易，因為猩猩姐姐的親戚，朋友，十分奇特，一不留神，就要得罪他們。

長耳驢是猩猩姐姐的表叔，是一位有名的陸上運動家。獨角犀牛是猩猩姐姐的姨母；河馬醫生是猩猩姐姐的舅父，都是當時很有名的游泳大家。長頸老麒麟是猩猩姐姐的乾爹，是慈善孤兒院的院長。還有豬大傻子，熊大胖子，長鼻子博士，白的黑的灰色的小兔子，大獅子狗，小獅子狗，貓大咪子，大公雞先生，許許多多可愛的東西，都是猩猩姐姐的朋友。

上面所說的許多親戚朋友，差不多每日到猩猩姐姐家裡聚會，他們每天十分的和睦，十分的快樂。列位，請看一看他們到食堂去吃飯的情形，便可以知道他們活潑得很，照這樣排隊吃飯去，差不多每天如此。

小朋友們，我單講猩猩姐姐家裡的事，已經說了許多話了。現在，且聽我開始講她的故事。

猩猩姐姐是一個膽大心細的女孩子，平常和老師朋友們在一起練了一身好本事，能夠爬山，上樹，游水，溜冰，扔石子，射竹箭……所以住在猛獸很多的地方從來沒有吃過虧上過當。她有一匹很得力的牲口，她叫他做「夜珠」，其實就是野豬。這一匹豬，又跑得快，又能保護主人，他抵敵的兵器，就是用他的嘴，他能夠把很大的樹，用大嘴連根挑出土來，常言道得好：「三百斤的野豬，只有一張嘴。」所以無論是誰，都不敢惹他。

一天，猩猩姐姐騎著夜珠到森林裡去遊玩，走不多遠，遇一群猛獅，正在林裡追趕兔子，猩猩姐姐連忙從夜珠的背上，往上一躍，抱著一根樹枝，一搖一搖地扒上樹梢，從口袋裡掏出石子來，一個一個向著獅子打去，不多時把獅子都打退了，便救了四隻兔子的性命，兔子們忙拜謝她救命之恩，並說明是特意到她家裡去拜壽的，她便帶著兔子回家去了。——列位，她的朋友，也十有九是遇著這種機會才交結的，所以她每年總要增加幾個新朋友。

這一天，太陽忽然從西方鑽出來，向著東方移動，河裡的水，忽然回轉來，向著高的地方流去，一切的樹，忽然一齊結了果實，果實又裂開了，變成美麗的花，忽然這些五顏十色的花又收起來，變成許多嫩蕊；這些自然界的東西，都任意玩耍起來，好不有趣！到了正午，天空中忽然掛上三百六十一個月亮，圍著太陽，星兒也排成圓陣圍著月亮。啊呀呀！真是十分的光明！一會兒，世界上的樂器：什麼鋼琴，風琴，簫，笛，胡琴，弦子，月琴……自然地響起來，一齊奏著極好聽的樂調，那時候世界上的老先生，老太太，頭髮忽然黑了，臉皮忽然嫩了，身體也忽然縮小了，一齊變成小寶寶了。——原來這一天，是猩猩姐姐十周年紀念之期，所以有這些稀奇古怪的事情發見，請列位記著，這時候正是奇年，奇月，奇日，叫做「三奇節」。

但是，猩猩姐姐滿了十歲，她的家裡便有些不如意的事發見了。第一就是她的父親——我們的洛賓老伯，忽然被金錢豹子搶去了。

三、慶祝會和辯論會

猩猩姐姐的家裡，有兩個專門招待來賓的人，一個叫做白娃娃，一個叫做黑娃娃，他們兩個都是洋囡囡變成的。這一天，正是猩猩姐姐的生日，許多奇奇怪怪的來賓，到她家裡來慶祝，十分的熱鬧，現在，待我把慶祝會的節目寫出來：

1 奏樂開會——呱呱叫……森林音樂隊
2 對國旗行三鞠躬禮……全體
3 國歌…………全體
4 慶祝歌——十景小菜……來賓
5 滑稽祝詞——長生不老…洛賓
6 報告——十年的經過……猩猩媽媽
7 新說書——亂七八糟……鸚鵡小猩猩
8 獨唱——人人笑……畫眉夫人
9 大鼓書——娃娃蓋瓦……烏鴉姑娘
10 拳術——天下無敵……猢猻大力士
11 四部合唱——不入調……牛、驢、貓、狗
12 幻術——偷桃……小猴子
13 細樂——採花曲……蜜蜂
14 跳舞——霓裳……蝴蝶

列位，我們只要看看這張順序單，便可以知道那天的熱鬧。他們一直鬧到晚上十點鐘，大家才陸續地辭別回家。猩猩姐姐臨睡以前，照例要陪著父母親戚們談談。這時，洛賓老伯說：「我許久沒有到野外去寫生了，明天必定要到黑樹林去寫寫冬天的景致。」猩猩姐姐說：「父親，請舅父和你一塊去，順便保護你，好不好？」洛賓說：「不必，什麼凶惡的東西，我都不怕。」猩猩媽媽說：「膽要大，心要細，還是謹慎一些才好。」洛賓說：「不要緊，我帶一管獵槍去，猛獸自然不敢惹我了。」猩猩姐姐又囑咐父親一遍，才上樓安歇。白娃娃也陪送許多親戚，朋友們上樓去睡覺，大家互相說了一聲：「晚安！明天見。」一齊都睡覺了。

第二天一早，洛賓老伯往黑樹林寫生去了。猩猩姐姐和許多同伴，在樓上教室裡上課，下午又開一個辯論會，他們所辯論的問題，很是奇怪。

牛問：「牛，鳥，女孩子，這些名詞，為什麼第一個字母，一定要用『N』呢？」猩猩姐姐回答：「牛先生為什麼不要用『N』？」牛先生不能再辯。

貓問：「植物，動物，礦物，是怎樣分別的？」豬大傻子搶著說道：「動物會動，例如時辰鐘，動個不停，這就是動物；植物必定要開花的，例如大炮，放出炮彈來，便要開花，這就是植物；礦物是土裡面的，例如白薯，要掘開土，才能得著，這就是礦物。」猴子說：「你都說錯了。」豬大傻子說：「你以為錯了，我不以為錯，你怎麼樣？」猴子不能回答。

麒麟問：「習哪一門功課最好玩，算哪一種數目最難？」河馬說：「做腳工最好玩，算奇怪的數目最難。」犀牛問：「什麼叫腳工？什麼叫奇怪的數目？」河馬說：「人做手工，我們沒有手，自然是做腳工。那奇怪的數目，就是比『沒有』還要少的數目。」犀牛聽了，沒有別的話說。

小兔子忽然站起來說：「我要說話。」雞問：「你要說什麼話？」小兔子說：「我不說什麼話，我就是要說話。」鴨說：「你說話總要說出一個意思來。」小兔子說：「沒有意思，我只要說話。」鵝說：「你要和誰說話呢？」小兔子說：「我不和誰說話，我只要說話。」大家不能答。

小袋鼠說：「我有一個謎子，誰願意猜？」松鼠說：「我最會猜謎子，我就來猜吧。」袋鼠說：「那麼，就請你猜。」松鼠說：「快，你快說出來，謎面怎樣？」袋鼠說：「你猜吧，沒有什麼謎面，你儘管猜就是了。」松鼠說：「沒有謎面的謎子怎樣猜呢？」黃鼠狼說：「袋鼠自己猜吧，到底是什麼東西？」袋鼠說：「我自己也不知道。」

大家辯論了一會，公請長鼻子博士評判，誰的話說得對，誰話說得不對。熊大胖子大聲申問：「長鼻子先生，我的話說得對不對？」長鼻子說：「你沒有說什麼，我怎麼批評呢？」熊大胖子說：「請你先批評，我然後說話。」長鼻子想了一會，嘴裡細聲說：「對，不對，不對，對。」他很精細地念著，看「對」好聽些，還是「不對」好聽些，後來覺得「對」比「不對」好聽一點，便向熊大胖子說：「對。」熊大胖子聽了，十分高興，連忙說：「長鼻子先生，謝謝你。」長鼻子說：「不行，我這個『對』，並沒有送給你，你不要謝我。」

他們正在這裡胡說亂道的時候，老烏鴉慌慌張張地飛進來，高聲說道：「不好，不好，不好了，洛賓先生被豹子捉去了。」猩猩媽媽聽了，急暈了，倒在地上，猩猩姐姐一面忙把母親扶起來躺在椅子上，一面派黑娃娃帶領同伴，跟著老烏鴉去追豹子。黑娃娃騎他的馬——公雞——連飛帶跑向黑樹林前進，許多地上跑的，水裡游的，空中飛的親戚朋友們，一齊跟在黑娃娃後面。

猩猩媽媽醒來之後，放聲大哭，猩猩姐姐勸了許久，才止住哭聲。她叫女兒趕快設法搭救父親，猩猩姐姐答應了，一面寫信給獅子皇帝，和老虎大王，請他們即日送回她的父親；一面擬好廣告，聘請有本事的人，預備向各處去偵探。

四、獅子皇帝的動物園

洛賓在黑樹林寫生，十分的高興，萬不料從林子裡猛然衝出一隻金錢豹子直向他撲來，洛賓忙找獵槍，哪知道槍不見了，說時遲，那時快，豹子已到跟前，洛賓嚇得腿也軟了，頭也重了，滿嘴的鬍鬚，也嚇得向臉皮裡縮進去了。可憐的洛賓，只好讓豹子銜去。

這件事，真是出人意料之外。到底為著什麼緣故呢？原來獅子大皇帝，建築了一座很大的動物園，要捉許多大人、小人、老人、男人、女人去，關在鐵欄裡，讓百姓們賞玩，於是發了一道上諭，派了許多的猛獸、惡鳥四處捉人。那豹子聽見小動物們說，洛賓家裡怎樣有趣，猩猩姐姐怎樣可愛。他聽了這些話，便常在近處探聽，恰好這天從林子裡看見洛賓，因此捉他回去了。

洛賓被豹子銜到獅子皇帝的動物園裡，立刻把他關在鐵欄裡面，洛賓向四面一看，凡是家畜，一律都有，另外還有幾十座鐵欄關的是男女小孩、老頭子、中年人，有廢疾的人，各種皮色不同的人，各種裝束不同的人，有許多悲悲切切地啼哭，有許多嘻嘻哈哈地笑著，還有些在那裡高聲歌唱，引得那些遊園的賓客，一齊拍腳叫好。

洛賓的鐵欄下面，釘著一塊木牌，上面標明一個「MAN」字，因為他們分不出洛賓是何等樣人，只好糊里糊塗，標上一個「男人」這樣籠統名稱，並且他們的英文程度很低，除開「男人」、「女人」、「貓」、「狗」等最容易認識的字以外，也不能寫出長一點的字，這些鐵欄裡的人，每天也有好食物可吃，也有新衣可穿，也有書可看，也有樂器可玩，舒服倒是很舒服的，只可惜變了動物的玩具。不過我們人類的動物園，也捉了一些猛獸關在鐵欄裡，現在，他們既然辨動物園，依著道理，自然應該把人類當作猛獸了。

可憐的洛賓，關在欄裡，十分愁悶，想起美麗的妻子，聰明的女兒，以及許多有趣的親戚朋友，沒有一刻不唉聲嘆氣，每天只望女兒來搭救他出去。現在再說猩猩姐姐，派了許多動物，四處找尋，過了一星期，毫無資訊，她自己很著急，決定親自出馬，到獅子皇宮裡去偵探，於是撿了幾件行李，辭別了母親，僅僅帶著一位鸛老太太，一同出發，走了一個多月，走到一片沙漠地方，迷路了，不能前進，等了半天才遇見一個十歲上下的小孩子，她連忙問道：「小朋友，這條路怎樣走的？」那孩子道：「小姐，你要往哪裡去？」她說：「我不一定到哪裡去，我只要尋找父親去。」那孩子說：「那麼，你不一定走哪條路，你只向著父親去的地方走就是了。」猩猩姐姐聽了，十分為難。那孩子說道：「我的母親被大鵬鳥捉去了，現在我也要找她去，我們一塊兒走罷！」猩猩姐姐說：「好極啦，但是我們向哪一方走呢？」那孩子說：「我們一面走，一面打聽，總有找到的一天。」猩猩姐姐說：「是。不錯。小朋友，你貴姓大名？」那孩子說：「我叫鴿哥哥，我的父親是鴿子，我的母親吃了一隻鴿子蛋，便生下我來，所以我叫做鴿哥哥。」他們一面說話，一面走路，倒很不寂寞，一會兒，鴿哥哥在沙場上擺下點心，一同吃著，正吃得高興的時候，忽然跑來一匹高大的動物，低下頭來，搶點心吃。

他們兩個，大吃一驚，猩猩姐姐忙撐起陽傘來，遮著自己的臉。一會兒，從駱駝背上跳下一個孩子來，把駱駝拉在一旁，踢了兩腳，罵了幾句，然後回轉身來，向他們二人行禮，一面說：「我叫鵬弟弟，方才不留神，被駱大駝子驚嚇了兩位，很對不起，請兩位原諒！」他們二人連忙讓他坐下，一同享用茶點。原來這孩子有一位姐姐被狐狸背去了，他的父母雕先生雕太太，叫他去尋找，他便帶著僕人駱大駝子出門。這一次遇見了他們二人，真是巧極了，一會兒，吃罷了點心，三個小朋友一齊坐在駱大駝子的背上，向前進行。

五、萬分的危險

猩猩姐姐和鴿哥哥，離弟弟，騎著駱大駝子向前進行，老鸛在後面慢慢地飛，是這樣無目的地走著，不覺走了一個星期。一天，老鸛飛上樹梢，向四面探望，遠遠地看見前面有一隊野人，在山凹裡跳舞，有的也坐樹枝上頭守望，似乎看見這邊有人來了，忙爬下去告訴同伴，一齊拿著長矛，向這邊飛跑，預備圍攻這一隊旅行家。這時，老鸛飛下樹來，告訴猩猩姐姐。大家聽了，十分驚駭，便教駝子先生伏在地上，一齊跳下來，向斜刺裡逃走。

他們走到一座高山面前，便商議定了，暫且找一座石洞安身。找了一會，居然找著一座很曲折，很僻靜的洞，不料這洞是狼大猛先生的家；洞裡還有七八隻小狼。他們只好暫顧目前，趴在洞壁上的小窟窿裡躲著，天色將晚的時候，狼大猛領著妻子弟兄，姊妹，小舅子，大妹夫……一共十二位，一齊回家。有的提雞鴨，有的扛著小鹿，有的握著兔子，他們正打獵回來，得了許多美味。因為他們十分的高興，一點也不注意那三個旅行人，小狼們搶著東西吃，也把這件事忘記了。因此，他們在小窟窿裡，安安穩穩地睡了一宵。

第二天一早，狼大猛領著家人，又出門做工去了。於是三位旅行家，便偷偷地跑出洞外；找著了老鸛，才知道野人們尋不著人，只好將駝子先生捉去。後來派人偵探了好幾次，都不敢上山；因為這山上猛獸最多，上了山，萬不能逃出活命。三個旅行家聽了這話，又憂又喜，喜的是野人不會再來，憂的是無法逃下去。他們想了半天，大家都沒主見，坐在山腰嘆氣。老鸛飛得高，向四面探望。忽然失聲叫道：「不好了，四面八方都圍起來了。」她連忙飛下來向他們說：「快向山頂逃走，事勢很危險了——東邊是豹子隊，一層層地向上來攻，西邊是猛虎隊，快要攻上山腰了，南邊是野豬隊，北邊是斑馬隊，一齊守住山腳，這時候，我們只有向上逃走的一條路。」可憐這三個小旅行家，便沒命地向山頂爬行，爬了一會，山路越發窄狹了，山勢越發陡峻了。向下面一望，幾千丈的深谷下面，盡是猛獸，抬著頭，瞪著眼，張開大口，向上面號叫。這時，猩猩姐姐說：「我們若不趕快走，定遭不幸，但是我們一不留神，便要掉下去。我看我們三個人，用一根繩子互相繫住，連在一起，或者可以互相挽救。」恰好鴿哥哥帶了一根繩，便照著這話實行起來，接著便一節一節地向山尖進行。

萬不料將要爬上山頂的時候，那狼大猛先生正領著家人伏在上面，鴿哥哥一看，真沒有法子再走，真是上天無路，入地無門！可憐這三個小朋友，只好瞪著眼睛等死。

列位，請你們仔細想想那情形，便可以知道他們的苦處。但是，並不要緊，已經有人來救他們了。怎樣救法，不必我說明，諸位一定明白，不過救他們的人是誰，無論諸位怎樣的聰明，也猜不著啊！

六、莫名其妙的小市鎮

愛狄是一個小小的飛行家，他每天專在天空中過活，駕一會兒飛機，乘一會兒飛艇，玩一會兒氣球，看過不少的高山大海，見過很多的奇禽怪獸。那一天，他正坐在氣球下的吊籃裡，拿著望遠鏡向四面探望，猛然看見許多猛獸，圍住了一座大山；山頂上又一大群惡狼，正在那裡磨牙，預備吃嫩的人肉；山岩下面，有三個小朋友，用繩子互相繫在腰間，既不能上，又不能下。愛狄正想救，忽見一隻鸛鳥飛近前來，大聲說道：「先生，請你趕緊打救他們吧！我替你把氣球拉攏去。」愛狄說：「好，就請你拉拉吧！於是愛狄便將一根小繩子繫在老鸛的腳爪上，老鸛用力扇著翅，向山頂飛行，不多時，已經飛到。愛狄便將猩猩姐姐，鴿哥哥，雕弟弟，一齊扶進吊籃裡，再教老鸛拉著，向南方飛去，逃出這場危險。那些猛獸，眼睜睜地望著他們逃走，無法可想，只得大聲地亂叫。列位要知道，人類到底比動物聰明，這樣的大危險，也安安穩穩地逃脫了。

他們四個人，乘著氣球浮在空中，正好遇著東南風，一直吹了幾千里路遠，到了一片平原地方，愛狄便放出了一些輕氣，那氣球便慢慢地落了下來，但是，他們許久沒有吃東西了，肚裡很餓，找了許久，找到一座小市鎮。他們忙走進去，占了四個座兒，要飯要菜，吃了一個大飽，吃完之後，猩猩姐姐很擔心，因為她知大家的身邊，都沒有帶錢，怎麼能清償這一筆飯菜的賬呢？正在為難的時候，一個堂倌拿著帳單來了，說道：「列位一共吃了四元，照小店的規矩，是照顧多少錢買賣，便贈多少錢。」便拿出現洋四元，分給他們四個，每人一元。他們鬧得莫名其妙，又不好意思問他，只好糊里糊塗收下，作別出門。他們的衣裳都破了，又走到衣莊裡，揀了些新衣裳換下，價目一共四十元，那衣莊的夥計，仍舊每人送現洋十元。他們只好道謝出來。愛狄說：「他們做生意，難道不願意掙錢，倒願意折本嗎？」猩猩姐姐說：「這個，必定有緣故，我們去打聽一下吧！」他們便走出市鎮，在一個穿綠色衣裳的後面。那綠衣人背上扛了一張厚紙，上面寫了一個ㄍㄨㄥ字，不知道是什麼意思。愛狄忍不住問道：「先生，你背上的字，ㄍㄨㄥ是什麼意思？」那人回轉頭來，把他們嚇一跳，那相貌真難看，瞪眼睛，闊口，不知為什麼，兩眼流淚，他回頭望了一望，很愁苦地說：「我兩天沒有工作了，真是難挨！」猩猩姐姐聽了，忙掏出剛得來的十一塊洋錢，拿著向他說道：「你既然沒有工作，想必很餓了，這點錢，我送給你，去買點飯吃。」那人看見她要送錢給自己，不覺大怒，高聲說：「孩子，你是和我開玩笑，還是當真？」猩猩姐姐以為他是不相信，便接著說道：「我是很誠懇地送給你，並不是開玩笑。」綠衣人更有氣了，一面跳，一面罵：「小壞人，我和你無冤無仇，為什麼要侮辱我！你身上帶著這種不乾淨的東西，你自己不去想法子，倒送給我，我又不是呆子──你你你，是不是想要我拉你到法廳去？」他越說越有氣，倒把猩猩姐姐呆住了。

那時從路旁轉出一個賣果子的來，連忙問為什麼這樣，綠衣人便把前後的情形說了一遍，賣果子的很聰明，便替他們四個解說，向著綠衣人道：「先生，你看他們四位，不像我們本地人；我們市上的風俗，他們自然不知道，你不要生氣了，待我詳細告訴他們四個。」他說完，回轉身來，向四個小朋友說道：「我想，你們一定是從遠處來的，所以不懂我們市上的規矩。我們這裡的人，最討厭銀錢寶石等無用的東西。大凡有錢的人，都是下等人，越沒有錢，越是上等人。若是有錢的人，把他的家產設法耗去，只要一錢不剩，他的名譽便很好，便可以加入上流人的團體了，所以我們市上的店家，都是用一種正當的方法，來消耗他們的財產，買賣好的，一兩年便可以成上等人；做工的也是為錢太多，所以到人家去做工，做一天工，便拿出八元或十元的錢來，交給雇主。——現在，全仗把銀錢銷與外方的人，本地漸漸都要變成上等人了，你們四位若是愛銀錢，我倒要請你們幫忙多照顧一點。——喂！這一筐子鮮果，請你們都留下吧！我送給你二十元，決不多送；因為我僅僅留著二十元，沒有法子耗去，今天一早便摘了一筐果子，到現在還沒有遇見主顧。四位先生，請你們幫個忙吧！」他們四個，聽了這話，還是一知半解，又看賣果子的十分誠懇，不便推辭，只好買了他那一大筐果子，收了他二十元洋錢，一面又雇了綠衣人，將這一筐果子送到沿海的碼頭邊去；說好，收綠衣人的錢四元。於是這兩個土人，才歡歡喜喜地道謝。

他們四個雇了一隻小船，預備沿著海岸盪到東邊一個大都會的碼頭上去，說好船價須倒找現洋八元。他們四個，本來要離開此地；所以也不管他，便承認了。一個壯年的划船，他們四個在後面盪槳，飛一般地向東方進行；不料正行之時，前面海水裡忽然有一座小島般的東西，從水裡冒了出來。一看，好像是一張大嘴，上嘴唇比小船高兩倍，下巴剛露出水面，上下的牙齒，十分尖銳。——啊呀呀！這一張大嘴到底是什麼東西的呢？

七、長人鎮

猩猩姐姐，鴿哥哥，雕弟弟，愛狄這四個小朋友，正盪著一隻小船，如飛地沿著海岸進行，不料從水裡冒出一張大嘴，直向著小船沖來，那小船太快了，來不及躲避。他們四個，一見大勢不妙，便一齊跳下水去，只可憐那駕船的少年水手，連人帶船，沖到一張大嘴裡面去了，那凶惡的大嘴，吞吃了一頓美味的點心，十分滿意；但是他還想找著那跳下水去的四樣小點心，索性吃一個飽，因此，他便向愛狄身邊沖去，愛狄委實不能躲避，十分著急。但凡一個人到了最危急的時候，自然情急智生：愛狄見大嘴馬上沖將過來，便看準他的鼻孔，猛然迎了上去，恰好躍在他的鼻孔附近的臉上，兩手緊緊地攀住他的鼻孔，兩腿緊緊地夾住他上嘴唇，這樣一來，大嘴便無法可施了。他的前腿太短，夠不著到上嘴唇上面來，所以他急得在水中亂翻亂滾。正當這危急的對候，猩猩姐姐已經游上海岸了。遠遠地看見一個獵人，便高聲呼救，那獵人牽著小狗跑來一看，便舉起獵槍，對準大嘴，一連射八槍，才把他打死。愛狄忙跳下來，遊上海岸，謝過獵人。

但是鴿哥哥和雕弟弟，忽然不見了。他們四處探望，無影無蹤。猩猩姐姐很是傷心，以為他們或者是淹壞了，或者是被惡魚吃了。不覺坐在沙堆上，啼哭起來，那獵人忙說道：「這海岸邊有個深潭，若是他們跌了下去，倒很安穩，因為潭裡並沒有水，是個很奇怪的市鎮，叫做長人鎮；還有一張門，在東邊沙堆裡，我替你們去打聽吧。」愛狄說：「那麼，我們何妨一同去呢？」獵人：「使不得！因為他們市上的人都很長，若是見著你們這麼矮的，一定不准你們回去，把你們關在公園裡，讓大家賞玩；我因為幾個朋友在那裡守門，所以還不要緊。」猩猩姐姐聽了，忙託他去探問，他便帶著小狗走了。

獵人不是野獸的敵人嗎？無論大的虎豹，小的兔子，小鳥，都是獵人要得到的東西。但是，這海岸旁的獵人，卻和別的地方的獵人不同，他只捕捉猛獸，不傷害溫和柔弱的動物。當他走過一蘆葦的時候，有一隻兔子向他作揖，兩隻小鳥向他問好，他也和氣地向他們點頭。愛狄和猩猩姐姐見了，十分的驚奇。

不多時，獵人跑著回來，大聲說道：「他們在那裡，已經被他們捉住了！現在圍著成千成萬的人，在那裡參觀；你們快想個辦法去搭救他們吧！」愛狄說：「是，現在越快越好，我們去找四根長竿來，做成高蹺，綁在腿上，高蹺的下面，仍舊套上鞋襪，再套上件長衫，不是和長人差不多嗎？」他們便向獵人借衣，獵人很不明白，可是也應允了，便到兔子的家裡，借了兩件長睡衣來。猩猩姐姐，十分佩服愛狄的聰明，便連忙找了四根木棍，緊緊地綁牢在腿上，又把長衣穿了，哈哈，居然成了兩個長人，那獵人至此，真是十二分的佩服。他們由獵人帶領著，混進長人鎮洞門，走到公園附近的旅館住下。因為天氣還早，不便行事，便在旅館裡商議怎樣下手的方法。

來這個長人鎮，凡是小孩子初生下來的時候，便用三匹白綢子：一匹繫著腰肋，兩匹繫著右腳和左腳，向兩端拉緊，綁住在個木架子上。因此，滿了一歲，便有三尺長，滿了三歲，便有九尺長；若是到了三十歲，便有九十尺長，正像一條大蟒蛇，這樣奇怪的民族，真是少見。且說黃昏時候，獵人帶著兩個小朋友，向公園行進，只見一個木牆之外，有兩個五歲上下的孩子，那高度已經一丈五尺了，在牆外站著，參觀牆裡面的一隻長狗。那隻狗，比平常的狗要長一倍，他的窠，只能遮住身體的中段，頭段和尾段露在外面。獵人說：「奇怪呀！他們這裡並沒有這樣長的狗，這是哪裡來的呢？」愛狄仔細一看，很是疑心，他便走到大牆外面，找了一根很尖的竹片，從牆縫裡插了過去，用力向狗的後腿戳了幾下。只見那狗的後半段，亂扒亂叫，前半段並不會動一動；於是愛狄便識破了這個假裝的戲法了，猩猩姐姐一看，也明白了。原來是兩隻狗連著吊在一塊，用木箱蓋了中間的一段，所以大意地看來，好像一隻長狗。

愛狄在公園裡，找了四根木棍，又叫獵人到市上買了兩件長衫，叫猩猩姐姐，故意和守園的閒談著；他自己便溜進一間小房子裡，見著鴿哥哥和雕弟弟，十分鐘後，便帶著他們兩個，輕輕走出來，他們兩個，已經變成長人了，便連忙走出公園，跑出洞門，一口氣跑了十里路，才把心放下。

老鸛忽然飛來了，向他們說：「東邊有一座城離此地不遠，叫錦毛城，我在城樓上聽見兩個人提起獅子皇帝的公園內，有許多男人女人關在動物園裡，並且說起豹子捉人的功勞，我們何妨探聽探聽。」猩猩姐姐聽了，十分的高興，心裡想：「父親或者有著落，也未可知。」便忙催促三個同伴，辭別了仁愛的獵人，一同向錦毛城行進。這一去，又到一個危險的地方，原來錦毛城的人民，十分之九都是錦毛猛虎。

八、奇怪的結婚

錦毛國的國王，既沒有太子，也沒有公主，因此，他便搶了百姓的一個女兒，做他自己的女兒，他那搶來的女兒，叫虎女士，是一個又凶暴，又奸巧的雌老虎。她不願意和老虎做朋友，她常說：「老虎是野獸，不是人類，人類是很高的動物，我們應該要和人做朋友。」所以錦毛國王便下了一道命令，歡迎人類到他的國裡去。於是有一些無賴的人，乘著機會溜到那裡，替老虎們盡力。其中有一個最有勢力的人，叫倀先生，他為人最會巴結，無論什麼事情，他總順著虎女士的心思去做，所以虎女士十分地愛他。

虎女士想奪了國王的王位，便暗地裡和倀先生商量，偷偷地組織了一隊革命軍，一半是人，私自買了許多武器；一半是虎，也預備了許多的凶器，約定在舉行婚禮的一天，一同起事。這一天，恰好猩猩姐姐帶著同伴到了，錦毛國的人，還沒有看見過這樣小的孩子，所以大家很是驚奇。便由外交部總長引他們去見國王，國王大喜，忙派定他們三個人做結婚場上的童子軍，專門保護虎女士。

到底誰和誰結婚呢？就是虎女士和倀先生結婚。他們兩個，照著文明結婚禮，相對鞠躬，又向國王，來賓們行禮，行禮之後，大家演說，跳舞，唱歌，十分的快樂。新郎和新娘，本來和革命軍約定了一個暗號，那時，國王將要回宮去了，他們兩個，便發出暗號來。

你知道是什麼暗號呢，原來他們一面互相抱著，假意裝成愛的樣子，讓國王歡喜，一面縱聲大笑，遞信給在場的同伴。這樣一來，四處的哨子聲同時大叫，三個勇士，便把國王綁了，逼他讓位，國王到了那時，十分為難；他手下的衛兵，也沒有法子抵擋，恐怕打近前來，反送了國王的性命，後來國王召集了許多的臣子，大家商量許久，決定讓虎女士做國王，倀先生做總理。

猩猩姐姐和同伴，虎女士一律派了官職，十分地優待他們，不料倀先生心懷不良，到第三天，他又發起革命軍，把虎女士殺了，自己做國王。並且把猩猩姐姐和同伴們關在牢裡，免得他們替虎女士報仇。幸虧虎女士的保姆，用了許多的錢，買通守牢的兵，私下裡把四個小孩子放了出來。他們四個，便連夜逃出城外，向東前進。

他們走了三天才離開了錦毛國境，到了長鼻國交界的笨人國裡。那笨人國裡的人，十分的笨，例如一個小孩學喝茶，必要請一個先生教他，第一次教他端起杯子來喝，第二次第三次……還要教，不教便不知道怎樣喝了。這樣教到二十歲，才可自動地喝茶。猩猩姐姐和同伴正走到一片廣場上，看見一位長鼻子先生和兩個人吵鬧，一個男的手裡拿著一根棒，他說話的時候，是一個一個的音慢慢地說出來，所以很難明白他的意思。如他說：「你——到——底——說——些——什——麼——呢——？」這一句話，至少要說五分鐘之久，所以那長鼻子先生，十分的生氣，又看見那人拿著棒，好像要敲他的樣子，越發不高興；便不問他了，再向一女子問道：「請教往錦毛國去，應該走哪一條路？」不料那女子的說話又太快了。「哇啦哇啦……」大約有十句很長的話，不到五秒鐘便說完了，一個字也聽不清。急得長鼻子先生，大聲地號叫，忍不住要用鼻子打他們一下。正在發怒之時，愛狄忙走向前去，替他們和解了。

九、怪草國與飛火國

猩猩姐姐和三個同伴，到了笨人國，遊玩了一天，十分地難過。於是再往東走，便到了高冠國。那地方的人，大概像雄雞，小孩簡直和小雞差不多。剛好那天他們比賽足球，看見猩猩姐姐等四個來參觀，便請四個人加入。不料他們的腿雖小，力倒很大，愛狄費盡平生之力，把足球踢了一腳，哎呀，把五個腳趾踢得痛不可當。他仔細一看，那球並不是皮做的，乃是一個大鐵球。愛狄十分佩服他們，連聲稱讚他們的本領。高冠國的人，最愛人家奉承，聽得愛狄的稱讚，高興得很，便停住了比賽，請四個小旅行家到議事廳上，開了一個很熱鬧的歡迎會，並且送他們到了怪草國。

他們四個到了怪草國，十分地驚奇，那地方的樹，長得十分的整齊，有許多好看的圖案；而且有些樹長成許多的字。例如干旱中申甲車牛羊傘這些字都有。這還不算奇怪，最可怪的，就算地上的草，每天早上，必定結成許多的字，人們在高處望著，便看見滿地的文章，每三點鐘換一次。所以怪草國的人，不必印書，只要每天站在高樓上望著，便有許多的故事，歷史，歌謠……給他們看。因此，那一國的人，知識很充足，不過那些人性情，有許多是很殘忍的，他們定了一條法律，凡是有人損害一片草的葉子的，便要剪去一個指頭。這種刑罰，非常的嚴厲。愛狄打聽明白，便約齊了大家，隨時留意，不可損害一片草。

一天正當黃昏時候，有一個十五歲的女孩子，在大路上跑，不留神，跌翻在地上，無意之間，碰斷了一片草葉，不料被員警看見了，他立刻從口袋裡掏出一把大剪子來，很快地追到那女孩跟前，把她的左手大姆指剪斷。痛得那孩子，大聲地哭叫，那員警反倒哈哈大笑起來。愛狄見了，十分不忍，但是決不能替她接上那個指頭，而且不敢當著員警的面去安慰她。只好等員警走開之後，才走近前去，替她把傷口包好。

猩猩姐姐問了那女孩子的姓名，叫梅妹妹，並且問她，是不是願意離開此地，和他們一起去旅行。梅妹妹十分歡喜，立刻便承認了。於是他們又多了一個同伴，離了怪草國，再向東方進行。

不多時，到了飛火國，那地方有時候要發生飛火，常常飛到人身上來，若是著火的時候，忙走到門洞裡站著，火便立刻熄了。但是每一個門洞只能站一個人，若是後來的人搶進來，兩人必定同時燒死。梅妹妹知道這個方法，便詳細告訴了他們四個。這件事是一件毫無道理的事，大家都莫名其妙，是一個什麼緣故。那一天，飛火來得很多，梅妹妹忙招呼他們四個，各人占了一座門洞站著，看見許多的人，都被飛火燒著了。有一個女郎，剛要到一個門洞來躲，不料每個門洞都有一個人，她十分著急。忽然，兩隻貓跑來，向兩邊一站，站成一座門洞的樣子。

並且高聲地叫：「女士！女士！趕快站住。」那女郎跑到中間，便忙站住了。說來奇怪，她身上的火，呼的一聲，一齊熄滅，這真是一件很奇怪的事呀！他們五人，覺得此地不好久留，仍舊向東行，到了毒龍國。萬不料這個國內，尤其危險。國內的土人，專門愛供養毒龍，凡是外來的旅行人，十有八九被他們捉去，喂了毒龍。這一次，他們難免不遇危險了。

十、玉兔國裡的音樂會

五個奇怪的旅行家，到了毒龍國，住在一家很大的旅館裡。他們臨睡的時候，約定輪流看守，恐怕土人偷進門來，將他們綁去。上半夜輪著猩猩姐姐，梅妹妹，倒沒有出什麼危險的事；不料到了後半夜，輪著鴿哥哥，雛弟弟，愛狄三個人守夜，時時有一種響聲在門外。愛狄好幾次開門去看，一點東西也沒有，因此，他們便不十分留意了。誰知道從牆壁的洞裡，鑽進五根很粗的繩進來，輕輕地爬到他們的背後，慢慢地把他們三人的腳綁上；兩根爬到床上將睡著的兩個也綁住了。他們一齊用手來解，那些繩子便連他們的手也綁在一起，那些奇怪的繩子，好像和蛇一樣，非常的活潑，後來越綁越緊，竟將他們的全身，綁做一團，十分的難過。

不多時，又從牆洞裡鑽進一隻小手來，飛到他們五個人面前，每人打了兩個耳光，然後把房門開開，讓進六個土人來。一個是領袖，命令部下把他們五個扛起來，跳過圍牆，一直扛到石洞裡去了。第二天的早上，領袖讓部下扛起愛狄來，走到海邊，將愛狄綁在一根柱子上，他們便吹起一種喇叭來，忽然從海中間，跳出一條很大的毒龍，兩隻驢子耳朵，一對野牛眼睛，額上生一很尖銳的角，兩隻鱷魚般的腳爪，一片飛魚般的翅膀，最可怕，就是一條很長的紅舌頭，在嘴唇外晃來晃去。這隻凶惡的東西，直向愛狄前面游來，看看只離得一尺遠了。可憐小小的愛狄，已經到了十分危險的境界了。這種毒龍什麼東西也不怕，只怕兔子，為什麼緣故呢？因為毒龍國的東邊，有一個玉兔國，國王是一個大音樂家，他發明了許多奇怪的樂器，凡是各種鮮花，無論大小，都可以發出很好聽的聲音，他那國內的人民，沒有一個不會音樂，無論何人，要想到那地方去，一定要唱一個歌，或是奏一個曲調，才許入境。有許多毒龍，從前也在那地方沿海一帶吃人，後聽見這種音樂，便即刻變成兔子。所以毒龍不敢聽見音樂，因也不敢看見兔子。當愛狄在十分危險的時候，忽然有一個玉兔跑來，向著毒龍吹了幾聲喇叭，毒龍來不及逃走，馬上變成一隻兔子，在水上翻了幾翻，便游到岸上來了，他吃人的本事也沒有了，他凶惡的性情也立刻消滅了。那玉兔忙解開愛狄的綁，問明一切，又同他跑到土人洞外，向著洞口吹了一個極好聽的曲調，說來真奇怪，那些土人，都不會音樂，聽了他吹的曲調，也一齊變成兔子。猩猩姐姐四個，是懂得音樂的，所以沒有變。愛狄便連忙走進洞去，救了他們四個，並且拿了二捆奇怪的繩子，綁著一群新變成的兔子，跟隨玉兔，一齊向東方進行，不多時，便到了玉兔國，經過查驗人的試驗，不僅許可他們入境，而且很佩服猩猩姐姐的歌唱，特派一個官，將他們帶到市政廳，立刻召集了一個音樂大會。在會場上，他們五個，各人貢獻許多好歌曲：

鴿哥哥用嘴唇吹了一個〈東流水〉的曲調。

雛弟弟用鼻孔吹笛子，吹了一支〈小桃紅〉。

猩猩姐姐唱了一個〈誰和我玩〉的歌。

愛狄用腳趾在鋼琴上奏了一支〈喜山園〉。

梅妹妹一面做表情，一面唱了一支〈小朋友〉。

猩猩姐姐又唱了一支〈可憐的秋香〉。

他們的藝術，玉兔國的人十分欽佩，全場的人，把小手都拍腫了。後來，玉兔國王便聘他們五個為音樂教師，一面派了許多兔子，替他們去打聽獅子大王的境內，有沒有捉人的事發現。因此猩猩姐姐和同伴都很願意在那裡耽擱一個月，每天分班教授音樂。猩猩姐姐所教的，是一班程度很高的博士。他們雖然有很熟的技能，可是不甚明白樂理，經猩猩姐姐詳細的講演，倒漸漸地理會了。不料有一個玉兔，經過半月之後，學了許多的好曲調，明白了許多的樂理，立刻就地一滾，變成一個極美麗的女子。他們才知道學好了音樂便可以變人，於是大家更高興學習了。每天早上，便要猩猩姐姐上課，一直教到晚上十點鐘。

十一、能夠入水上天了

五個小旅行家，在玉兔國教授音樂，很受土人的歡迎。告辭的時候，國王召集各部官吏，和全國的音樂家，一齊歡送他們出境。他們走了一個多月，到了海底國。這個地方，十分地難走，必定要從海水中間經過，才能夠行進，達到往東的大路上去；不過他們五個人，雖然很會游泳，卻不敢一直沉到海底去。後來一打聽，才知道海底國派有許多招待員，在海岸兩旁招待遊歷的人，凡是外國人，他們都很歡迎。愛狄聽了這些話，便在沿海岸一帶淺水中游泳尋找，果然遇見了一個很年輕的招待員，大約不過五歲，他知道愛狄五個人，要到他的國境裡去，便忙拿出五顆藥丸來，教他們吞下，接著便引著他們鑽到水裡去。說來真巧！他們五個，在水裡游行，一點不費力，非常如意，並且每人的背上面，長出一雙小翅來，和魚背上的鰭一般，並且接近鼻腔兩旁，也生了變化，鼻孔裡生了兩片肉蓋，可以開閉，好像和魚腮片一樣，所以他們五個，跟著小招待員，走到海水裡去，毫無困難。就是一件事，每人只能穿一層衣，或者不穿衣，才能夠便於行走，若是穿多了衣服，便要一步一拉，到末了一步也不能動了。

猩猩姐姐扶著愛狄，在海水中間游行，看見許多奇奇怪怪的魚類，成群結隊地在歡迎他們。走不多遠，忽聽見說話：「先生們，到哪裡？要腳踏車嗎？」他們仔細一看，原來是一隻大螃蟹。那蟹又說：「請兩位踏在我的背上，我馱著你們走，又快又穩；無論要往哪裡去，我都認得路途。」他們兩人覺得這種腳踏車很有味，便忙站上去，並且說道：「我們要到總統府去。」那螃蟹答應了一聲，散開八條腿，很快地橫走著，不多時，就到了總統府，鴿哥哥他們三人也跟著招待員到了。

他們五個人，在海底國遊歷了一個多月，十分地舒服。臨走的時候，總統又送給他們許多的寶物，仍舊教原來的招待員，送他們出去。他們快要走出水面的時候，只聽得水面上，人聲嘈雜，哭的哭，喊的喊，好像遇了什麼大危險的樣子。果然，有一隻帆船觸在礁石上，看看要沉了，愛狄忙招呼同伴搭救遇難的人，在離岸很近，一會兒便救起一百多人上岸。他們仔細看那些被救的人，都是很小的，原來已經到了小朋友國了！

許多小朋友被愛狄他們救了上來，十分感謝，便和他們到一所布店裡替他們買了一些很好看的布，做好五套衣裳。喝！那布店的職員，長得非常可愛，面貌既美麗，身體也活潑，而且有兩片小翅膀，可以飛上飛下。猩猩姐姐聽說要到海底的昆布林去尋一顆珠子吞下，便可以生出翅。猩猩姐姐忙託了一個土人，帶引到海邊，她跳下水去，一會，果然長了兩片翅膀出來，心裡十分地滿意。

十二、大鬧動物園

猩猩姐姐和她的同伴，在小朋友國十分的著名，許多小朋友都很歡迎他們，開了好幾次歡迎大會，請他們報告父母被抓的事情，和旅行的故事。最後，經小朋友議會議決，決定替他們去尋父母和姐姐。

第一件便利的東西就是飛機，小朋友國派出四架大飛機向四方打聽，果然在三天之內，便被他們探明了獅子大帝的動物王國，有許多人當了囚犯。於是又由國務院派出五架飛機，請五個旅行家分當司令，浩浩蕩蕩地向猛獸世界進行。沿途商議了好多的方法，去搭救被囚的人們。

他們到了，便派了十個小朋友去通知獅子大帝，說是送來五十個小人，願意在動物園中管理一切職務；並且有許多同來的伴侶，要到各處遊覽。獅子大帝聽了，十分地歡喜，忙召集大小官員，預備在動物園開一個展覽大會。並且讓小朋友國的飛機隊在動物園廣場上演習。愛狄得了這個消息，十分快樂，忙告訴同伴，並且派了幾個小朋友，預先通知被抓的人，臨時不要露出祕密來。於是大家又商議一次，決定等半夜裡一齊動手。

到了展會的這一天，小朋友們把飛機預備好了，上足了油，修好了翼翅，擦淨了一切裝飾，一齊升到空中，繞了二個圈，便落在動物園的廣場上。那時許多的猛獸，惡鳥，毒蟲，並有一些壞人，都興高采烈地聚在一起，因為地方還不夠，所以很擠，秩序十分地擾亂，相罵的，相打的，不知多少，強的便動手傷人，害死了許多性命；弱的不能抵抗，不知死傷了多少。

開幕了，獅子皇帝要到了，便有一群虎將，轟開小百姓。喝！皇族真打扮得華麗呀！原來獅皇帝最好裝飾，每次出門，必定要耗六點鐘的工夫，才能夠裝扮完畢，扮好之後，還要向著鏡子大笑一點鐘。小朋友到皇宮去歡迎他，一連三次，都被皇后擋住，說是不能催他，一催便要發脾氣，一發脾氣，便要吃人血，所以耽誤許久，從早晨六點到下午一點，這位有脾氣的皇帝才擺駕出宮。

五百個小朋友一齊唱歌跳舞，何等的整齊！猛獸們看得高興，一齊怪聲叫喊：「好呀！好呀！」聲音和炸雷一般，直震得耳朵怕受不了。一時飛機升起來，在空中飛舞，一來一往，一上一下，大鳥一般的活潑，獅皇見了大喜，忙發命令，叫附近所有的酒館，把所有的酒一起運來賞給到會的人民，一齊痛飲，他自己也一口一杯地狂喝著。不一會，滿園的畜生和壞人，都喝醉了，大撒起酒瘋來，口裡胡言亂語，四隻腳東奔西跑，鬧得大皇帝又發脾氣了，一聲「殺」，兩邊的禁衛軍，一齊開槍；可憐一般蠢東西，和風吹落葉一般，直掃得乾乾淨淨！

獅皇也醉了，擺駕回宮。一般官吏，恐怕到第二日，獅皇仍要看小朋友的遊藝，所以就在動物園裡撐起許多張帳篷，讓小朋友歇息。地球轉得很快，不一時便是半夜了，愛狄引著一百個小朋友，把守園的一齊綁起來，關在屋子裡。猩猩姐姐引著二百個小朋友把所有的囚人的鐵欄門一齊放開，把人們扶到飛機上。一切都辦完了，便飛起升上半空，逃出了危險凶惡的猛獸世界。

第二天，他們在空中，回頭遠望，只見猛獸世界中，煙火大起，大約是人民受了獅皇的虐待，群起報仇，所以鬧了一個天翻地覆，同歸於盡。

猩猩姐姐回家之後，洛賓老伯便把大家一律留在家裡；又添了許多房屋，不到半年，便成了一個很熱鬧的都會。因為他們這裡，小朋友最多，所以世人便叫那一片大地方做小朋友世界。

十　姊妹

一、胖大姐洗菜

胖大姐的家，住在揚子江邊。她的爺娘，因為她吃飯太多，所以很討厭她，常常教她做苦工。有一天，她在江邊洗菜，正拿著刀刮菜根上的泥，猛覺得耳朵上好像有一隻蚊子，她捉住一看，卻是一隻大鳥。她想：「這一隻小雀子，倒可以燒熟來吃。」就用菜刀剖開鳥的肚子，不料鳥肚子裡發見一條大蟒蛇。她想：「這一條小鱔魚，也可以炒熟來吃。」又用菜刀剖開蛇的肚子；不料蛇肚子裡又發見一隻大蝦蟆。她想：「今天運氣倒很好，又有蝦蟆可吃。」又用菜刀剖開蝦蟆的肚子；不料蝦蟆肚子裡又發見一條大魚。她想：「很好！又有一碗糖溜魚了！」又用菜刀剖開魚肚子；不料魚肚子裡，又發見一隻大兵船，倒把胖大姐嚇了一跳。她忙用兩個指頭夾了出來，只見許多的水兵，大家嘰裡咕嚕說話，胖大姐一句也聽不懂。原來他們說：「船被肉山夾住了，開跑呀！」胖大姐見指頭夾住的小玩意兒，忽然冒出煙火，發出響聲，迸出一些小鐵砂來。胖大姐用鼻孔去嗅，被一些小鐵砂進到鼻孔裡去了，覺得很癢；又嗅見很難受的硫磺氣味。因此，她以為是有毒的怪蟲，隨手向空中拋去。

誰知道這一拋，拋了九千里，恰好掉在東海裡。他們脫了危險，連忙開足馬力逃回本國去了。

胖大姐回家，把江邊帶回的鳥、蛇、蝦蟆、魚，做成四樣精緻的菜，請爺娘吃。大家吃得正高興的時候，父親問她：「這幾樣菜比平常好吃些，是哪裡提捉來的？」她就把江邊洗菜的情形，從頭至尾說了一遍。母親聽了，大驚說：「這可糟了！得罪神靈了。」說完，忙趴在地上向空中磕頭不止。父親忙問：「得罪了什麼神靈？」母親說：「鳥叫做大鵬鳥，是佛祖的母親，蛇是東海老龍王，蝦蟆是海菩薩的仙蟾，魚是跳過龍門已經成仙的鯉魚，那扔去的船，也是侶仙島上神兵神將的船。他們結伴從東海到沿江一帶來，訪查人間善惡。女兒，你怎麼這樣糊塗！你瞎了眼睛啊！神靈不認識嗎？這非重重地打一頓不可。」父親聽了，害怕得很，說：「我們都吃了神靈的肉，這怎麼好呢？」

大姐的爺娘，為著這一件事，商量了兩個星期。決定把她嫁給東海岸住家的人，因為他們要使神靈知道，一切都是女兒的錯，與爺娘無干；並且神靈要報仇，也可以就近下手，免得走到內地來。胖大姐本來捨不得離開爺娘，這麼一來，也無法挽回了。一面哭著，一面想著：「爺娘雖待我不好，終是自己的親骨肉，若是嫁給人家，遇見厲害的翁姑，凶惡的丈夫，一定比在娘家要苦得多。可憐呀！——我別的都不怕，就是怕餓。可憐，餓真難啊！……還有神靈要來報仇，不知道要怎樣受苦？唉！爺娘不教我遠遠地離開東海，反把我送到危險的地方去，不免太沒良心哪！」她這樣哭著想著，直等到了丈夫家裡，方才止住。原來她的丈夫非常的愛她，因為她身體強，力氣大，一定可以幫助自己做工。

二、胖大娘受苦

胖大姐出嫁之後，大家都叫她胖大娘。我們以後，也要叫她胖大娘了。她幫助她丈夫砍柴，捕魚，很是得力；但是她的翁姑，因她吃飯太多，常常借事打罵她，她只好忍氣吞聲，不敢計較。有時告訴丈夫，丈夫不敢違拗自己的爺娘，也沒有話說。後來她的丈夫，實在不忍看著妻子受苦，只得駕著一隻小漁船，逃避到外國去了。從此以後，他的翁姑越發將她虐待起來：上午用竹片打頓手心；下午用木棒打一頓大腿；要是做錯了事，就要用鐵杠子打背脊。這種虐待，她倒不難受，就是一天只許喝一茶杯米湯，不許吃飯，倒把她害苦了。有時只好採些樹葉、草根、海螺、蛤，躲在沙地上生吞活吃。可憐她照這樣受苦，漸漸混過了兩年，她十分害怕她翁姑生氣，做事很盡力，所以她翁姑實在不能常用棒打她。有一天，她的公公向她說：「你到我家來，已經三年，為什麼不生兒子？」她的婆婆忙接著說道：「是啊！不生兒子，這件事是很壞的，應該重重地用鐵杠子打一頓。」說完，兩個人便剝下胖大娘的衣，用鐵杠子在她光背脊上，痛打一頓。起初紅一塊，紫一塊；後來破了皮，出了血，直等到兩個老年人，累得兩膀酸麻，喘個不住，方才罷手。胖大娘雖然有點疼，可是不敢當著翁姑面前啼哭；只好慢慢地走出大門，坐在沙地裡痛哭一場。哭完之後，正想起身回家，忽然來了一個老和尚，問她為什麼這樣傷心痛哭。她就把不生兒子被翁姑痛打的情形，說了一遍。那老和尚說：「大娘，你不必悲傷。我送你十顆藥丸，你每年吃一顆，十年就可以生十個兒子；可是你要用開水吞下。」胖大娘連忙道謝，跑回家。她跑進廚房一看，水還沒有熱。她想：「為什麼一定要熱水，冷水不是一樣嗎？」就連忙舀了一杯冷水，吞了一顆。她覺得藥丸又香，又甜，味道很好。想著：「再吞一顆，生一個雙胎也好。」於是她又吞了一顆。她又想：「翁姑怪我不生兒子，我不妨多生幾個出來，讓他們心裡歡喜。」於是她就一顆一顆地全用冷水吞了下去。不多時，她的肚子腫起來了。她自己一摸，連忙坐在乾草上，嚷道：「公公，婆婆快來看！我要生兒子了。」她的翁姑聽見了，連忙跑來。只聽得「哇哇」地一聲哭，生下一個白胖胖的女孩子來，她婆婆大聲說：「我要你生一個男孩子，你瞎了眼睛！為什麼生一個女孩子？這應該重重地用鐵杠子打一頓。」胖大娘說：「不忙，還有呢！」話沒說完，又生下一個女孩子。她公公說：「還是女的，不行，快生一個男的吧。」胖大娘說：「好！還有，還有。」說完，又生下一個女的，她的婆婆大怒，指著她的鼻子，罵著說：「蠢東西！還是女的。這非打不可。」胖大娘說：「不忙！不忙！還有，還有。多得很呢！」不料接二連三地生下來，一共十個，都是女孩。她的婆婆再也忍不住了，高聲罵道：「蠢貨！你來了三年，一個孩子也不生，現在教你生一個，你就和母豬一樣，生下一大群！且盡是女的，我家哪有這些飯喂這一群小豬，將來哪有這些錢嫁這些小蠢貨，這非打不可！」罵完，用鐵杠子把她打了一頓。且教她到晚上把十個女孩子，一概扔到海裡去。可憐的胖大娘，心裡既悲傷，背上又痛，真是「啞子吃黃連，有苦說不出」！只好仍舊跑出大門，坐在沙地上痛哭起來。

三、十姊妹出世

胖大娘這一哭，哭得十分的悲慘！太陽聽著，十分不忍，溜到海裡去了；月亮看著，也十分不忍，忙搶了一片黑雲，遮著眼睛；鷹沒法勸她，急得在空中亂轉；鯨魚也陪著她哭，眼淚射起十丈高；那老和尚的頭，被她哭得一根頭髮也沒有了。連忙走近胖大娘的身邊說：「大娘，你怎麼又痛哭起來？」胖大娘停住哭聲，抽抽噎噎地把生兒子的情形，詳細說了一遍。老和尚說：「大娘，你也太魯莽了！怎麼一次就吞了十顆藥丸，並且不用開水呢？你知道，用開水吞服，生下來的就是男孩子；不然，就是女孩子。不依從我的話，所以就鬧出亂子來了。現在，你也不必悲傷，今你把十個孩子搬到那東邊的樹林裡喂著；到明天，就可以說話；後天，就可以走路；大後天，就可以做工；並且她們各有各的本領，能夠養活你，你也不必再回家去挨罵受打了。」胖大娘聽了這話，十分感激，連忙稱謝。

老和尚又說：「我替她們各取一個好名字，你要留心記著：第一個，叫千里眼；第二個，叫順風耳；第三個，叫大力三；第四個，叫硬頸四；第五個，叫冰凍五；第六個，叫長腳六；第七個，叫胖腿七；第八個，叫闊口八；第九個，叫大頭九；第十個，叫瞪眼十。這十個孩子，必定很孝順你。三天之後，一定可以享母親的幸福了。恭喜！恭喜！」胖大娘又謝過和尚，忙跑到家裡，把十個孩子，一對一對地抱到樹林裡去。她的翁姑，以為她是怕再挨鐵杠子，只好服從命令，把孩子們扔到海裡，所以也不去問她。她搬完孩子之後，再回到家裡，向著翁姑說：「公公，婆婆，現在我的丈夫，也不回來了，我吃飯又多，又常做錯事，使你倆生氣，所以我要跟我的孩子們一塊去了，不能再伺候你倆了。請你倆原諒罷！」她的公公以為她要跟孩子們一塊下海去死，倒激起一點良心來，忙說：「不要這樣，我們也少不得你伺候一切，你還是……」她婆婆搶著說：「很好，你去罷！我們有錢，還怕沒人伺候！你氣走你的丈夫，到如今杳無音信，恐怕已經死了，你也應該償他的命。去罷！我們不稀罕你伺候，快些替我滾蛋！」胖大娘覺得公公還有點情義，婆婆太沒有良心。因此一面哭，一面向公公說：「公公，願你平安，康健！」她婆婆聽了，大怒。拿著鐵杠子追出門來，在背上打了幾下。胖大娘讓她打完，就慢慢地走了，她回到樹林裡，輪流哺乳十個孩子。到了第二天，孩子們果然都能說話；第三天，果然都能走路；第四天，孩子們一齊出樹林，捉了一些小野獸，捕了一些魚蝦，又砍了一些柴，把野獸和魚蝦燒熟，讓胖大娘飽吃一頓。胖大娘自出世以來，不曾吃飽一次，這一頓，吃得心滿意足，舒服得很！她的孩子們，又用大樹造成一所高大的房屋，一切應用的器具，都製造齊全；又砌了一道石堤，圍著一大片沙地，每天由樹林裡運些肥土鋪上，開成千畝良田；一份種稻，一份種麥，一份種棉花，一份種菜蔬，不上半年，胖大娘的家已經很興旺了。

四、找尋父親

一天，胖大娘向她的十個女兒說：「你們的父親，出門已經兩年多了，現在不知道住在什麼地方。我天天想念他，你們有什麼法子去尋找他嗎？」大力三說：「這個不難。讓大姐拿著父親的相片，先去探聽，探聽好了，就教六妹去迎接回來。」千里眼聽了，連忙答應。立即拿著相片爬上高山去了。原來千里眼只要站在高山上面，無論什麼地方，她都能看得明白。她看了半天，忽見東方五千裡外的一座小島旁邊，紅衣兵和黑衣兵正在那裡開戰。她的父親，被紅衣兵捉住了，鎖在一隻紅色的船上。她便在山上說：「二妹，你告訴六妹，叫她即刻到東方五千里外的小島旁邊一隻紅色的船上，去迎接父親。」原來順風耳的耳朵很靈，無論什麼地方有說話，或是別的響聲，她都聽得清楚。當時她在家裡，聽見千里眼在山頂上說的話，就講給長腳六聽。長腳六走出門來，把右腳一伸，只一步，就已經到了那小島上面。她走上船，向一個守她父親的紅衣官兵說：「這一位是我的父親。我特意來迎接他回去，請你允許我。」官兵說：「不行！他是我們的敵人，常駕駛兵船來圍攻我們這座小島，我們被他傷害了許多的性命，損失了許多的銀錢。今天捉了他，萬萬不能放他回去。」長腳六向她父親說：「父親，他說的是確實的嗎？」她父親說：「是。不過我並不是有心要和這座小島上的人為難，只因為我會駕船，在海中被黑衣兵擄去，逼我替他們掌舵。今天我的船，被大炮轟壞，沉了，我掉在水裡，被他們捉住。」長腳六聽了，忙向那官兵說：「我的父親，是被黑衣兵捉住，不得已替他們掌舵，並非有意要和你們為難，你讓我迎接他回去罷！」官兵說：「不行，不行！但是，你若能夠在三點鐘之內，把黑衣兵打敗，便放了你的父親。」長腳六說：「很好！君子一言為定。」官兵說：「那是自然。」長腳六一伸左腳，回到家裡，一把抱住大力三說：「三姐，請你幫一個忙。」話還沒有說完，已把大力三抱到船上，見過父親之後，便把商議的事說了一遍。大力三說：「這件事容易辦理。」她便站在岸上，照著敵人的兵船一拳一拳地打去。說來也真是奇怪！敵人的兵船，距離著大力三的拳頭，近的有十丈，遠的有五十丈，都被她打得向後倒行，如飛地退去了。那些兵船和箭一般，一直退了九千里，才慢慢地停住。那官兵見大力三得勝，歡喜非常！連忙解開她們父親的鐵鍊，一齊請到總統府裡，擺宴酬勞；全島的人，都拍手歡迎。她們臨行的時候，紅衣國的人民，贈給她們一口五千兩重的黃金大鍋，一座整塊金剛石雕成的大灶。他們拿著鍋灶，謝過眾人。大力三便向空中說：「二姐，父親要回來了。你告訴母親，快出來迎罷。」說完，長腳六右手抱住父親，左手抱住三姐，向西一邁步，立刻回到家裡。胖大娘，早已聽見順風耳報告，帶著八個女兒，在大門外把丈夫迎接進去，一家人歡喜得了不得。

五、大擺筵席

胖大娘的丈夫，既被女兒們救回家來，大家歡喜得了不得！胖大娘把前後的情形，都告訴了丈夫，她丈夫十分高興。叫十個女兒走攏來，拉拉那個，摸摸這個，張開著笑口，半天合不攏來。胖大娘說：「我的小寶寶！你們的爸爸回來了，應該辦一桌上等的筵席，和他老人家接風啊！」大力三說：「母親說得不錯，我們趕快去辦罷。」大家便商量了一會，只留著七妹，八妹，九妹，十妹，四個人在家裡伺候；其餘六個，有的去打獵，有的去捕魚，有的去做點心，有的去煮飯……各人分途辦理。不到半天，都回來了。他們就開了一張菜單，交給父親和母親看。胖大娘說：「這樣好的菜，我們順便請請客罷。」她丈夫說：「是，我想我的父親和母親，也要請一請。」胖大娘說：「老和尚也一定要請的。」大力三說：「那紅衣國的大總統和官兵，也應該請他們吃一頓。」胖大娘說：「好！待我寫幾封請帖，教六姐分途去迎接罷。」請帖寫好了，長腳六便去接客。一會兒客都到齊了，胖大娘招待得十分親熱。不多時，筵席擺好了，大家一齊坐下。一面談笑，一面吃菜。闊口八向她的祖母說：「奶奶！一個核桃跑到我的牙縫裡去了，請你借那一根鐵杠子，讓我剔剔牙吧！」祖母只好把鐵杠子借給她，不料鐵杠子太小，也掉在牙縫裡去了。千里眼說：「八妹，鐵杠子已經掉在牙床洞裡面去了！等一會，教長胳膊的猩猩替你掏罷，吃飯的時候剔牙，是很不合規矩的哩！」闊口八說：「這鐵杠子讓它在裡面也好，免得奶奶拿著打我們的母親。」她祖母忙說：「不敢！不敢！我帶鐵扛子到這裡來，是請你們的母親拿著打我的。」胖大娘也忙說：「豈敢！豈敢！豈有此理！常言說得好：打婆婆，打公公，不管是和非，於理說不通。」老和尚也忙說：「阿彌陀佛！婆婆打媳婦，也要有緣故；若是沒有錯，於理也說不過。」紅衣國的大總統，也忙說：「過去的事情，不必再說話，現成的好菜，大家請吃罷。」於是大家哈哈一笑，暫且收住了閒談，一同吃菜。看書的小朋友們，他們的菜真好！且聽我說明：

四樣鮮果：

一、大冬瓜（好比我們的青果）。

二、大西瓜（好比我們的荸薺）。

三、大白梨（好比我們的花生米）。

四、大核桃（好比我們的西瓜子）。

八樣菜：

一、燒烤整個的獅子（好比燒小豬）。

二、燒象肉（好比燒羊肉）。

三；辣子炒大鵬鳥（好比辣子雞）。

四、炒鱷魚片（好比鱔魚片）。

五、蒸鯨魚（好比鯽魚）。

六、海帶炒犀牛肉（好比韭菜炒牛肉）。

七、清燉大蟒蛇（好比鰍魚）。

八、奶湯芭蕉（好比白菜）。

一樣點心；

一、糖包子（大得很）。

他們都不喝酒，只儘量吃菜。來的客都吃不了多少，全仗著胖大娘和闊口八兩個人，才把這些菜吃完。一般客臨走的時候，又由長腳六抱著送回家去，胖大娘把剩下的一個糖包子，送給老和尚。老和尚回廟之後，邀了一百個師兄弟，一千個徒弟，一同吃那包子。大家吃了一個月之久，只吃去不多一點兒。有一天，吃出一塊碑來，上面寫著：「離白糖餡子還有九十里。」哈哈！可見那包子真不小哪！

六、大戰黑衣兵

在大力三和長腳六迎接父親的時候，不是把黑衣國的兵船打退了嗎？後來黑衣國的國王，教人把這一回事偵探明白了，立刻派了一千五百萬兵士，分成五路，到東海來報仇。千里眼看見了，順風耳也聽見了。胖大娘便叫三、五、六、八、九，五個女兒，前去抵敵。黑衣國的第一支軍，是三百萬馬兵，由陸地上大路進攻。看見大力三擋住了大路，便一齊開槍、開炮，大力三連忙打起拳來，把槍彈、炮彈一齊碰回去，打得敵人死的死，逃的逃；不到半天，一個兵，一匹馬，也沒有了。第二支黑衣軍，是三百萬水兵，駛著一千艘軍艦，向海岸進攻，闊口八忙喝了一口海水，向空中一噴，幾百丈深的大水，從空中蓋了下來，把所有的軍艦都壓沉了。第三支黑衣軍，也是三百萬水兵，駛著一千艘海底潛行艇，向海岸進攻，被冰凍五看破了，忙跳下海去，把身體晃了一晃，海水一直凍到海底，潛行艇都不能動了；三百萬水兵身上的血也凍住了。第四支黑衣軍，是三百萬航空兵，駕著一千架飛機，由空中向下進攻，長腳六一伸腰，比飛機高了好幾倍，手裡拿一把大芭扇，向四面亂撲，把所有的飛機，都打落到冰凍海的面上去，摔得粉碎。第五支黑衣軍，是三百萬步兵，由山路進攻，剛走到山坡裡，不料大頭九從山頂上倒撞下來，東西兩座大山，被她的頭頂成平地，幾百萬兵，都活埋在地裡面了。這一場大戰，真是鬧得天翻地覆，害死了一千幾百萬人，真是一場十分淒慘的事！大力三說：「黑衣國的國王，真可惡！我們要辦他一辦。」大家一齊說：「好！我們去罷！」她們抱住長腳六，只一步；到了黑衣國，黑衣國的百姓，見了十分害怕。闊口八說：「你們為什麼要替國王打仗？」這一句話，全國的百姓都聽見了，便一齊答道：「我們都是不得已啊！國王要我們替他打仗，我們不敢不去；不去就要犯法，也是——死，打勝了仗，或者還可以留得活命。」闊口八說：「我們去捉你們的國王，你們願意嗎？」大家一齊說：「願意！願意！十分願意！」大力三便從長腳六的肩膀上，跳進王宮，一把抓住國王。國王問：「我到底犯了什麼罪？」大力三說：「你不應該逼迫百姓們替你打仗。」國王說：「世界上的國王，都是這樣的；若是不逼迫百姓打仗，王位便坐不成。」大力三說：「不錯。世界上的國王，都不是好人，我們都要把他們捉住囚起來。」國王說：「有些國家，沒有國王，也常常打仗，你們又怎麼辦呢？」大力三說：「那麼，是誰鼓動百姓去打仗的人，我們也一律要辦他的罪。」國王說：「為什麼你們也和人家打仗呢？」大力三聽了這話，不知道怎樣回答，當時心頭火起，便把國王向空中一拋，把他拋到海王星上去了，她們姊妹五人，辭別了眾百姓們，抱著長腳六，長腳六一邁步，即刻回了家鄉。

七、上學

自從十姊妹打勝黑衣兵之後，她們以為自己的本領高強，天下無敵，大家便驕傲起來。胖大娘非常愁悶，向她丈夫說：「孩子們年紀大了，毫無學問，一味橫蠻，將來怎麼辦呢？『養不教，父之過』，這是你的責任啊！」她丈夫道：「大娘呀！我也是毫無學問的，怎麼能夠教她們哩！我看還是請你擔任罷。」胖大娘說：「我也是毫無學問的人哪！那麼，教她們入學校去罷。」說完，便召集十個女兒，大家商量，結果，她們定要到外國去留學。於是由千里眼選定藍衣國裡一所極大的學校，有高大的房屋，有美麗的風景，有很好的教員，有很多的同學……無一不好。雖然離東海有九萬里，好在有長腳六，一去一回只要一步便到了。

他們商議定妥之後，胖大娘便囑咐許多的話：「第一，不要亂顯本領；第二，不要頑皮淘氣；第三，不要侮慢教員；第四，不要欺負同學。」十姊妹一齊答應：「是。是。是。……」她們辭別了父母，跟著長腳六走出大門：有的爬上六姐的肩；有的抱著六姐的腰；有的坐在六姐的頭頂上；有的騎在六姐的指頭上；小瞪眼十更淘氣，他鑽在六姐的口袋裡藏著。長腳六把右腳一伸，左腳一帶，就走了九萬里，到了藍衣國的學校。見過了教員白先生，白先生把她們都排在一年級。上了一天課，她們覺得沒什麼趣味。下課之後，和同學在動物園裡玩耍，大力三用兩個指頭把獅子的牙齒拔掉兩個，痛得獅子放聲大哭，胖腿七要騎駱駝，一蹺腿，駱駝壓扁了；闊口八向著大象吹了一口氣，把象吹到空中去了；大頭九拔了幾根頭髮，綁住三隻老虎，七隻豹子，裝在口袋裡面。同學們看見她們本領高強，大家都驚得目瞪口呆。後來被白先生知道了，教她們賠償，她們說明天帶來，方才沒有受罰。第二天，十姊妹在半路上捉了許多猛獸，毒蛇，怪鳥，帶往學校，送給白先生，白先生十分高興。上課的時候，有一個學生問白先生道：「獅子是誰做成的？」白先生說：「是神做成的。你們要知道，凡是世界上的東西，都是神製造出來的。我們應該感謝他。」瞪眼十說：「先生啊，衣裳也是神製造的嗎？」白先生說：「人既是神製造出來的，衣自然也是。」瞪眼十說：「哦，我知道了。我的大姐姐就是神，因為我的衣裳是她製造的。」白先生瞪眼道：「胡說！趕快跪著，求神赦你的罪。」說罷，便拉著瞪眼十跪下。大頭九不服，說：「先生！神也是人嗎？」白先生說：「不是，神就是神。」大頭九說：「人是神製造的；神呢？又是誰製造的？」白先生大怒，又拉著大頭九跪下。大家看見這個情形，都不敢做聲了。後來白先生把九姐十妹各人記大過一次。第三天上課，是白先生教算術。他問學生們：「二加一是多少？」大家都回答：「三。」只有大力三答應「是一」。白先生問：「譬如兩件衣加一件衣，自然是三件衣，你怎麼說是一呢？」大力三說：「譬如兩隻袖子，加在背心上，不是一件衣嗎？」白先生說：「胡鬧！要同樣的東西才能加。你知道嗎？」大力三說：「知道了。」白先生又寫了一個算式「10－10＝？」教大家算；又囑咐大家，在石板上算好了，不要說明。末了教一個學生在板上寫出來，有一個學生寫著：「10－10＝0。」硬頸四看不懂，問白先生：「為什麼一個圈減一個圈，還是等於一個圈？」白先生說：「笨孩子！圈叫做零，零就是沒有，十減去十，自然沒有了。」長腳六說：「算錯了，十減去十，為什麼是沒有了呢？」白先生說：「如我這十個指頭，把他插到口袋裡去，好比減去一樣，自然是沒有了。」長腳六說：「譬如我的手，戴著手套，把手套脫下來，還十個指頭，所以十減十應該等於十。」白先生聽了，大怒，指著長腳六說：「你簡直是故意搗亂，我已經說過，要同樣的東西才能加減！」長腳六說：「手和手套都有指頭，也算得是同樣的東西。」白先生說：「淘氣的孩子，你簡直不懂算術上的道理，來來來，我把一個容易算的題目給你算：一個人加一個人是多少人？」長腳六說：「或者是六個，或者是十二個。」白先生大笑，說：「你怎麼算的？」長腳六說：「先生，你不是有四個兒子嗎？你和師母，本來是一個加一個，為什麼現在有六個人呢？我的父親加上我的母親，就生了十個女兒，不是一個人加一個人，或者是十二個人嗎？」白先生聽了又生氣，又好笑，正待罵她一頓，不料叮噹叮噹地搖鈴了，大家聽得鈴聲，嘩喇，砰嘣，咚咚咚咚，呀呀呀呀，一齊走散了。

八、出嫁

第四天，她們下課之後，和同學們在教室裡遊戲，有一個學生姓侯叫紫桃。因為他生就一副尖臉，有些頑皮的同學，背地裡叫他做「猴子頭」。那時候紫桃站在黑板旁邊，向大家說：「化化，小老鼠，長尾巴，你們看我化呀！」他便拿著粉筆在黑板上寫了一個「化」字；又把化字末了一筆的彎鉤，轉到左方去；添上兩點，當作眼睛；再添上兩隻耳朵，又在右旁添上一條尾巴，便成一隻老鼠。大家見了，一齊拍掌讚好。長腳六忙跑近前去，搶著紫桃的粉筆，向大家說：「你們看我的呀！」她寫了一個「T」字母。口裡說：「丁字不帶鉤。」又在T字母兩邊，各畫一個圓圈。畫成「亞」的樣子。口裡說：「兩邊掛繡球。」又在下面畫了三畫，畫成「埾」的樣子。口裡說：「三天不吃飯。」於是用粉筆畫一個大圈圍著。口裡說：「變個猴子頭。」大家見了，一齊哈哈大笑。有的笑得肚子痛得受不了，伏在小桌子上流眼淚。長腳六一手指著黑板，一手指著紫桃，口裡又唱了一遍：「丁字不帶鉤，兩旁掛繡球。三天不吃飯，變個猴子頭。」不料侯紫桃早就生了氣，這樣一來，再也忍不住了，便走上前去，踢了長腳六一腳尖，長腳六隻把大腳趾抬了一抬，便將猴子頭彈到半天雲裡去了！於是同學們一齊大怒，邀全學校的學生和長腳六打架。不料大家跑到教室門口，正遇著大頭九打了一個噴嚏。把他們一齊沖到半天雲裡，一個一個地落他們自己家裡去了。那時白先生大怒，便出了一張通告，將十姊妹一齊除名，立刻叫她們退學。——十姊妹上了四天學：第一天就亂顯本領，第二天又頑皮淘氣，第三天又侮慢教員，第四天欺負同學，把母親的話都忘記了。胖大娘心中很發愁，便給十姊妹選了十個凶惡的丈夫，即日訂好婚約。心裡想：「把她們嫁了罷！讓她們受一點苦，並且免得在家裡淘氣。」十姊妹聽見這個消息，大家很不高興，後來她們各自想著：「憑他怎樣的凶惡！好在我的本領高強，也不必怕他。」不到半年，十姊妹一齊出嫁。小朋友們！你們若是願意到東海去吃喜酒，一定可以見著那十個新郎：

大姑爺名叫成仙眼，他的眼睛，可以看出人的思想來。所以有許多人拜託他，請他看看仇人的心思，免得被仇人謀害；因此他每天站在石座上看人的思想。

二姑爺名叫通靈耳，他的耳朵，可以聽出動物的叫聲是什麼意思，無論鳥、獸、蟲、魚，大聲吼的，細聲叫的，長聲哼的，短聲喊的，他都知道這些聲音的意思。所以他常和肥大的象，凶惡的獅，嬌小的畫眉，活潑的水蟲……說笑話，講故事，唱歌，快樂得很！

三姑爺名叫力包身，他的力氣，真是無比。比大力三還要大好幾萬倍。他只要把指頭一彈，便可以把地球彈破；只要一巴掌，便可以把太陽，月亮，星子，一齊打落。還有一件最好的本領，他自己能夠提起他自己的身體。所以他常用右手扛著手杖，用左手抓住腰帶，提起自己，在空中遊玩。

四姑爺名叫硬包體，他的身體，十分堅硬！他的拳頭，好比大鐵錘；他的腿，好比粗鐵柱；他的眼睛，好比水晶球；他的頭髮鬍鬚，好比許多鋼針，他的衣服，帽子，鞋子，都是黃金板鑄成的。他是東海市上的一個警兵，他什麼也不怕，不僅水、火、刀、斧、槍、炮，他都不怕，就是極猛烈的鏹水和電流，他也一律不怕。

五姑爺名叫黑金剛。他的身體，是金剛石變成的，所以他也是什麼都不怕，他最會打地洞，能夠從地球的這一面鑽個洞，到對過的那一邊一個小星子吃東西，和我們吃蘋果一樣。

六姑爺名叫長指頭。喝！他的指頭真長得很！算不清有多少丈，也量不盡有多少尺。譬如長腳六要往五千里路遠的小島去救父親，還要走一步才能夠見著父親的面，這位六姑爺，他只要把指頭稍微動一下，就有九萬里遠。他是一個農夫，所以一到陰天，大家愁著稻子不乾，他便伸手拈一個太陽來晒稻子，到了秋收的時候，他只要把兩手一攤，所有世界上的稻子，都被他割斷了。

七姑爺名叫肥臂膀。他的臂膀，真肥得很，也不知道有多大，只說他臂膀上面的汗毛管，就好比頂大的西式廳堂；每一個孔，可以容得一千多人。所以他便把他的汗毛管，當作房子召租，世界上的人，都愛他的房子好：又結實，又溫暖，又有現成的自來水，因此有很多的人來租他的房子住。他便借此長起房價來，不久就發了一注大財，成了東海的一個大富翁。

八姑爺名叫包吃光。他的嘴很大，牙齒很快，胃腸很堅固；無論多少魚、肉、蔬菜、糕餅、糖果、饅頭、麵、飯……他都能吃得一個精光；他時時刻刻要吃東西，一刻也不能停住；到了夜裡，就是睡著了，還要吃個不停。有時候沒有東西吃了，他便吃人，真是一個很可怕的怪物！

第九個姑爺，名叫尖刺頭。他的頭上，生成許多尖刺。那些尖刺可以射出去，無論什麼，只要碰著他的尖刺，便不能動。例如人碰著尖刺，即刻就發昏，不能走動；正跑著的馬，或是貓狗碰著尖刺，即刻就站著，和木雕的一般；飛鳥碰著尖刺，即刻就停住在空中，太陽或是月亮，碰著尖刺，也不能移動。不過他把尖刺收回來，這些東西仍舊可以照常動著。所以他要搭火車，不必到車站去，總是坐在路旁等著；火車一到面前，他便射出一根尖刺，火車就立刻停住了；他上了車，把尖刺收回，火車仍舊很快地走著。

第十個姑爺，名叫火光眼。他的眼睛裡面，有兩道火光，無論什麼東西，一碰火光，或者熔成漿，或者化成灰，或者變成氣。有一個大力士，用一對大鐵棒，向他頭上打去，他把眼睛一張，兩火光一射，鐵錘立刻化成鐵汁，大力士也燒成黑炭。他旅行的時候，若是遇見了大山擋路，他便放出火光，把大山燒成一個穿心大洞，若是遇見大海擋路，他也放出火光，立刻就可以把海水燒乾。所以他吸煙不要帶火柴，只要稍微在眼睫毛上碰碰，煙便燃了，他要吃飯的時候，只要把做飯的鐵鍋，放在眼睛上，半秒鐘，飯就熟了，無論怎樣冷的天氣，只要見著他，沒有不遍身出汗的。哈哈！也真是一個怪物。

九、生兒子

十姊妹出嫁之後，才知道丈夫都是本領極高的人，大家害怕得很，只好低聲下氣地伺候著，先前的威風，簡直一點都使不出來了。新結婚的時候，十姊妹倒沒有受苦；可是不到一個月，除火光眼外，其餘九個姑爺們的脾氣，就一天一天地露了出來。有時任意譏笑，有時高聲痛罵，有時竟拳打腳踢。可憐九個姊妹，心中好不憂愁！可是「在人矮簷下，不敢不低頭」。照這樣混了一年，十姊妹同在一天，各人生下一個兒子。因為除開瞪眼十以外，其餘九個，大家都是在憂愁中度日；身體漸漸地瘦了，精神也漸漸地虧了，所以生下的兒子，也都是殘廢的小孩。咳，可憐呀！

大姐的兒子，是一個瞎子，一點東西也看不見。

二姐的兒子，是一個聾子，一點聲音也聽不出。

三姐的兒子，是一個雞胸，胸脯前面拱起來，不能夠彎腰。

四姐的兒子，頸上都是頑癬，癢得受不了，時時要搔。

五姐的兒子，兩個鼻孔裡，鼻涕流個不停，時時要擦。

六姐的兒子，是一個跛腳，一隻腿長，一隻腿短。
七姐的兒子，是一個駝背，不能夠伸腰。
八姐的兒子，是一個啞子，半句話也說不出來。
九姐的兒子，是一個癩子，滿頭發癢，時時要抓。
只有十妹的兒子，長得五官端正，身體肥壯，不過眼睛有一點近視罷了。
十姊妹的兒子，長得很慢：都是到十歲才能夠叫一聲媽媽；二十歲才能夠說話（啞子還不能呢）；到三十歲，還要吃奶；到四十歲，還要抱著，所以經過五十年，她們的兒子，還不能夠用兩隻腳走，跳，跑，只能在地上爬行，和不到兩歲的小孩子一般。火光眼先生，最疼愛他的兒子小近視眼。所以常常抱著他那五十歲的小寶寶，在外面遊玩。小近視眼常常捋著父親的長鬍子，哈哈大笑。小朋友們！請你們想想那個情形，就曉得他們父子二人，十分地親熱了。咳！可憐那九個孩子，可就不如小近視眼呀！因為九位父親，都很討厭他們；所以九位母親，也不敢疼愛他們。因此——

沒有好的東西，給他們吃；

沒有好的衣服，給他們穿；
也沒有美麗的圖畫，玩具，讓他們看；
也沒有可愛的小朋友，和他們玩。
每天是淡淡的米湯喝半碗，
哪能夠一日吃三餐！
一塊粗麻布，又髒，又破爛，
他們是整天整夜圍在腰間。
爬在陰溝裡滾一滾，翻一翻，
立刻變成了又黑又臭的汙泥蛋。
玩嗎？除非爬進那小豬欄。
連小貓，小狗，都不願和他們遊玩。
小鳥兒看見了他們，
連忙離開矮樹，飛上高山。
鮮花兒看見了他們，
「我不開了！」連忙抬起它的花瓣兒。

唉！他們真可憐！
正是「做人只怕討人嫌，
無人親愛做人難！」

十、大鬍子搗亂

東海地方有一個極富的人，大家叫他做大鬍子。這個人很鄙吝，很奸巧，又很凶惡。他家裡一共四個人，每人每天，只能領四十顆稻米，三粒鹽，兩杯水，一片木柴。若是有人損害他一根草，他也要想方設法報仇。並且他養了一隻極凶惡的熊，幫他害人，十分的厲害！有一天，二姐的兒子小聾子，把大鬍子的肥鵝，用斧子砍死，煮熟吃了。大鬍子不知道是誰偷了他的鵝，就派了狐狸去偵探，後來偵探出來了。大鬍子和他的兒子，跑到二姐家裡，教兒子將小聾子騙出門來，一把捉住，扔在荒山裡，教一些狐狸去吸他的血。正在危險的時候，幸虧遇見胖大娘，趕去狐狸們，救活了小聾子。過了一個月，小聾子和六姐的兒子小跛子在樹林裡玩耍，又被大鬍子看見了，忙教大熊去捉他們，幸虧被一隻小袋鼠看見了，立刻告訴小近視眼；小近視眼立刻告訴他的父親火光眼；火光眼立刻跑到樹林裡去，把兩個小孩子救回來。火光眼詳細問他們，為什麼沒人照看，他們兩人，便把受苦的情形說了一遍；瞪眼十聽了，很可憐他們，便分途到九個姐姐家裡，把九個苦孩子都帶回家來，又寫了九封信報告九個姐夫和姐姐，辦了一個幼稚園，教孩子們住在他家裡念書。她的姐夫和姐姐們，都沒有給她回信，因為他們早已不管這些小孩子了。死也好，活也好，玩也好，念書也好，一概不管。若是沒有仁慈的十姐，把孩子們收留起來，不免都要變成熊的點心，和狐狸的糧食了。從此九個苦孩子住在姨母家裡，有高大的房屋，有明亮的電燈，有美味的食物，有精巧的玩具，也有人照看，也有人教訓，也有人同遊戲，快快活活，舒舒服服，安安穩穩，與先前大不相同。可是這個消息，又被大鬍子派狐狸偵探明白了，心裡想：「我的鵝死在小聾子手裡，我還要替它報仇。」他立刻召集荒山裡各洞的猛獸、惡鳥、毒蟲，開會商議，議決先派一百隻狐狸隨時去偵探，只要有下手的機會，再派獅子、老虎、豹子、熊、野豬、象、犀牛、蟒蛇、大鵬鳥、蜈蚣十種動物，去捉那十個孩子，因為這些動物，都是十姊妹的仇人，所以很願意服從大鬍子的命令。有一天夜裡，狐狸們見許多小孩子，在窗戶前玩耍，那時正刮著大風，下著大雨，嘩喇喇，淅瀝瀝，聲音非常的嘈雜。狐狸們趁此機會，從後門爬進，探聽得瞪眼十已經睡了，火光眼進城去了，其餘的人，都去看戲去了，只留著十個小孩子，在寢室裡玩；並且他們把電燈熄了，大家圍在窗前看雨。狐狸們打聽清楚了，即刻跑去告訴大鬍子。大鬍子正要派十種動物去捉他們，忽然來了一隻狐狸，說火光眼提著一個大包，由城裡回來，現在離家不遠了。大鬍子一想，十種動物，斷不是火光眼的對手，便教一個小妖到半路上去攔住火光眼；小妖剛走下山，恰巧遇著火光眼，他忙走上前去，恭敬地行禮，笑著說道：「火先生，我十分地佩服你，你真是世上第一等的英雄，天上的神仙都願意做你的學生，各國的君王，都願意做你的徒弟，各國的皇后，都願意做你的妻子，各國的將軍，都願意做你的僕人。我的父親，願意做你的兒子，我自然很願意做你的孫子；現在，你就是我的爺爺。爺爺！你說好不好？」火光眼聽了這一篇話，樂得哈哈大笑，說：「好！小孫子，我正好買許多玩具，我就送一件給你罷。」小妖說：「爺爺，你買這許多的玩具做什麼？是不是給叔叔們玩？」火光眼說：「不錯！」小妖說：「我有一個鑰匙，能夠開開山上一個石洞的門，你和我去看看嗎？洞裡面有能跳舞能唱歌的洋囡囡，有能寫字能畫圖畫的不倒翁，能說故事說笑話的泥人，還有自己能跳的皮球，自己能叫的空氣，最奇怪的，還有長著眼睛的蘋果，生著耳朵的橘子。喝！多有趣呀！你帶些回家給小叔叔們玩，不好嗎？」火光眼說：「好！我和你去。」小妖便領著他上山去了。

十一、妖精大聚會

「關門家中坐，禍從天上來。」十個小孩子，哪裡知道有許多凶惡的動物要來捉他們？正在極危險的時候，幸虧小袋鼠跑來喚醒了他們的母親。瞪眼十起來了，忙跳過高牆，三拳兩腳，把十種動物打退了。大象說：「十姐兒，你等著。今夜我們雖然打敗了，總有出氣的一天，哼！『有仇不報非君子』。等著罷！」十姐回到屋裡，小袋鼠又把大鬍子的計策，詳細地說了一遍。十姐一想：「打仗倒不怕，就是十個孩子沒人照管，很不妥當。」她便走到書房裡，寫信給兩位好朋友，教他們來保護小孩子們，又寫了九百九十封信，請許多有本領的朋友來幫助，預備和大鬍子比比高。寫完了信，火光眼也回家了，跑了半夜，一件好玩具也沒有，倒被那小妖偷偷地把石洞塞住，他才知道是受了人的騙；好在他的本領高，從眼睛裡放出火來，把高山燒了一條通道，慢慢地走回家來。十姐忙把大鬍子謀害小孩們和聘請朋友幫助的情形，詳細地告訴他，他很生氣，說：「若不是怕連累好人，我一定要把這地球燒壞。」十姐說：「我們先禮後兵，我想先償大鬍子一隻鵝，他若是懂得道理，一定不來搗亂了，我們也得安安逸逸地過日子。如果他一味地要搗亂，好在我的朋友很多，也不怕他和他那些狐群狗黨。」火光眼說：「好罷！……」他們正在談話的時候，有一隻狐狸躲在窗戶外面，把他們的言語，聽得很明白，忙溜回山洞，告訴了大鬍子。大鬍子一想：「何不將計就計，害他一陣呢？」便忙騎著大象，去找他的朋友幫助。走下高山，遠遠地看見一個人，騎在馬上看書，腰間掛著一支大筆。這個人叫做文學博士，他那一支筆，非常的巧妙。無論什麼事，他要怎樣便怎樣，例如他要太陽從西邊出來到東邊落下，他只要一筆，就可以成功。所以他的本領極高，誰也不能抵抗。大鬍子知道他是個不好惹的，便連忙繞道躲避他。正在轉彎的時候，遠遠地看見一個人，在大棕樹下躺著休息。身邊有一塊石板，一支石筆。這個人叫做數學博士，他的本領，更是奇怪，無論什麼，他只要用石筆在石板上一畫，便可以知道。隨便給他什麼問題，他沒有答不出來的。有人問他：「數學博士你知道嗎？世界上的屋頂上面，一共有多少瓦？各種動物身上的毛有幾多？現在有多少少年男子沒老婆？」他用石筆劃下便答出來了：「這些問題我都能回答。世界上的屋頂上面，有不少的瓦。各種動物身上的毛有許多。現在有算不清的少年男子沒老婆。」所以他休息的時候，石板石筆總擱在身旁，時時拿來畫一畫，就知道全世界當時有什麼事。這兩個博士，當十姐寫信的時候，早已知道了，所以一齊到了東海。十姐見了他們兩位，便把十個孩子，託他們保護，他們立刻帶著十個孩子回家去了。

大鬍子找著他的好朋友，名叫懶妖精。這個人，他精通催眠，他有一個玻璃球，無論是誰，只要看見他的玻璃球，便要睡，他見大鬍子來請他幫助，滿口答應，立刻舉起一面招集妖精和動物的旗子，招集了許多無賴的妖精和凶惡的動物，商議了許多的巧計，便點兵派將，教各個分途預備，要謀害十個姑爺。他自己和大鬍子也到了東海，隨時指揮。大姑爺成仙眼，有一天遠遠地看見一個石洞裡，有三個仙人，各個的心中正想著，「要發明一種藥水能夠救活已經死了的人，能夠把枯槁的骨頭變成活人。」成仙眼看見了他們的心思，便時常留心看著。經過三天，他們居然把起死回生的藥水發明出來。試驗一次，很有效驗。成仙眼大喜，忙把他早年過世一個妹妹的骨頭，從墳裡掘出來，用提盒盛著，去拜訪那三個仙人，請他們救活已死的妹妹。他走進石洞，只見三個遍身紅毛的仙人，一個拿著一柄寶劍，一個拿著一張救人的廣告，一個把藥水倒在許多的骷髏和枯骨上面。拿廣告的仙人對成仙眼說：「我們今天預備往各處遊行，當場試驗我們新發明的藥水。我們把一個人殺死，截碎，只用藥水灑在肉上面，五分鐘，便可以仍舊還原，和活的時候一般無二。成先生，你信不信？」成仙眼說：「我早就看見你們試驗過了，的確十分靈驗。」拿藥水的仙人說：「成先生，你願意試一試嗎？」成仙眼遲疑一會，又詳細把三個仙人的心思，考察許久，都沒有一點惡意，便說，「請你們試一試，我正想嘗嘗死是什麼滋味，是活人快樂，還是死人舒服？如果死了不舒服，以後我就永遠不死了，仙人們，勞駕，我很願意試試看。」拿劍的仙人聽了，便舉起劍來，把成仙眼砍倒，一頓亂剁，剁成一塊一塊的，大家分吃，吃得一塊不剩。原來這三個並不是仙人，乃是懶妖精派來的小妖，變成仙人模樣，每天故意地想救活死人，救活枯骨，什麼藥水，全是假的，都是懶妖精使的妖術。懶妖精見成仙眼死了，出洞來，哈哈大笑，說：「哈哈！傻小子，真傻到萬分，死了不舒服，還想活轉來，世界上哪有這種事。」拿廣告的小妖說：「哈哈！死本是很舒服的，所以世界上的人死了，沒有一個願意活轉來，見活著不如死的好哪！」他們說說笑笑，十分地開心。可憐成仙眼，竟上了他們的當，白送了一條性命。

小朋友們，懶妖精的奸計很多，他要把十姊妹的丈夫全害死，替一隻小小的鵝報仇。

十二、十個姑爺被害

大姑爺成仙眼被害，好人沒有好結果，真是可惜！那時候十姊妹都到白衣國看戲去了，大家看得十分高興，都忘了家裡的事情；不然，也不至於鬧得這樣糟，現在，請看這貪財的二姑爺通靈耳，被一匹驢子一隻象給誆騙了。有一天，通靈耳躺在階前布椅子上乘涼，忽然看見兩個畜生，在階下爭論，驢子說：「你這一包金鎊，比我的多，我們應該都拿出來平均分配。」象說：「嘿！平均分配？不行。我得了多的，就應該歸我，你得了少的，只能怪你倒楣。」兩個畜生越爭越有氣，差不多要打架了，後來決定先把兩包金鎊，埋在煙霞洞裡，再找公證人評判——這一件事情都被通靈耳聽見了。到了晚上，他便悄悄地走進煙霞洞去，在四處尋找，果然被他找著了，他連忙把包袱解開，只見一個橡皮袋，沒有縫口，他便掏出小刀來，向皮袋上一搠，啪！冒出一線毒性很烈的綠氣，立刻把通靈耳毒倒了。不多時，許多惡狼走進來，把他嚼得乾乾淨淨。第二天晚上，三姑爺力包身，四姑爺硬包體，五姑爺黑金剛，六姑爺長指頭，都聽見了成仙眼，通靈耳兩人被害的消息，便忙開會討論對敵和報仇的方法，不料被懶妖精知道了，大吃一驚，因為他們四個人，非常厲害，要比力氣，萬萬不是他們的敵手，所以懶妖精三步並作一步，跑到他們開會的地方，假裝報告消息，他一面說話，一面掏出他的玻璃球來，迎電燈光一晃，把會場裡四個本領高強的人，都迷住了，他再搖旗子，無數的動物和妖怪一齊跑來，把力包身抬到製藥廠去，製成一顆一顆的大力丸；把硬包體抬到煉鋼廠去，造成許多的鋼條、鋼板；把黑金剛抬到鑽石製造廠去，磨成許多美麗的金剛鑽；把長指頭抬到海島的燈塔上，用他的手指頭，裝成幾萬里路的電線。一星期之後，其餘的四個姑爺，都得了這不好的消息，肥臂膀和包吃光素來膽小，只是藏躲在家裡不敢出門，因此，肥臂膀的房客都一齊搬走了，氣得他每天光喝酒，整天整夜醉得人事不知。大鬍子探聽了這個消息，便派了一隻象，用鼻子捲著一瓶毒藥，從窗戶裡伸進去，倒在肥臂膀的酒杯裡面，不到半天，肥臂膀果然毒死了。包吃光在家裡，什麼東西也吃光了，又不敢在外面去買，只好在自己的花園裡摘鮮果充饑，不料大鬍子派了隻老鴉，飛進花園，把毒藥水注射到果子裡面，被包吃光吃下，不到半天，大叫一聲，嗚呼哀哉。尖刺頭和火光眼左思右想，想不出好的方法來對付。有一天，尖刺頭坐在火光眼家門外的池邊釣魚，不料懶妖精派了一條大鱖魚銜著玻璃球，浮出水面，對著他吐了出來，立刻把尖刺頭迷住；接著又派了一隻小哈巴狗，接過鱖魚的玻璃球，跑到火光眼的眼前，又把火光眼迷住；大鬍子便把一座大山放在尖刺頭的頭頂上，大山觸著尖刺自然不會壓下來，那時懶妖精把魔法一收，尖刺頭醒了，剛抬頭一望，被大山壓下來，壓成了肉醬。大鬍子把火光眼綁在柱子上，下面放了一個很猛烈的炸彈，大家一齊走開去，懶妖精遠遠地把魔法一收，火光眼醒了，兩眼一睜，剛好射在炸彈上，砰的一聲，火光眼炸得粉碎。——這時候，大鬍子大勝，大家大喜，大笑，大擺筵席，大大地開了一個大慶祝會。正是：

彎彎月亮照在當頭，看見一邊歡喜一邊愁。一邊戰勝了，齊喝成功酒；一邊戰敗了，性命不能留，還有十個沒了丈夫的妻子，在馬戲場中拍手，炸彈一響，順風耳一聲叫，千里眼一回頭。呀！糟透了！長腳六叫一聲「走！」走回東海替丈夫報仇。請列位朋友，耐心看下去，便可以知道「雲從何處起，水向哪方流。」

十三、最後的眼淚

十姊妹由白衣國趕回來之後，大家集合在千里眼家裡，商議報仇的方法，懶妖精得了這個消息，忙派了一隻小貓頭鷹，銜著玻璃球飛到千里眼的家裡，把十姊妹一齊迷住。大鬍子用鋼刀去砍硬頸四的頭，一連砍了十下，砍壞了十把鋼刀。懶妖精說：「何必白費氣力，把她們一齊燒死，就完結了！」於是派了十隻大象，搬了許多的柴草，堆在屋子的周圍，舉起火來，一會兒，濃煙大起，火焰沖天，不料冰凍五被火一烤，遍身冒出水來，和噴泉一般，沖到半天裡，又向下落，不多時，把火都淹滅了。火雖是滅了，可是十姊妹還是昏迷不醒。大鬍子又教手下的小妖，把她們一齊抬到海船上，一個一個地扔下海去，並且把瞪眼十弄醒，辱罵了一陣，再逼下海去。

正在這個時候恰好十姊妹的救兵到了。是誰呢？原來是一位老農夫，他沒有別的本領，他只會出汗，可是他的汗，無論什麼魔鬼、惡人、猛獸，一粘著他，便立刻暈倒，無論什麼妖術、毒藥，一粘著他，便立刻失去效力。並且同時又到了九百九十八個本領高強的朋友，都集合在海岸兩旁。

老農夫把汗珠滴到海裡去，十姊妹一齊醒了。闊口八一張口把海水喝乾。大家起身一看，大鬍子，懶妖精，和許多的小妖，野獸，都被老農夫的汗珠，醉倒在海底的草叢裡。

老農夫又把汗珠灑到海岸兩旁的山上去，把其餘的敵人醉倒。教那些來幫助的人把他們都扔在海裡。

老農夫單把大鬍子抱到岸上來，綁在柱子上面示眾，又教闊口八把海水吐出來，仍舊滿海是滔滔的大水。那些作惡的東西，便永遠不能住在山裡了。

那時候，東海附近那些可愛的小動物，都十分地歡喜，因為凶惡的動物全除掉了，以後可以平安度日。所以開了一個歡迎會，歡迎老農夫和十姊妹。

正在大家快樂的時候，不料那又笨又蠻的大象，用長鼻子捲一個燃著火線的大炸彈，向會場跑來。幸虧被一隻鴿子看見，忙邀集同伴，一齊向象的眼睛猛啄，象把鼻尖一縮，炸彈恰好爆裂了，倒把自己炸得粉碎。因這一件事，所以老農夫囑咐十姊妹，要時時留心不曾除淨的仇敵。當時派定接了瞪眼十的信特來幫助的九百九十八個人，分班往各山洞去搜查，又教十姊妹輪班在海邊防守。

這時候，誰也不知大鬍子還有一個住在南海的父親，想替兒子報仇！他派了三個能飛的小妖，帶著一件極毒的「嗎啡針」把瞪眼十扎暈，搶回去了。過了許久的時候，姊妹們才知道這一回事。

老農夫說：「唉，我想這個交涉，現在應該改變方法。常言說得好，『冤仇宜解不宜結』，他的兒子害死了你們的丈夫，我們害死了他的兒子，將來子子孫孫，輪流地報仇雪恨，鬧個不休，把人類應當做的正經事都耽擱了，連我這一個很忙的老農夫，也為著你們荒廢了許多寶貴的光陰，假如世界上的農夫，都幫著你們戰爭，試問我們，豈不要一齊餓死嗎？我想，不如兩方面調和了罷！」大家聽了老農夫的話，覺得很有道理，商議了一會，便派千里眼到老鬍子家裡去，不料被老鬍子罵了一頓，低頭喪氣走了回來。第二次再派順風耳去，也被老鬍子罵回來了，第三次派大力三去，老鬍子動手就打。他哪裡知道大力三是愛打架的人，他打了大力三三拳，大力三隻還他一掌，便把他上下嘴唇上的長鬍子全打掉，變成一個「無鬍子」。

於是這個無鬍子才規規矩矩地來議調和的事。大力三教他先放十妹出來，無鬍子一定不肯，一定要把條件議妥了，才能夠放出瞪眼十。大力三沒法，只好和他一塊到東海來，立刻組織了一個「和平會議」。可是兩方面，誰也不願退讓，誰也想佔便宜。

一直議了八個月之久，還沒有解決，把一個可憐的十妹，囚禁在黑暗的石洞之中，一天到晚，音信不通，她心裡猶如刀割。她想著：

「親愛的丈夫，不能復活了。寶貝的兒子，現在怎樣了。父親，母親，不能來看我啊！九個姐姐，為什麼不來救我呀？許多的朋友，難道都被人害了嗎？唉！完啦！我只好等死罷……」

她越想越悲傷，不覺放聲大哭。兩道眼淚和大噴泉一樣，噴個不住。漸漸地成了大瀑布，向低地流去。低地滿了，漲到平原。平原滿了，漲到高山。不到五分鐘，整個的地球，都被瞪眼十的眼淚包住了。人也沒有了，動物也沒有了，植物也沒有了……一切的東西都沒有了，所以這一篇小說也就沒有了。

選自《我的書·十姊妹》，
一九二九年五月中華書局出版

好妹妹

卷頭語

這篇小說的原型，就是安徒生所著的《天鵝》，我因為最愛讀它，所以添了許多穿插，說給親愛的小弟妹們聽，有時隨手寫些來，漸漸湊成這本書。

本來一篇頂好的故事，何必加上許多油鹽醬醋呢？因為我覺得這麼好的故事，做一次就說完了，未免可惜，所以故意將它拉長，讓聽的人可以深深地記住，並無其他深意。

穿插的中間，有些過分不合事實的思想，但是既要說「故事」，那就管不著了。閱者只要看得動情，也不必再想到事實上去，何況這本書的穿插，原意就重在「打倒事實」一呵！

第一章　王子們和安琪公主

多金國的王宮旁邊，有一所極華麗的學校，有三百六十層樓，最高的一層，時常埋在雲中。那學校裡有三萬六千個學生。其中有十一個，是國王的兒子。那十一個弟兄，都生長得十分美麗，頭髮和漆一般，又光又黑；皮膚和玉一般，又潤又白；五官長得分外的端正，身段長得分外的勻稱，古今美男子，誰也比不上他們。那十一個王子，裝飾得十分精緻：戴著滿是珍珠串成的帽子，穿著滿是金剛鑽聯成的衣服，穿著白金絲織成的襪子，赤金絲織成的鞋子，配著美麗的容貌，簡直和神仙的兒子一般。他們在學校裡，用鳳毛筆在龍皮紙上寫字，用金剛鑽的筆在黃金板上習算學，用珊瑚粉、瑪瑙粉、翡翠粉，在白玉板上習圖畫，這些文具，無一不是貴重的寶物。他們不僅美麗、精緻、闊綽，並且十分的聰明：先生教了一課書，他們便將一本書都讀熟了；先生教了一次加法，他們便將減法乘法都學會了；先生教他們唱本國的國歌，他們便將世界各國的國歌都唱熟了。他們不僅聰明，而且十分的仁慈，對於同學，無論窮富，都和親愛的弟兄一般看待，絕不擺出王子的架子來。他們遇見窮人，隨時將口袋中的金洋錢賞給那些人，決不吝惜。他們踮著腳尖走路，恐怕踹死地上的蟲蟻。總而言之，那十一個王子，是世界上最好的孩子，應該沒有別人比他們再好的了。但是，他們有一個妹妹，名叫安琪，比他們更要好些。

安琪的美貌，雖集合世上最會說話的人，也說不好，說不像，說不詳細。正開著的鮮花見了安琪，一定要羞得閉上花瓣；正照著的月亮見了安琪，一定要羞得躲入雲中；正飛著的鳥兒見了安琪，每每忘記了飛，一個跟頭栽下地來；正游著的魚兒見了安琪，每每忘記了游行，瞪著圓眼睛沉到水底。安琪的聰明，更沒有半個人比得上。她剛認識了一個「一」字，那字典上所有的字便都認識了；她剛看清一個「I」字，那精深的算學都明白了。她看書，一睜眼便看了兩頁，只見她一頁一頁地翻過，翻完一本，便看熟了一本，不僅一個字都不會忘記，並且連標點符號都可以完全背出來。她作文的時候，兩隻手的每一個指頭上裝上一支筆，一次便可以寫出十行，決不要費思想，一口氣便寫出一本八百頁的長篇小說。請大家想想，一個人有這樣一個美麗聰明的妹妹，豈不是絕大的幸福？不過稍微有點困難，什麼困難呢？因為沒有方法，尋找一個合適的妹夫啊！

第二章　他們快樂嗎

十一個王子和安琪公主，住在高大華麗的王宮裡面，自然是非常的舒服。他們平日吃些什麼東西呢？鳳凰的蛋，自然比雞蛋好吃些；麒麟的奶汁，自然比牛奶好吃些；還有那從天宮裡運來的蟠桃，從仙島上運來的靈芝草，從月宮裡運來的桂花香糖，自然比一切平常的糖果蔬菜好吃些；更有從金樹上結的花生，從銀樹上結的荸薺，因為不是從泥土裡刨出來的，所以滋味比我們所吃的特別不同。

他們的玩具，更是精巧無比。那些洋囡囡，都能跳舞、唱歌；泥做的兵，都能打仗；木做的工人，都能做工；至於那些鐵狗，木馬，布獅，絨象，綢鳥，紙鳶，都能跑，能跳，能飛，能叫，能服從主人的命令。安琪還有十本圖畫，尤其寶貴，畫上的花有香，月有光，風能動，水能流，鳥能飛，魚能游，蟲能爬，獸能走，完全和真景致真的事物一樣。他們的小樂器，常常聚在一起，自動地奏樂，那種調子，分外的好聽。安琪有時高興唱一個歌，那歌聲更美妙無比！天上的神仙，世上的音樂家，一齊停住自己的音樂，靜靜地聽著；凡是能發聲的動物，都不敢大聲出氣，一切車、馬、船、飛機、機器，都停住動作，聽她唱歌。有一次，我們的地球，也因為靜聽他的歌聲，耽誤了轉動，那一天竟延長了兩點鐘，成了二十六點鐘頭，以致世上的鐘錶，一律從新測準時候，倒退了四個鐘頭。（請想一想，為什麼倒退四個鐘頭？）哈哈，你想他們何等的快樂，怎樣的舒服呵！大約將古代的，現在的，全世界的，一切的快樂，湊合在一起，也比不上他們的萬分之一。我們希望嘗一嘗這樣的快樂滋味，就是想一想，揣摸一揣摸，也就夠開心的了！小朋友！「盛極必衰」「樂極生悲」這些話固然是古人警戒今人的諺語，有時果然靈驗。那十一個王子和安琪公主，不是快樂得不能再快樂了嗎？可惜呀！他們的快樂，竟不能永遠地享受。為著什麼緣故呢？因為他們的母親，忽然得了重病，不久便扔下他們升天去了，怎能不悲傷？怎能不傷心痛哭？他們哭了十天十夜，沒有吃，沒有睡，沒有上學，沒有玩，直哭得太陽不敢露面，十天十夜都變成黑夜；一切放光的物質，都熄滅了；世上人物，都變了十天瞎子，都吃了十天冷菜冷飯；電燈公司，照像館，影戲院……和一切要用光用火的店鋪，都停工十日，算是追悼王后。十天之後，大家停住哭聲，擦乾眼淚，料理喪事，大大地出了一次殯。好熱鬧呵！十萬大兵，九萬九千九百九十九團音樂隊，在前走著；全世界的和尚，道士，尼姑，牧師們都到齊了；全世界的人都去弔喪，多金國全國的人都是招待員；三萬六千人抬著一口大金剛鑽的棺材，將慈愛的王后葬在喜馬拉雅山的頂上，因為人太多，地方太窄，所以音樂隊在馬達加斯加島上吹吹打打；送葬的親眷停在直布羅陀海峽一帶哭哭啼啼，其餘的來賓們，男賓在西伯利亞歇息，女賓在蘇門達臘歇息，並且借了火星上一片草地，搭蓋茶棚，總而言之，此次大出殯，很熱鬧，很熱鬧，熱鬧得很，很，很，很，再不能很了！

第三章　一個凶惡的女人

王后大出殯的第二天，就是國王和新王后結婚的一天，所有的軍樂隊，大兵，送葬的男女來賓，以及一切官員百姓，一律換穿紅衣綠褲，用三萬六千個極美麗的女子，抬著一頂水晶雕成的轎，極漂亮的新王后，坐在轎中，人人都可以看見。那預備喜筵的牛肉，堆成一萬座高山，和死去的王后的新墳一樣的高；將太平洋的海水，用水車完全抽乾，灌了滿海的好酒；摘下了兩個太陽，做喜堂上的紅蠟燭；摘下半天的星星，做宮門外花彩牌樓上的電燈，喝！那種熱鬧，自然比大出殯更熱鬧了。最難得的，就是召集了許多極有名的醫生，將一百年以前的古人從墳墓裡刨出來，用靈藥治活，一齊登臺表演他們自己的故事，這是第一次發明，請真正的古人演戲，我們從前決沒有看過這樣的好戲呵！國王和新王后新婚之日，人類和動物，決沒有半個不歡喜，因那一天，無論何人何物不許死，不許病，不許相罵相打；無論何人，要多少錢，便給多少錢，無論什麼動物，要吃什麼便給什麼；所以一切人類和動物，都十分快樂！高興！開心！愜意！沒有半個人有半點憂愁，但是，那十一個王子和安琪公主，心中總有一絲——那麼小的一絲悲傷，不過湊合起來，那悲傷的分量，還不到平常的半點，只有比頭髮還小千倍那麼一絲，並且他們還不敢露在面上，恐怕繼母不喜歡。依道理，新王后應該賞賜許多珍貴東西給一切官員百姓。那一天，新王后娘娘，將每一百塊現洋，用銀漿糊嵌成一根圓柱和大香腸一般，每一個百姓賞給一根，又將每一千元一張的鈔票，剪成許多的花瓣，紮成一朵花，每一個小官賞給五朵，每一個大官賞給十朵。至於全城的小孩子，每人賞賜一對真金打造的活金魚，放在水晶缸內，用水銀養著，是十分寶貴的寶貝。但是，她賞賜十一個王子和安琪公主的東西，每人僅僅有一個小紙包。包包的紙，是糞坑裡掏出來的，還沒有晾乾，又臊又臭，包兒裡頭，是什麼東西呢？一些白色的小粒，是乾燥的眼糞；一些灰色的小塊，是鼻孔中的汙穢；一些黃的泥渣，是牙縫裡的髒東西；一些黑色的粉末，是臭腳丫裡的灰屑。說出來都很噁心，何況拿在手中呢？他們得了這種奇怪的賞賜，並不敢怨恨，只好收藏在花盆底下。就是新婚的那一夜，新王后暗地裡將王子公主的糖果餅乾，滲進一些髒的東西，又命令許多惡老鼠，將他們的衣裳，鞋襪，玩具，書籍，一律咬壞，又命令許多臭蟲，跳蚤，白虱，在他們的小床上瞎鬧，咬得他們通宵沒有睡好。

新婚的第二天，國王的腿上，忽然長了一個小癤子，新王后便叫一個有名的法師來調查，據說有小人暗害，包了許多髒的東西在花盆下壓著，須要尋出來燒毀，這癤子才能消滅。於是御林軍的全體，分往各處搜查，不幸就在王子的小花園裡搜出十二包汙穢，國王大怒，便叫新王后懲罰他們，新王后本想把他們一律斬首示眾，無奈有許多的宮娥妃子，和大小文武官員在旁邊苦苦哀求，請留活命，新王后只好忍著凶性，將他們從寬定罪。安琪，賞給一個極窮的農夫去做丫鬟，每天須做二十三點半鐘的苦工，若查出懶惰的情形，便連農夫一起，斬首示眾，至於十一個王子，王后雖然允許留下活命，決不許再做活人，她用魔法向王子們念咒，並且大聲喝道：「滾蛋！到遠處去自尋食物！在白天裡不許做人！滾罷！

都變做不會說話的鳥，替我飛去罷。」可憐的王子們，都不願變做壞的鳥類，或醜的鳥類，只好變成十一隻白色天鵝，悲啼了幾聲，飛出窗外，離了王宮，一直向西飛過大花園，大街，小巷，越過牆，小河，高山，大樹林，以後，因為天色已晚，誰也不知道他們飛到什麼地方去了。這種悲慘的事發生，竟使全國的人一齊得了眼睛紅腫的症侯，除開國王和王后以外，沒有一個人不眼紅流淚，凡是有好眼睛的人，一律變成近視眼，凡是近視眼一律變成瞎子，凡是瞎子倒一律變成不瞎的好眼睛了。

第四章　在窮苦的農夫家裡

在大樹林的西面，有一個窮苦的農夫，夫妻二人，種地、砍柴度日。王后將安琪交給他們，壓迫她每日做工二十三小時半，不許休息，每夜只許睡三十分鐘；安琪不敢違背繼母的命令，農夫怕自己的腦袋脫離身體，只好讓她辛苦度日。當天晚上，安琪做工就太辛苦了，恰在天明的時候，她酣睡了半點鐘，那十一隻天鵝，正從樹林裡飛過去，他們繞著茅屋飛了許久，有的伸著長頸高聲地叫著，有的拍著翅膀「拍拍」地響，可憐沒有一個人理他們，也沒有一個人喚醒安琪，他們沒有法子，只好悲啼了一回，仍舊向西飛去。那西邊的地方，自然是很寬闊的。他們已經越過多金國的邊界了，有誰能夠向天涯海角去尋找他們呢？可憐的安琪，被監守的兵士喚醒了，又做了一天一夜的苦工，歇工的時候，想玩玩，可是沒有玩具，只好站在爛泥地上，摘下路旁的樹葉來玩弄，一片綠葉上，有二個蟲蛀的小洞，她用這片葉子遮住眼，從小洞中望那天上的星，那星星一閃一閃地動著，她想：「這是我哥哥的眼睛放光呵！哥哥們！你們是不是看見我啊？」但見星星不忍答她的話。過了一會，快下去的月亮，忍不住將慘澹的光線，穿透樹葉上的小洞，照在她的手上，她悲呼道：「哥哥！你們要和我握手嗎？」那月亮聽了這樣悲慘的聲音，哪裡還支得住，一不留神，便滴溜溜地滾下山去了。那時，她已經玩了三十分鐘，守兵又來催她上工，於是她一夜沒有睡。這樣的日子，安琪一直過了十年。不過她越辛苦，越康健；越貧窮，越美麗；越傷心，越聰明；越受罪，越仁慈。農夫和守兵們，都十分敬佩她，許多的百姓到林中來安慰她，她也沒有別的悲傷，只是在每天二十三點半鐘的時候，她必定要想念哥哥們四十七次。風吹樹葉，她便疑心哥哥們來了；月映花枝，她也疑心哥哥們坐在那裡；所有的花，本來不敢在她面前開放，但因為她太愁悶，只好忍著羞臊開放一半，讓她欣賞。因此，許多有名的花，常常開會商議，想法子輪流安慰她。一天，正當她休息的時候，有一朵極美麗的玫瑰花向旁邊的牡丹花說：「陛下，你看，多金國公主的面貌頗有些像你，真美麗呵！」牡丹大聲喝道：「小玫瑰，不要胡說，怎能說她像我！依理只能說我稍微有點像她。她是古今天下的第一個美人！」花王說的這些話，並沒有絲毫客氣，也沒有故意討安琪的歡喜，實在是真心實意。一天，一位老先生在樹下讀詩，春風推著那一本詩問道：「詩先生！你可知道，誰是天下最友愛的人？」那詩連忙答道：「天下古今親手足，不及安琪友愛深！」

第五章　國王總算有一點糊塗

多金國的國王，自從娶了那個妖媚的王后之後，每每將國家大事，聽任一般小人去辦理，以致全國的百姓怨恨得了不得，國中有幾個冒險的少年志士，打算到外國去調查新王后的來歷，因為新王后知道許多妖法，一定不是本國中安分的女子。她自稱是西方大國的公主，一定是外國來的妖人，所以那一般少年，必要查個水落石出，設法將那害民禍國的壞王后驅逐出境。但是，國王正十分信託那新王后，新王后也不敢得罪國王，或謀害國王，因為王后沒有國王，就等於魚兒沒有水，也不能狗仗人勢，為非作惡了。不過國王的年紀已經老了，心中常常憂悶，老年人沒有兒子，好不孤淒，何況一個國王，年老了沒有太子在身邊，怎能繼續將來王位呢？所以他一想起十年前的事，十分懊惱。有時問問王后；那王后只是託辭哄騙，說他們早已遭了不幸，掉在海裡淹死了，並且假意安慰國王，說她自己一定要生許多王子。其實結婚已經十年了，不僅不曾生過半個孩子，就連小雞蛋都不曾生下半個。原來她的師兄弟，正替她在妖洞裡配藥，須要十二年才能配好那種怪藥，可以變成小孩。老糊塗了的國王，以為王子們真個死了，只好空想一會：「咳！那十一個寶貝，當時都是不懂事的孩子，現在已經十年了，若是不死，一定很懂事了。咳！可惜死了。咳！可惜已經死了呵！」一天，國王忽然想起安琪，暗地裡派了一個親信的御林軍軍官去找尋。那軍官說：「我主，公主不用去找，全國的人，誰不知道她在大樹林外的農夫家裡，只要派人去接她回宮就好了。」他剛說完，早有人通知那壞王后了。她想道：「假如不接公主回宮，不僅國王要發脾氣，就是全國的狗百姓也要吵鬧，倒不如讓她回來，再想法子擺布她罷！」第二天清早，國王令三千御林軍，領著自己乘坐的用一千匹馬拉的龍車去接安琪公主，那壞王后也命令全國的獵夫，請國王出宮打獵。偏偏那糊塗國王，不知是王后的鬼計，等不及安琪回來，便出宮到東山打獵去了。一會兒，安琪穿著破衣，破鞋，坐著龍車進城，但是她仍舊非常的美麗，全城的官員百姓，一齊跪在街上，歡呼「公主萬歲」。他們並不是怕公主，實在是愛公主，實在是真情實意地歡迎。公主安琪見此情形，十分感動，連忙命令三千御林軍，將跪著的人一個一個扶起來，用客氣的言詞道謝；這樣地耽擱時候，真使那壞王后急壞了。公主的龍車到了宮門口，國王的馬隊也進了東門，父女相會，就在目前，想必沒有什麼危險了。

第六章　公主仍舊遇了惡運

安琪剛進宮門，新王后假意歡迎，叫宮娥替公主梳裝。那時，假如安琪不肯梳裝，忍心放膽，穿著破衣破鞋，等國王回來見面，那麼，倒能平安無事。咳！她怎麼料得到呢！她以為王后叫她換衣，梳洗，決無惡意，並且穿著破衣破鞋見父王，也要使父王心中難受；加以父王問起情形來，必定要和王后發生惡感。因此三層緣故，所以連忙跟著宮娥，走上王宮的妝樓，梳頭洗面。王后的宮娥，早已奉了王后的命令，用沙魚骨替安琪梳頭，越梳越亂，亂得滿頭的頭髮，和亂絲一般，並且變成黃灰色，十分難看；宮娥們又用烏賊汁替安琪洗面，洗得滿臉的皮都裂成了許多的小洞，和大麻臉一般，並且變成古銅色，十分刺眼！可憐的安琪，自從這一次打扮以後，誰也料不到這樣醜陋的女子，就是從前那天下第一美麗的安琪公主！雖然安琪已經變成了一個醜陋的女子，但是醜陋的中間，仍舊留了一部分的美麗，例如她的眼睛，仍舊極靈活，極美觀；她的牙齒，仍舊和白玉一般，排列得十分整齊；她的身段，仍舊是嫋嫋婷婷，十分勻稱；她的聲音，仍舊是又脆又圓，十分悅耳。若是見了父王，仍舊可以使父王疼愛。所以那壞王后，又叫宮娥替她灑上一些香水，換了一套極華麗的金花衣服，這一來，安琪便上當了，因為那香水是黃鼠狼的屁煉成的，十分臊臭；那衣服是毛蟲的皮，外面雖然好看，可是皮上有毛，毛上有毒。可憐的安琪，片刻就裝扮好了，但是她自己並不曾照過鏡子，因為自己素來明白自己是很美麗的，用不著打粉擦胭脂；並且國王已經進宮了，也來不及仔細打扮；加以父女快要見面，歡喜難支，心中有點跳動；因此三層緣故，便隨隨便便地疏忽了。國王剛走進宮門，安琪便含著歡喜的眼淚，伸開兩臂，歡呼父親。那國王猛然看見一個黑臉皮亂頭髮的美女郎，不免吃一驚。心想：「我的美麗的女兒，怎麼變成這種形狀了啊！可憐呵，她在鄉下，天天被太陽光晒著，竟將她晒焦了。」正想時，一股臊臭之氣，直熏得國王頭腦發暈，心中很不高興；但安琪已經走到他面前來了。父女之情一動，也管不了醜陋怎樣難看，臊臭怎樣難聞，忍不住雙手一抱。「哎呀！痛煞我也！」國王這樣大叫一聲，往後便倒，兩隻手登時紅腫起來，痛不可當。國王心想：「這個女子，決不是我的女兒，就是我的女兒，也就變成壞女兒了。」因此，心中十分悲傷，忙向宮娥們說：「快快將這女郎帶開去，待我查問查問，是不是真正的公主？」此刻，安琪心中早已明白，又是新王后在旁使弄妖法，以致父王受驚而且生疑。倒運的安琪，怎能不傷心，只好掩面痛哭著，跟著一個宮娥，到花園裡一間破屋子裡去了。

第七章　三十六計走為上計

那國王忍著痛，一面召集城內有名的偵探，往城內城外去查公主的真假，一面警告宮中的人，須好好地看待那真假不明的公主，若有人傷她性命，或是攆她出宮，一定斬首不饒。國王並且向王后說：「那可憐的女郎，我們應該憐憫她。何況她或者是我的女兒呵！……你叫宮娥替她梳洗梳洗吧！咳！又髒又臭，怎麼過日子呢！王后連忙答應，立刻叫宮娥去替安琪梳洗。嚇！可以免了吧！假如替她再洗一次，那安琪一定要變黑炭頭，再梳一次，便要成黑炭頭尼姑了。聰明的安琪，心中很明白，所以無論何人，叫她洗面、梳頭、喝茶、吃飯，她一律不理，只低頭痛哭，見著便搖頭擺手，不許近身，她到底是一位公主，宮娥們誰敢得罪她！於是安琪倒因此平安了。當天晚上，便在黑暗的破屋子裡住著，她緊閉門窗，坐在潮濕的地上，一味悲切切地哭著。壞王后得了宮娥們的報告，不覺大怒，於是又用妖法咒罵安琪。這王后本是刺麻山妖女黨中的一個，她咒出來的話，都會靈驗的。當時，她掐著指頭，翻著白眼，口裡咕嚨咕嚨地咒著：「安琪是個壞女子，本來應該將她殺掉，現在雖然饒了她，但是不能不受罰，從此以後，除開三寸以內的動物以外，凡是世上的人民和禽獸魚蟲，不許替她做事，違抗的即刻處死，急急如律令，敕！」可憐的安琪，困守在王宮內，誰敢去看護她，至於三寸以內的小動物們，又有什麼能力去安慰她呢！安琪在破屋子裡哭了半夜，心中想著：「可憐的我呀！盡哭著有什麼益處呢？到底我還是設法使父王回心轉意呢，還是另想別的方法搭救自己呢？她想來想去，竟沒有頂合適的計策，忽然想起十一個哥哥來了：「他們一個也不在城裡，宮裡又沒有別的親人，新王后既可用妖法欺騙國王，自然也可以用妖法欺騙全國的人，我怎能跳出這個圈套？咳！除開尋找哥哥們去，決沒有別的方法可想呵！但是宮門關了，宮牆又高，而且新王后定派了兵士在花園裡看守，我怎能逃出宮去？」她剛想到這裡，忽然看見一群群的小白老鼠從破屋子的地洞裡接連不斷地向外跑，屋外也聽見好像成千成萬的老鼠走動，又有許多蟲飛的聲音。安琪十分詫異，忍不住開窗觀看，只見半空中有無數的蝗蟲，飛來飛去，平地上有無數的小鼠，一直向西跑去。一霎時，那些蝗蟲堆成兩扇高牆，中間留下一條小路，她明白了，這時不走，更等何時？她便輕輕地開了小門，走出破屋，一直向蝗蟲堆成的小巷前進，走到牆邊，牆下已被小鼠們打了一個大洞，她連忙爬出洞去，就是大街，大街上的人很少，守兵都被蝗蟲嚇退了，而且園裡的蝗蟲，又分了許多飛出來保護她，她急急地跑到城牆下，城牆也被小鼠打了洞，於是她又爬了出去，便到了鄉下，她努力奔逃，不敢休息，跑了半夜，經過一座大橋，繞過一座高山，便到了大樹林旁邊。這一條路，原來就是她哥哥們曾經飛過的路，也就是她昨天從農夫家回城的路。天明了，太陽出來了，安琪還是竭力向西跑著，一直跑回農夫家裡，剛走進茅屋的大門，農夫的妻子向她大聲喝道：「小乞丐，討厭的臭叫花子，快替我滾出去！」農夫聽見罵聲，走出來一看，也不容她開口，便伸手推她，可是被毒毛扎了一下，疼得滿地打滾。可憐的安琪，知道他們不認識她的面貌了。「咳！何必掛懷呵！我不是去尋找哥哥們嗎？這個地方不必再耽擱了，反正他們都不認識我了，我的面貌大約已經是變了，我的衣裳決不能再穿了！走吧！往大樹林裡去！去！去找哥哥去！」安琪一面想著，一面跑著，就跑到黑暗的大樹林裡去了！

第八章　在樹林中的一夢

安琪走進樹林，不敢停步，不敢拐彎，一直向西前進，走了許久的時候，天色漸漸黑暗了。可憐她辛苦了一天一夜，沒有吃，沒有睡，怎麼不疲倦呢！這時，天色已晚，不免迷了路徑，只好坐在枯草之中，頭倚在樹根上，權且休息。管草的神見了，忙命令枯草變青，草立刻長高一尺；管苔的神見了，忙命令青苔快長，立刻在樹根上重重疊疊地長了五寸厚。又有千千萬萬的螢火蟲，立刻飛集攏來，團成幾百萬光球，在安琪四周照著。又有千千萬萬的小螞蟻，抬著各色鮮果走近來，請安琪充饑。安琪謝過青草、青苔、螢蟲、螞蟻，吃了一個梨，兩個橘子，三個荸薺。實在因為太疲倦了，不敢吃飽，只略略地止住了饑渴，便靜靜地睡著了。夜裡有風，免不了寒冷呵！有千千萬萬的土蠶兒，忙集合攏來，吐絲不止，立刻織成一條八百層絲棉的軟被，蓋在安琪身上；又有千千萬萬的蜘蛛，忙集合攏來，也吐絲不止，立刻結成一副不稀不密的蛛絲羅帳，罩住安琪。可愛的安琪呵！她十年以來，要算這一夜睡得舒服，因此她做了一個極快活的夢，夢見她自己和哥哥們仍舊是小孩子，大家在一起玩耍。她用金剛鑽的筆，在黃金板上畫了十二個石榴，那石榴轉眼變成真的，她便分給每位哥哥和自己一同吃著。哥哥們用鳳毛筆在龍皮紙上寫了許多故事，什麼林中殺虎，海裡捉鯨，荒島擒獅，石洞射狼……盡是一些驚人的事蹟。她小時的寶貴玩具，不是已被新王后命令老鼠咬壞了嗎？此刻也好了。洋囡囡使勁跳舞；泥兵們努力習體操；木工人忙著做小屋子小器具；那些鐵狗、木馬、布獅、絨象、綢鳥、紙鳶，一齊跑的跑，跳的跳，飛的飛，叫的叫，十分的熱鬧。安琪將十本奇巧的圖畫翻開，和哥哥們同看，每一頁是一個活動的故事，畫中的人物能說，表情極好，風景時時隨著故事變換，春夏秋冬，隨時換出來，大家想想，活動影戲已經夠我們開心了，但是有形無聲，又是在平面上的玩藝兒，哪裡比得上安琪的畫冊，簡直和真的一樣。而且你要想怎樣美麗的男女青年，它就現出來與你，和所希望的一樣；你想要十分稀奇的、人世間所沒有的怪事，它立刻也可以現出來。可見這種寶貴的圖畫冊，真是難得，我們不知道要等到幾千年後才能見識哩！他們看完了畫冊，忽然有許多小樂器們，自動地奏起樂曲來。第一次奏的是春之花，好聽！好聽！真好聽呵！盡是甜美柔和的音調，使人的心神分外地快樂，世界上千千萬萬種的鮮花，聽了這曲，同時開放，美色香風，籠罩著王子公主們，他們何等的舒服呵！

第二次，奏的是夏之日。所有夏季可愛之物——如小雨，涼風，歌鳥，鳴蟲，綠樹，香花……一齊出現，使人的心神分外地快暢。第三次奏的是秋之夜，所有秋季可愛之物——如清風，明月。紅樹，青山，黃花，熟果……一齊出現，使人的心神分外地清爽。安琪此時已經眉開眼笑，樂不可支了。其實，世上的人們，唯有做夢才是真的快樂，所有醒時失敗的事業，失去的幸福，都可以從夢中仍舊恢復，仍舊得到，仍舊十分快樂。你想安琪過了那樣的苦境，全靠在這樣的夢境中，恢復她一切的幸福。萬不料，音樂奏到第四遍，忽然奏起冬之暮來，音調十分的悲慘，世上的瞎子，眼睛哭得沒有了，近視眼哭瞎了，好眼睛哭成近視眼了，王子和公主們，正在含悲滴淚，他們親愛的已經亡故的生母忽然來了，含著眼淚叫了一聲「我的寶寶們呀！」公主安琪見了母親，心裡更是悲酸，忙伸開兩臂，大叫一聲「媽媽！」猛然一驚，夢可醒了，安琪十分懊惱，心想：「管夢的神，為什麼不讓我多夢一會兒；呵！現在母親不見了，哥哥們也不見了，心愛的一切物件也不見了，我仍舊是一個窮的女郎了，多麼可憐呵！」

第九章　恢復了美麗的容貌

天漸明了，許多小鳥在安琪四周唱歌，但不敢幫助安琪。早晨的風，將樹枝推動，好像宮娥的手臂一般，輕輕地將蛛絲帳揭開。安琪掀開絲棉被，盈盈地立起身來，太陽也陪著她起來了。虧是秋天，樹葉很稀，遮不住陽光，所以太陽的光可以下來伺候公主。螞蟻們抬著早餐來，請安琪吃，安琪說：「我想先洗洗臉漱漱口呵！」於是有千千萬萬的黃色飛蛾列成陣勢，請公主到盥洗所去，安琪是何等聰明的女子，她遠遠地聽見流水之聲，知道近處必有流泉，可以洗臉漱口，她跟著一陣飛蛾慢慢地走到一個所在。啊呀！好風景呵！山巔的水，從上流下，成了瀑布；漸流漸遠，又成了一道清溪。溪中有無數的五彩石子，列在溪邊淺水之間。兩岸還有未黃的蘆葦，被風指點，不住地向公主鞠躬行禮；近岸有三個石墩連在一處，第一個近，第二個稍遠，第三個伸入溪中，安琪便安坐在第三個石墩上，先向左右觀望，只見高低樹影，映在水中，被流水攪得彎彎曲曲的，十分有趣，太陽的金光，映在波紋上，十分華美，好像昨夜夢中的各種圖畫。水流很急，激起許多複雜的聲音來；那瀑布也在遠處唱著；加以那些蘆葦，相互擦著，敲著；這些聲音配合起來，好像昨夜夢中的各種樂曲。因此，安琪又想起母親和哥哥來了，忍不住淚珠滾滾，滴入溪流，誰知那流水受了公主的眼淚，大吃一驚，立即停止流動。一會兒，那瀑布也停住了。安琪公主才低頭一看，猛然悲呼了一聲，原來她從靜水之中，照見了自己的容貌，面黑髮亂，完全不像她自己了。她悲傷了一刻，只好用兩手掬起些水來洗臉，但是無效，任你怎樣用力去擦洗，仍舊不能洗去那黃黑的毒汁。她哪能不悲傷呢！一滴一滴的淚，不斷地向溪中滴著，流水因此更不敢動了。正在困難的時候，有千千萬萬的蜜蜂，各個含著一些蜜水，集在公主臉上，一面塗蜜，一面又吸乾，輪流塗呀，吸呀，不到片時，公主容貌果然復原了。又飛來了一陣黃色的飛蛾，集在公主頭上，用極勻極細的和眉毛一般的觸角，替公主梳頭，不到片時，公主的頭髮也復原了。安琪低頭向水中一看，只是傻笑，因為快樂太過，不覺發起癡來了。她謝過蜂、蛾、流水，慢慢地躺下身子，將頭垂下，讓所有的頭髮到水裡去洗洗，流水見了，立刻一齊流動，並且流成梳篦的齒一般，順便替公主輕梳輕洗，梳洗得一顆灰塵也沒有了。頭髮的色澤，仍舊地比墨還黑，比漆還光。洗過之後，微風替她一根一根地吹乾。於是回到原處，享用螞蟻們所貢獻的早餐；不過一梨二橘三荸薺，不夠她吃了。她又不好意思再叫螞蟻們去搬些來，只好立起身來，自己去採。誰知那些聰明的果子樹，早已看出公主的意思來，連忙將樹枝拼命伸了下來，讓公主隨意選摘。有一棵橘子樹，因伸時用力過猛，吱呀一聲，爆斷了一枝。公主大驚，連忙停吃，替橘樹包好傷痕，並且安慰它許多的話。

早餐之後，安琪又起身向西方前進。走了許久，樹林越深越密，漸漸地不見天光。幸虧有無數的落葉，被風鋪在道上，不至於讓沙子石塊，擦傷公主的腳。這林中，鳥聲也沒有，螢光也沒有了，只聽得自己踏著枯葉，簌簌地響著，又黑暗，又寂寞，這個所在，恐怕不是好地方呵！

第十章　惡樹林中的一夜

黃昏時候，天上的烏雲布滿了，月亮和星星，被關在烏雲幕裡，不能出來玩耍。在這樣昏暗的夜間，人和動物，確是憂悶的多些，歡樂的少些，何況在又深，又暗，又靜的樹林裡，而且是一個又冷，又餓，又悲傷，又害怕的女孩子呢！這樹林之中，猛獸毒蛇，常常出來尋找食物，所以一切嬌小的動物，都不敢從此經過；就是螢火蟲也不敢飛來，恐怕自己身上淡淡的光明，照見一切凶惡的現象。這個地方，真真是世界上最危險的所在！不料安琪公主剛剛在夜間經過此地，這是多麼可怕而令人擔心呵！帶腥的風，從南方高山一帶吹入林中，送到許多難聽的聲音——雄獅子發怒的罵聲，猛虎搶奪食物的喧鬧聲，豹子拼命打架的吶喊聲，豺狼互相爭鬥聲；還有小鹿、兔子、獐、麂，這些和善的野獸，被猛獸捕捉，發出悲慘的哭聲——使安琪聽了，十分傷慘，十分驚怕，再不敢向前進了，只好靠著一株大槐樹，半坐半躺地休息。她睜起眼睛向黑暗中望著，偏著頭很細心地聽著，不敢讓自己入睡。其實，假如有猛獸來害她，她也沒有方法抵抗，望著，聽著，不過是沒有方法時的一種傻方法罷了。這時，忽然有許多帶毒刺的藤樹，從四面走攏來，它們雖然沒有生腿，可是根上的鬚還可以爬行。又有許多竿大斑竹，和帶著又肥，又密的綠葉兒的小冬青樹，也慢慢地爬到大槐樹附近來，於是有毒刺的藤，圍成第一層，好比人家的圍牆；斑竹密密地排緊，圍成第二層，好比人家堅固的磚壁；小冬青樹很整齊地圍做第三層，好比人家內室中四壁的油漆；槐樹邀合四面的大樹，一齊垂下枝條來，很精巧地蓋成一個屋頂。這一座又堅固，又安全，又舒服的房子，已經建造成功了。一陣香來，飛進許多的花朵，在四面的冬青樹上排起來；林中的紅葉先在地上鋪了一厚層，千千萬萬的蘆花，疊成一個小床。安琪心中，十分感謝這些植物們的幫助，可惜屋子十分黑暗，看不出美麗的裝飾來，她想：「開幾個窗兒，豈不好嗎？」果然！冬青樹低頭，斑竹彎腰，便成了七八個窗洞。安琪看看窗外，原來還是暗的，不過透進風來，十分爽快！

她想：「再有一座門兒，豈不更好嗎？」果然！冬青向內走，斑竹向外爬，即刻就開成一座門洞。安琪走出門去，看看牆很嚴密，壁很堅牢，十分歡喜，再抬頭看看天空，烏雲漸漸地散去，天的中央，月亮在薄紗一樣的雲中走動，分不出是雲飛，還是月走。小星兒也隱約出現了，原來夜已深了。風在樹間，輕輕地唱著：「沙沙沙，可愛的公主呀！時光不早啦！外邊怪冷哩！請你安歇吧！沙沙沙！」安琪回到新奇的臥房裡，躺在蘆花床上，褥子又厚又軟，自然舒暢得很。此時，又有許多蒲公英帶白毛的果實飛了進來，一顆一顆地倒釘在安琪的衣上，這樣的被窩，又輕又暖，自然更舒服呵！門輕輕地關上了，窗留下兩面未關，其餘的也關上了。舒暢的臥室裡，可喜舒暢的安琪公主，已經舒暢地睡熟了。

第十一章　是做夢呢還是真的呢

當安琪走近奇巧的臥房時，心中想到：「這些可愛的植物們，很熱心地幫助我，我怎願意再麻煩它們呢？屋子裡沒有光亮，有什麼要緊？人們睡覺時本應該熄燈呵！」不過要植物們自動地發出光亮來，一時也許辦不到，所以聰明的安琪便很舒服很滿足地睡了。這時，猛獸們也勞倦了。或者也有一兩隻跑到奇巧的房子外，可是被毒刺扎回去了。萬不料此地，小動物們雖不敢來護安琪，可是那壞王后的命令，沒有禁止植物們，所以安琪依然能夠在極危險的地方，平安過夜。雲全收了，露出青天，明月明星，放出光明，如同白日，那棵大槐樹帶著其餘的樹枝，一齊放開屋頂，遠遠地有細樂的聲音響著，越響越近。安琪慢慢地立起來，忽見一位仙人，從天空降下，仙人頭上，放出銀色的光輝，將屋子裡照得雪亮，四壁的綠葉上，綴著各色鮮花，又香又美；再看自己身上，那些蒲公英果子，都順過來釘在身上，密密的、勻勻的，好像一件銀鼠皮的外衣，映著銀光，十分鮮豔。一會兒，仙人的音樂隊也下來了，六十四隻鴿子，三十二隻仙鶴，十六隻孔雀，一齊飛下來，很整齊地列在四面。蘆花床忽然動了一下，變成把長的靠椅，那仙子忙拉著安琪一同坐下，兩隻鸚鵡飛來報告，說：「百花歌舞團上場表演。」只見桃花、李花、桂花、梅花站立在中間；牡丹、芍藥、玫瑰、海棠，站在右邊；蘭花、菊花、蓮花、紫羅蘭站立在左邊；百合花、牽牛花合吹喇叭；大竹子吹笛，小竹子吹簫；金線草、金絲桃，拉著胡琴；枇杷花彈著琵琶，金鈴花搖著金鈴，十分好聽！馬鈴薯也想搖搖鈴，可是聲音不響亮；胡蔥吹吹哨倒也好聽；一顆顆的黃豆在胡蘆瓜上打點，嘀滴答嗒，也還悅耳；紅蘿蔔聽著高興，在大冬瓜身上拍板，咚咚咚，也還有趣。這一場樂曲，奏的是四季花，美妙呵！幽雅呵！「此曲只應天上有，人間能得幾回聞！」垂楊柳跳舞了一場，杜鵑花和金雀花合唱了一個歌；鳳仙和水仙打扮上場，戴著雞冠花，插著玉簪花，一個披著剪秋羅，一個披著剪秋紗，兩個都佩著繡球花，表演一段新式的舞蹈。香櫞出場，唱了一段斬黃袍，葡萄出場，演了一段葡萄仙子，仙人掌和佛手十分高興，拼命地拍掌。聰明而且多情的安琪公主，看得十分愜意，聽得十分開心，簡直萬念皆空，悠悠地陶醉了！不能言，不能動，也不憂，也不喜。她已經悠悠地陶醉了！一會兒，美麗的仙子和她握手告辭，許多的花鳥向她鞠躬作別，一齊升到天空，飄飄地飛去了。安琪抬頭一望，初出的太陽光，已經射進來向她問候晨安了。她仔細一聽，音樂的聲音還隱約地逐遠地響著。她仔細一看，許多的鮮花瓣，還有些遺落在紅葉之間，身上的蒲公英果，地上的蘆花，也還有些殘餘的留著。她吸氣之時，百花的香味，仍然未散。究竟不知道是做夢呢，還是真的呢？可是奇巧的房屋，已經不見了。她只得緩緩地背著太陽，向西前進。忽聽得有人高聲叫道：「可愛的公主，請上這裡來，你的早餐，我已經預備好了！」咦！奇怪！這是誰呀？

第十二章　這位仁慈的老夫人是誰

安琪在深林中走著，正覺得有點餓了，忽然聽得有人叫她用早點，又驚奇，又歡喜，連忙迎上去一看，原來是一位慈眉善目的老夫人，手裡提著籃兒，笑吟吟地向安琪說：「歡迎公主，歡迎可愛的公主，就請用些早點罷！」安琪謝過老夫人，接過籃兒，原來都是很好的食物：熱烘烘的雞蛋糕，香噴噴的果汁牛肉，綠陰陰的蜜餞青梅，精巧巧的咖啡糖，還有許多鮮果。安琪緩緩地吃著，多麼可口！有甜的，有鹹的，有帶酸味的，有帶一點苦味的，真是美味呵！使得旁邊的綠葉兒，青草兒，鮮花朵兒，都從舌頭上噴出饞涎，結成唾沫，變成一顆顆的露珠滴了下來，它們眼看著安琪用過早餐，謝過老夫人，於是兩人開口回答了，「老夫人，你怎麼知道我在這樹林裡？」「因為昨夜有仙人指示，教我預備早點，到林中來迎接公主。」「此處是什麼地方？」「這東方的樹林叫缺明林，那西方有大海，叫無邊海，南方的高山叫沒頂山，北方有平原叫不盡原，從這裡一直往西便是海岸。」「老夫人，你可看見我的十一個哥哥經過此地嗎？」「不曾見著，但是時常在小溪之旁，見著十一隻天鵝，戴著珠冠，在流水中洗澡，並且唱歌。」「它們唱的什麼歌？」「它們唱的是『有國不能回，有家不能歸，夜晚林中宿，白晝海中飛，變人變鳥不悲傷，最傷悲，最傷悲，就是時時思念好妹妹，究竟在何年何月何日何時才能相會？度一夜，如一年，過一天，如一歲，一年年，一歲歲，刻刻傷悲，時時流淚！』公主，你聽這歌多麼淒苦呵！」安琪聽罷，便知道那十一隻天鵝，必定是自己的哥哥，不覺悲從中來，淚如雨下，含悲問道：「老夫人，請你速速領我到溪邊去罷！」老夫人不敢怠慢，連忙攙著她的手，帶著食籃兒，走出樹林，爬上高岩，詳詳細細地指點著安琪用心觀看，高岩的下面，有一道小溪，流水潺潺，十分清潔，沿溪遠望過去，隱隱約約地現出一勾海岸，她無心賞玩那美麗的景致，只愁眉淚眼地望著。老夫人明白她的心事，便將食籃兒遞給她，很柔和地說道：「我已經老了，不能陪公主到海邊去，請公主沿著這小溪，一直向西行，便可達到海岸，總有機會遇見十一位王子，這籃兒中的食物還很充足，盡夠公主兩三天的糧食了。」安琪忙謝過老夫人，向高岩的那一面走下去。走了幾步，忽然回過身來問道：「老夫人，你是誰？你貴姓？你在哪裡住？」老夫人笑道：「公主，請不要問吧，我自己也不知道呵。」安琪道：「老夫人，我應該問明，一來可以時時想念，二來還想要報答你的恩惠。」老夫人道：「公主，你想念我的時候，就將我當作一個老年的夫人，姓老名叫夫人。天是我的國，地是我的家，太陽月亮是我的燈，風霜雨露是我的用品，江河湖海是我的浴盆，草根花朵是我的食品……至於你要報答我，最好你努力地報答自己，因為我就是你，你也就是我，我們都是世上的人！」她說罷，便如飛地跑下岩去了。咦！奇怪！她是誰？是人，是鬼？原來誰也不認識，誰也不知道她是誰。

第十三章　午潮的歌

安琪公主沿著小溪前進，不久便走到海邊。呀！多麼廣闊呵！真是無邊的大海！不僅生兩隻眼睛的人們，看不盡它的身體，就是遍身全生著眼睛的仙人，也一定看不清它到底有多大，多寬哩！但是這麼廣大的海，竟看不見一隻小船，也看不見再有個人在海岸上。這個地方太空曠了，所以安琪覺得比深林裡還要孤寂些。她側身向右邊望，只見近處的沙連水，遠處的水連天；再回身向左邊望，只見遠處的天連水，近處的水連沙！除開沙岸上有幾座大石墩，淺水中有許多小石墩以外，這三面就只有天水沙，沙水天，天沙水，水沙天，沙天水，水天沙，再沒有別的景致了。安琪再側身望著岸後的高岩，岩下又有許多小石岩立著，岩壁上和附近的沙土上，倒有些半青半黃的野草。她走到一群小石岩的中間看了一回，岩雖不頂高，倒可以避風，地上鋪著細軟的幹沙，倒是一座不用屋頂的寢室。臨睡以前，賞玩天中明月，倒十分便利；可是下起雨來，就比不上天晴的時候了，也就比不上有屋頂的寢室了。安琪仍走出去，坐在海邊沙上，癡癡地望了許久，既無船可渡，又無路可行，哥哥們怎麼見得著呢？越想越愁，越愁越想，聰明的安琪，也不能使用她的聰明了。這時午潮剛到，被西風吹著，潮頭如高牆一般爬了起來，向著安琪公主，不斷地拜著。它們跪下來的時候，高呼一聲，浪花四散，它們呼著「哄隆嘩喇！」這是土話，意思是叫「公主萬歲！」並且伸出一片白色嘴唇，送到安琪的身邊來，向著她的腳上親一個吻。這是一種極尊重的禮節呵！但是不盡的潮，一個一個地嚷著「公主——萬歲！」反倒將安琪的心，吵得稀亂，想起哥哥們來，不知在何方受苦，不禁抬頭向著天空大聲地悲呼道：「哥哥們呵！天有這麼高，海有這麼闊，你們在何處飛翔？你們在何方降落？我在海邊靜靜地等著，快來看看可憐的我，我的哥哥，哥哥……」她一連叫了十一聲哥哥，被眼淚塞住了喉嚨，再也叫不出聲了。風更大了，潮更高了，安琪退在一座小石墩旁，仍就癡癡地望著海裡，望著恭而有禮的海潮，望著碰在石墩上的浪花，望著圓潔光滑的石墩，忽然想起：這些柔軟的海潮，時常激起浪來，打在石墩上，年深日久，竟將堅固的石頭，打成這樣圓潔光滑的樣子，這是何等的勇敢，多麼的能忍耐呵！我是一個堂堂的人，絕頂的女郎呵！安琪聽罷海潮之歌，十分起敬，連忙稱謝道：「可愛的海潮，可敬的海潮！有勞你指教。我的心，早已告訴我了。它說能帶領我和哥哥們相會的，是你們可愛可敬的潮呵！我且安心伴著你們歡笑！我等太陽投入海的懷抱！我等著明月來相照！那時我的哥哥們一齊來到。——啊呀！一會兒，太陽便要偏西了；再一會兒，明月便要東升了；又一會兒，親愛的哥哥們都來了，啊呀！我的心，我的心慌啊！呀！我的心，我的心跳！」安琪是這樣慢慢地唱著，唱著，唱著，而太陽並不曾偏西，明月還沒有睡醒，她的哥哥們更毫無蹤影，可是她總是心慌不止，心跳不停，這不是有點傻嗎？然而怎能怪她傻呢！一個極聰明的人，等著極親愛的人，等一秒，如一天，等一刻，像一年，怎能忍得住心慌心跳！因為她越是聰明，越是多情，因為多情，便不免帶點兒傻氣呵！

第十四章　遠遠的一條白影

安琪轉過大石墩，在一座很陰靜的石岩下，發見一小片很平的沙地，沙地上堆著許多白色的鵝毛，鵝毛上有一顆顆的水，圓滴溜丟的和珍珠一般。是露珠呢？還是淚珠呢？誰也分不清！但是安琪的心更安慰了，知道哥哥們必定可以到來，因為已經留下新脫的羽毛在此地，或者就是為妹妹留下的，也未可知。她越快樂，可也越想越著急，因為太陽仍藏在天中的黑雲裡，那些雲很黑，很厚，很蠻橫地將太陽罩住。那海，本來與黑雲無關，可是它很驕傲地向黑雲說：「哼！黑雲，你看看我呀！我也可以變成黑海，和你一樣的黑。」果然，海水全變黑了！那風以為海不應該欺負雲，心中一氣，登時大怒，跑到海面上，拼命地將海水亂揉，揉得海水捲起來，猶如峭壁一般，一層一層地翻著筋斗，大喊大叫，亂吵亂鬧，這一來可將安琪急壞了。「雲已遮住太陽，看不出時候的早晚了，萬一下起雨來，豈不要將哥哥們的羽毛打濕？這樣顛狂的風，不會傷害哥哥們嗎？這可怕的波濤，不會嚇壞哥哥們嗎？」她心中想著，她口裡念著，悶悶地坐在沙地上，將那些羽毛一片一片地理好，用破衣上散下的線縛作一把，掛在當胸，作個紀念品，好比哥哥們常常在自己的懷中一般。漸漸的風鬧得疲倦了，不知躲在什麼地方睡著，只露出一點小小的鼾聲，一點微微的氣息。海也鬧乏了，向天躺著休息，黑雲覺得有點難為情，也偷偷地溜去了。於是又現出青天來，青天上又掛起光明的太陽來了，放出一片紅光，斜著照到海面上；那海，自然很舒服，登時改變顏色，露出玫瑰色的臉兒來。漸漸地，海的面色，又添一層金光，微風吹著，面上微微地起了皺紋，好像萬萬千千條的金線。太陽已離海線不遠了。幾片紅霞，正飲完美酒，向天空閒逛，表示它們心神閒散，無樂無憂。漸漸地，太陽只剩著一線的空處，快要沉下大海去了。這時候的安琪，又歡喜，又驚怕，又感傷，還帶著三分憂慮，好像酸甜苦辣的味兒和在一起，倒攪得心亂如麻。「哥哥們快可以相見了。我的哥哥們一定長得很美了。很英武了。」安琪這樣地想著，自然十分歡喜！「但是我和哥哥們已經十年沒有見面了，他們見著我，還能認識嗎？並且我穿著破衣，不要倒反嚇了他們。」她這樣一想，又不免有點擔驚害怕。「哦！他們不是都變成天鵝了嗎？見面之後，他們就認得我，只能對我叫著，世上哪有天鵝能說人話呢？」她這麼一想，立刻又感傷起來，滴了幾點熱淚。「雖然哥哥們不是人，就見見天鵝也好。總而言之，天鵝是我哥哥變成的，不過萬一之間，天鵝也一隻不飛來，我不是更要失望嗎？」她這樣一想，怎能不憂慮——所以此時的安琪，真是和熱鍋上的螞蟻一般，十分難受！看呀，太陽已接近海了，紅霞的臉，被美酒醉得更紅了，大約不久也要回家安歇去了。忽然之間，在半紫半紅的天，和又明又暗的海的當中，被安琪發見一條白色的影子，好像是幾個聯成一串的東西，仿佛是一行飛鳥——仿佛是從北向東地飛著。——仿佛是十一隻飛鳥。——仿佛是十一隻天鵝——安琪目不轉睛地望著，越望越清楚。「果然是的！當真是的！是的！是的！的確是十一隻天鵝，的確是我的哥哥們呵！」她一面自言自語地說著，可是心越慌越跳，越跳越怯，越怯越喜歡，不知不覺，倒連忙掩入石岩的後面，不知怎麼樣辦。也沒有想怎麼樣辦，到底她怎麼樣辦呢？

第十五章　可不是哥哥們來了

安琪遠遠地看見一行天鵝，越飛越近，已經知道是哥哥們來了。大凡親愛的人，久別重逢，在將要相見時，心裡總是怯的。古時有一個詩人，當久別歸家之日，曾有兩句詩道：「近鄉情更怯，不敢問來人。」這樣的心情，聰明又多情的人更容易流露出來。所以安琪看見十一個哥哥的影子之時，心中早已透著那麼一點兒，及至哥哥們飛近來之時，越發怯得厲害，因此一扭身，向後退了幾步，藏在石岩的後面，將樹枝遮住自己的身體，從樹葉兒的小縫中偷看。一會兒，十一個哥哥都落下來了，排成一行，白毛如白雪，紅腳如紅花，伸著脖子，仰著頭同時向左轉，在沙灘之上，搖搖擺擺地走著，一直走到石岩的附近，一齊拍拍翅膀，剔剔羽毛，並且時時抬頭四望，好像尋找什麼心愛的東西一般。望了一會，不見什麼，失望得很，一齊悲鳴幾聲，十分淒慘！可憐的安琪，本來是盼望哥哥們飛下來，和她相見，各訴離懷，竟沒有想到，天鵝怎能說人話呢！這時，她雖急急地想走出來，可是相見之後，一個人和十一隻鳥在一起，又怎能表示各個心上的情意呢？所以安琪一想到這個問題，反倒愣住了。眼睛望得癡了。四肢不能動。心中滿含著悲苦，喉嚨彷彿被眼淚塞住了，不能發出聲音，猶如一尊泥塑的神像一般，好半天兒，一動也不曾動一動。其實，人們到了極悲傷的時候，這種現象，也不過是暫時的暈迷，過會兒，便要復原。太陽完全下去了，天上光明的布景，漸漸被暗淡的幕布罩上了。這時十一隻天鵝，也正癡癡地望著岩石，剛剛望著安琪躲藏著的岩石，或者天鵝們已經隱隱約約地發見親愛的妹妹了。安琪猛然清醒，看見天鵝們望著她，心中悲哀的波浪，登時和海中的波浪一般，忽然湧了上來，忍不住熱淚直流，放聲大哭道：「哥哥們，我在這裡等你們呵！」她一面說，一面從岩石後跑出來，張開兩臂，向天鵝們所立的地方跑去，因為安琪不管人也好鳥也好，非與哥哥們相見不可了。就是這一眨眼之時——說時遲，那時快，安琪剛巧跑到第一隻天鵝的身邊，天鵝們晃了一晃，一齊不見了，仍舊變成十一個極美麗的王子，王子們登時圍成一圈，圍住安琪，齊聲大叫：「我的妹妹，好妹妹，親愛的妹妹，你想煞我們了！」他們一面說，一面淚如泉湧。這眼淚的確是因為歡喜的緣故，才流出來的，比悲傷時的眼淚，溫暖得多。至於安琪那熱淚和珍珠一般，不斷地滴著，但是滿面全是笑容，聲音十分顫抖，看看這個，看看那個；拉拉這個；拉拉那個；抱抱這個，抱抱那個。在那十一個王子所圍繞的圓圈之中，轉個不停，一直轉了好幾次，才從第一哥哥起，輪流地喊出哥哥們的名字，喊一聲「某哥」，便將頭伏在這「某哥」的胸前親熱一會。就這樣親熱了一個輪回，已經有不少的時間了。於是他們一齊走到岩石之後，席地而坐。那時明月東升，清光從林子的缺口處斜照過來，剛巧照在石岩之內。本來，月光的光明，總比不上太陽，也比不上燈光，不過這一夜的月亮，因為安琪兄妹相逢的盛會，特別加了十倍的光，簡直與白天一樣，而且比太陽的光清白些，平和些，一點不耀人眼睛。所以安琪重新將各位王子的五官面貌，詳詳細細地又察看了一回。王子們都長得強壯秀美，不過肌膚的表面，總帶著一層辛苦的顏色；眼眶之中，也帶著憂愁的光彩，可想他們的心，已經有些破裂的痕跡了。安琪不免又掉下淚來，勉強用許多安慰的話，和哥哥們訴說。王子們初看見安琪之時，眼睛被淚水的簾兒遮住，只是模糊隱約的，此刻仔細觀看清了，真是如花似玉，一個絕世的美人，大家心中，萬分歡喜！他們經歷了許多的患難，雖然不願意提起，但是這個一言，那個一語，末了總不免談到一切悲苦的境遇上來，因此，他們說一會，哭一會，又笑一會，一直說了一個整宵。

第十六章　一個長夜的宴會

安琪和十一位王子，談笑了許久，不覺餓了。十一位王子要去尋找食物，安琪忙止住他們，將老夫人所贈的食籃從別一個岩洞中提了出來，說來真奇怪呵，那些食物，都生下了兒子，大雞蛋糕生下許多小雞蛋糕，仍舊是熱烘烘、香噴噴、甜津津的；大塊果汁牛肉，生下許多小塊果汁牛肉，小塊的又生下無數頂小的「牛肉鬆」，這些牛肉鬆，便是大塊果汁牛肉的孫兒；那些蜜餞青梅，也生了幾百個小梅子，小得和豌豆一般，但是它們的滋味，比母親大梅子還要可口些。那些咖啡糖也生下許多小咖啡糖，每一塊生了兒子，所以籃兒裡的食物十分豐盛，很夠十二個人飽吃一頓了。安琪又找了許多乾的蘆席，鋪在沙地上。將食籃放在當中，請哥哥們圍繞著食物坐成一個大圓陣，大家隨意拈著吃，十分快樂！他們一面吃一面談，十分高興！大哥說：「每日清晨，太陽爬出地平線上時，我們便變成天鵝，或在空中遨翔，或在海中游泳，身體倒十分舒服，不過只能唱歌，不能說話，很不便利。」二哥說：「當太陽沉下大海之時，我們仍舊變為人，由鳥變人的時候，須十分注意時間的早晚，預先飛到一個安全的地方。」三哥說：「是呀！預先找定安全的地方，這事非常的緊要，不然，太陽下去時，我們若還在雲裡飛翔，那麼，一轉眼便變成人，豈不要落到海裡去嗎？」四哥說：「常言說得好，『不經一事，不長一智』，當我們剛變成天鵝的第一天下午，大家在黑林中棲息，我獨自飛出樹林時，太陽下去了，我突然變成人，從空中一直跌了下來，幸虧有一棵大槐樹的枝兒將我托住，否則早已跌死了。」五哥說：「自從四哥跌下來之後，我們就想到後母的計策，是很巧妙的。她以為我們高飛時，忽然變成人，必定一個一個都跌成肉餅，或者落在水裡淹死。」六哥說：「妹妹，你要知道我們並不能住在此地，我們住在海的對面，距離此地很遠很遠，我們要飛翔兩整天，才能達到；但是半路上僅僅有一個停留的地方，是一座凸出海面的大礁石，我們便在那礁石上歇宿，地方雖小，我們也十分地歡喜，因為沒有它，我們早就淹死了。」七哥說：「妹妹，可憐我們每年只能回來一次，每次只能停留十一天，過海要行兩天的路程，才能到這海岸；從此地回家，也要行兩天的路程，城裡只可以留一天，當天便要找個僻靜的林子躲藏，不能露出人形，讓多金國的人民看見。第二天便繞到南邊的沒頂山，經過中間的缺明林，飛向北邊的不盡原去，沿途不敢停留。第三天便在海岸附近休息，大家整整地談一天，專門商議救護妹妹的方法。」八哥說：「我們飛到城裡的時候，看見父親坐在寶座上，總是滿面笑容，原來新王后時常用法迷住他，使他快活，可憐的母親，仍睡在她的墳墓裡，只有幾個忠臣，常常偷著去修理，每一個忠臣去修理一次，這個忠臣便要被王后的妖法弄死；但是每年總有不怕死的忠臣去修理一次。」九哥道：「我們到了城裡，只有樹枝花朵，向我們鞠躬行禮，小的蟲豸來迎接我們，許多的人民，官吏，都不認識我們了。有好幾次，父親帶著兵士們出城打獵，將我們追趕，且用利箭射我們，幸虧各種樹枝隨時抵擋，利箭一律射在樹枝上，不讓我們受傷，我們喊著父親，父親怎能認得我們呢？」十哥道：「妹妹！我們已經停留到第八天了。剛才就是從不盡原飛回來的，明天休息一天，要起程回去了。誰料今天忽然遇著可愛的妹妹，這真是最可喜的事呵！」十一哥道：「但是，我們怎能夠帶妹妹同去呢？我們可沒有小船，就是有小船，也很難渡過這樣的大海呵！」說到此處，大家又重新憂愁起來。安琪道：「哥哥們，我決不能離開你們！我決不能讓你們回去。」大哥道：「這事很困難呀！我們本來不能活著的，幸虧夢島上的女神，將我們送到夢島的林中度日，每一星期必到女神的宮中去聽講，因此，至今才保留了性命，王后得到夢神的報告，以為我們全死了，所以沒有使別的妖法來陷害我們，假使我們後天不回去，我們的形跡，便要被王后識破，以後又沒有安寧的日子了。」安琪道：「我們盡力設法，想一個安全渡海的方法，我和你們一起到善洲去罷。」十一位王子，一齊答應，各自抱頭細想，可是天光漸明瞭，紅霞漸現了，太陽一出，哥哥們又要變了。安琪正在著急，十哥忽然大叫一聲：「好！這個方法很好！」說完，太陽出來了！

第十七章　又相聚了一天

十一位哥哥正商議帶妹妹過海的方法，十哥正想出一個很好的方法來，剛要說明，可是天明了，他們一齊化為天鵝，「軋軋軋軋」，叫了幾聲，安琪完全不懂，一時疲倦起來，只好睡了。

十分疲倦的安琪公主，只睡了半小時，便被天鵝們的翅膀攪醒了。睜眼一瞧，紅光照海，太陽升高，哥哥們化成的天鵝，在公主的頭上飛繞了三個圈兒，其中的十位，一直飛向東方去了，留下最小的十一哥，落在公主身邊，做親愛的妹妹的伴侶——一個只能叫不能言的伴侶呵！

公主摸摸十一哥的羽毛，十一哥也緊緊地靠著她的腰，定著眼睛向她瞧，好像要說道：「妹妹呀，你昨夜太疲勞，不曾多睡覺，天起得早，敢情太乏了。」公主這麼猜著——這麼揣摸十一的眼光，不由己地向他說道：「我的十一哥，我曾經在老農夫家裡做工，每晝夜只許休息三十分鐘，早已受慣了苦痛，就整宵不睡，也不困，也不會迷矇，現在哥哥陪伴我，笑在眉頭喜在心，我要一天到晚瞧著你，不願閉著眼兒到夢中尋。」

他們倆，一個不開口，一個說不休，兄妹二人多麼親密！思前想後淚雙流，不久不久，又是黃昏時候。

十隻天鵝飛回來了，太陽一掉，十一位哥哥又復了人形，大哥說：「明天，我們便要回去了。我們怎捨得離開妹妹呢？這個地方，我們每年只能回來一次，所以我們決定帶你到善洲去，因為我們住在夢島，離善洲很近，而且每一星期可以到善洲一次，常常可以與妹妹相會，想必妹妹也很願意？」公主連忙答道：「我只要能夠和哥哥們常常見面，無論什麼地方，都願意去，就受苦受難也願意，就死也甘心，決不懊悔！」

二哥皺眉說道：「妹妹，不要說死啊！說得我心驚膽戰。因為我們過海，雖然有了一個方法，也是一件冒險的事。你想，我們盡一個白天不能飛過這麼廣大的海呵！從一早飛到黃昏，若是不能飛到一個礁石上面落下，你想那多麼危險呀！」公主說：「那麼，晚上仍就向前飛，再飛一夜，想必可以到岸了。」

三哥嘆了一口氣說道：「妹妹，你真是樂得糊塗了。你想太陽一落，我們的兩隻臂膀，又怎能飛得起來呢？」公主一聽，心中十分懊惱，忍住淚說道：「哥哥們啊！既如此說，你們便留在此地吧！」

四哥說：「這可辦不到了，我們一過限期，後母便知道了。咱們的性命，大家難保！」五哥說：「飛過海去，打什麼緊！我們不是經常來回了許多次嗎？」六哥說：「對呀！半路上不是有一座礁石嗎？」七哥說：「可是我們要使勁地飛，因為比平常吃力些。」

公主問道：「哥哥們能夠帶我嗎？不要為著我出岔子啊！」八哥說：「怕什麼！決不會出岔子。」九哥說：「就出岔子，大家死在一起，也很快活。」十哥說：「我們膽放大一點，心放細一點，自然無礙。」

十一哥說：「妹妹！你還是歇一歇吧。我們再不要陪你談話了。大家趁早做工，做完了工，還該睡半宵，養養精神，免得明天使不上氣力。」大家同聲說道：「十一弟言之有理！我們先吃夜飯，做半夜工，睡半夜覺，一早起來，請妹妹動身過海。」

公主說：「我願意幫哥哥們做半夜工，多一個人，多兩隻手，早早做完早早歇，免得明朝氣力怯。」大家齊說：「贊成贊成，謝謝妹妹的美意。」

第十八章　危險的空中

十一個人在海邊同時工作，盡半夜工夫織成一塊又堅又美的蘆席，蘆席四周勻勻地扎了十一個袢兒，大家仍回到石壁之旁，靜靜地睡了半夜。

太陽一出，人變天鵝，齊叫一聲，安琪醒了，她連忙帶上乾糧，跟著天鵝哥哥們跑到海邊，坐在蘆席上。天鵝又齊叫一聲向四面一分，圍成一個方陣，左三，右三，前三，後二，繞在蘆席四周。又齊叫了一聲，各用尖嘴銜住蘆席上的袢兒，一齊飛起，背著太陽光一直向西方前進。

安琪坐在半天雲裡，起初很害怕，後來覺得十分平穩安全，便漸漸地放心了，但是她萬不敢向哥哥們說話，恐怕他們回答時一開口，席子便要掉棄到海裡去。因此，只好悶悶地坐著，向上下四方，任意觀看，看了許久，路程也行得很遠了。她偶然疲倦起來，便在席子上睡著了。

那時，太陽漸漸高升，紅光正照在公主的嫩臉上，晒得兩頰紅色，如未開的玫瑰花苞一般，十一哥見了，心中不忍，便丟下蘆席不銜，飛到蘆席上面，用又大又白的翅膀，遮住妹妹的臉。他們又輪流休息，吃點乾糧，努力西飛，已經離岸很遠很遠了。

約莫到了午後，太陽漸漸偏西，安琪睡醒了。她在夢中，正和十一個生了翅膀而又不是天鵝的哥哥們，在空中飛行；醒來，以為還是夢，仔細一看，天鵝們的翅膀聲，奏著很有節奏的音樂，身旁有一隻小天鵝，替她撐著羽毛的遮陽扇，靠左邊，有一包乾糧，許多鮮果，右邊還有一束鮮花，她緩緩地抬起上身來，才知道這不是做夢，簡直是真的在天上飛行呵！她含笑謝了十一哥，隨便吃了一點點心鮮果，於是仍向上下四方遠望，只見東方的岸，一點也看不見了，四面都是天連海水水連天，天邊有白雲幻成的山，水上有波浪湧成的島，那山是時時變動的，那島是時起時落的。背面不遠，有一片大的雲，太陽向東照著，照出十一隻天鵝，銜著一片蘆席，席上坐著一個自己，這樣的活動幻燈，安琪是第一次看見的，十分驚喜！不多時，太陽漸漸地更矮了，天空景象，完全變得不同了。

天鵝們雖然飛得很快，但比平常的時候總要緩慢一點！因為這時的身體比平時沉重些。呵！風起了！吹得黑雲如馬跑，在頭上很快地滑過，金光閃閃，怒氣衝衝，天氣也漸漸地冷了。安琪覺得哥哥們用死力向前趕著，翅膀比先前扇得快，呼吸也比先前急促得多，她忽然心中一震，想起一件事來。

「哎呀！假使太陽再下去三尺，天鵝都要變成沒有翅膀的人，那麼，從半天雲裡一直掉下海去，剛好一齊被海中的波濤吞下，可憐的哥哥們，為著我一齊送了命，我就死了，也對不起哥哥們呵！天呀！太陽呀！不要動罷！救救我可憐的哥哥們罷！」她一面想，一面打戰，心中如火，面紅氣促，遍體不安。可是千忍萬忍，不曾讓淚珠流出來，並且還裝上一些微笑在五官之間，借此安慰哥哥們不要著急。但是——但是，西風更狂了，黑雲更密了，浪頭卷成很高的柱子，而太陽又已經被海吞下一半了。蘆席只在空中亂搖亂轉。浪和狂風合唱的聲音，十分粗暴，尤其令人害怕，他們只好一同高唱著勇壯的歌。

第十九章　勇壯的歌聲

天空的安琪公主，在寒風冷氣中，直急得遍身是汗。可惡的太陽，離海面只有一寸了——五分了——三分了——一分了。啊呀呀！已經接上了——啊呀呀！已經下去一小半了，安琪只得呆呆地望著太陽，心中的血，好比煮滾的開水一般，不住地沸著。她咬緊牙齒，不讓哭聲發出，不讓淚珠流出，不讓身體打戰。不一會兒工夫，太陽只剩著一半了——只剩著一小半了——啊呀呀！只剩著一寸了——五分了——三分了——一分了——只剩著一線了。安琪忍不住大叫一聲：「完了！」

十一隻天鵝，此刻忽然斜著向下一跌，安琪且哭且叫道：「哥哥們，我害了你們，我真是一個罪人！天哪！你一定教我們這樣死嗎？天哪！你的罪惡比我更大，你怎麼對得起我的哥哥們哪！完了！完……」她還有一個字沒有說完，忽然覺得一跌，跌得腿骨痛不可當。她心想：「這真奇怪！人跌在水上，怎麼會跌痛骨頭？怎跌在浪頭上倒不動了？」她定睛細看，十一隻天鵝完全不見，她自己仍舊斜坐在蘆席上面，十一位哥哥圍在身旁，都面帶驚駭，好半天，才說出話來。大哥說：「我們離這孤立的礁石，還有三尺高時，太陽沒了，我們立刻一變，變成了人，只好一齊著力，向這裡一跳，剛巧跳在這礁石上面，真是危險萬分，萬分危險！」

安琪聽了，又驚又喜，忍不住流下淚來，將兩臂舉起向天說道：「天哪！你沒有一點罪惡，你這個天很好，你對得起我的哥哥們，你對得起我，我明天必定買點糖給你吃，哈哈哈哈！」兄妹十二人，死裡逃生，十分歡悅！不過地方很小，十二人只能團團地緊抱著。不久的時候，狂風更狂了，天色漆黑，簡直和漆了黑漆一般，頂高的浪，一陣陣地向礁石打來，飛起一陣白的浪花，向他們沒頭沒腦地打下，那座礁石也好像有點難過，時時搖動著，更令人心驚膽戰，至於大浪和狂風合唱的聲音，十分粗暴，尤其令人害怕，他們只好一同高唱著勇壯的歌：

烈火！烈火！你遍地燃燒著：
你燒到五萬萬里高，
你燒到八萬萬里闊，
你將所有的空氣燒完，
將所有的海洋燒涸。

風呀！風呀！你別發狂了。
你不妨靜靜地睡覺，
不妨細細地唱著曲調，

不妨慢慢地遨遊；
再要發狂似的亂跑亂叫，
我們教烈火來燒！

海呀！海呀！你別發怒了。
天色晚了，祝你晚安。
你且把浪頭收起，休息休息，
你且把身體坐穩，吃吃晚餐。
不妨輕輕地跳舞，讓我們參觀。
不然，我們教烈火，將你燒乾！

真奇怪，他們這麼唱了一遍，狂風登時息了，大浪登時平了，黑雲登時四散；月亮用力一跳，跳在天空照著；許多星星兒，亂蹦亂跑地登時布滿天空；海面如明鏡一般平坦，反映著天的景色，偶然搖動搖動，搖得月亮的影子，現出歪臉斜頭的樣式，十分有趣！

安琪與哥哥們，都很心安意適，於是團團靠住，睡了一宵，天明了，日出了，人變了，鵝叫了，十一隻天鵝仍銜住蘆席飛了起來。安琪又升上天空，低頭再望海面上的美景，十分的華麗，金紅色的光，照在波紋上，現出許多的文字來（完全是國音字母拼成的新文字），安琪隨意讀著，原來是風與海向她道歉的書信，也有紅雲和太陽寫的故事，非常的有趣味。她看倦了，抬頭向西一望，陡然見一座高大的宮殿，不知有幾千幾百層，上面一直伸入雲中，看不清楚，中間也夾在雲中，裝飾得十分美麗，這是什麼地方？

第二十章　到了夢神的宮

安琪在空中，望見了高大的宮殿，她以為是到了善洲，心中快樂無比；不料那高大的宮殿，一眨眼就變成了一座寶塔，塔頂放出紅光，塔中奏著美妙的音樂，許多生了翅膀的外國仙女，圍著寶塔飛個不停，天鵝們越飛越近，這寶塔又變了，變成三隻極大的煙筒——一艘大海船上的大煙筒，紅光變成黑煙，音樂的聲音變成機器走動的聲響，許多仙女都變成了海鷗，仍就圍著那煙筒飛來飛去。天鵝們打煙筒旁飛過去了，並不曾落下，原來此地不是善洲，乃是夢島，島上的風景，是隨時變換的，沒有一次相同，這真是一個奇怪的地方。

他們又飛行了不久，已到了善洲，天鵝們忽然下降，落在一座高山腳下，一面是山，三面是草，地方雖是荒涼，景致倒還雄壯。他們找到了一座很大的山洞，洞門外長著一片帶刺的痲，這些刺痲，比平常的高得多，恰好將洞門密密地遮住。見了美麗的人，刺痲便讓開一條大路，歡迎美人進洞；醜惡的人，無論如何也不能進去。不過有翅膀的鳥都不要緊，盡可以飛過刺痲的頂，再降下飛進洞去。所以十一隻天鵝從上面飛下，排列在洞門口，迎接安琪，一同入洞，洞中有石人、石狗、石床、石凳，一切器具俱全，倒是一座安樂的房屋。

他們找到了這塊新的地方十分快樂！太陽剛沒，鳥變成人，十一哥說：「好了！我們的妹妹住在此地，非常的便利。我們去請求夢島之神許我們每日下午飛來照護妹妹，天明回去，躲避災難，那麼，兄妹可以天天見面，豈不快樂得要命嗎？」大哥說：「好好好，就這麼辦。今天晚上，我們希望妹妹做一個夢，做一個吉利的夢，來決定我們以後的運氣。」安琪說：「是是是，我今天晚上，必定要做一個好夢，讓哥哥們的災難，有方法可以消除。」他們談笑了許久，大家也疲倦了，便一齊酣睡。

夜裡，安琪果然入夢了；她肩背上生了翅膀，一直飛到夢島的宮殿裡，那宮殿本來由寶塔變成了煙筒，後來不知道變了多少，到現在已經變成大竹子了，中間是空的，是一節一節的，每一節便是一層樓，有碧綠的葉兒蓋著，十分幽雅！安琪飛到第二十節，女神特地出宮來迎接她，她們一齊入宮，坐在一間綠光殿上，大開筵宴，吃著美酒佳餚，還有許多歌童舞女輪流歌舞，宴完，女神向安琪說：「公主呵！你要救你的哥哥們，全仗你自己的能力，你只要抱定忍耐的心思，和勇敢的志氣，受得起一切憂愁、煩惱、苦痛，臨死都不害怕，這樣你一定可以救出哥哥們來，而且永遠不會再遭磨難。」安琪聽了，心中驚喜，不由地跪在女神膝前，哀哀地說道：「慈悲的神仙奶奶，你能教導我搭救我哥哥們的方法，十分感謝。無論如何，我早就打定主意，只要能救他們，就算將我自己剁成肉醬，我也是願意的，無論怎樣痛苦，我都能忍受，請你指導我吧！」女神聽了，點頭讚嘆不絕，便忙把救人之計說了出來。

第二十一章　怎樣救哥哥

夢神向安琪說：「你看，這是一種刺麻，生著無數的小刺，刺在手上，十分的疼痛，而且手要起泡，有時還要流血出膿。你的洞外，這種刺麻很多，你若是不怕痛，便多多地採集，用精赤的腳去踹軟，用手撕成細絲，再搓成麻線，用竹簽織成十一套衣服，將這衣服，向天鵝身上拋去，那魔法便可以立刻消除，仍就成為十一個勇武的王子，而且以後無論水火刀兵，都不能傷害他們的身體。」安琪聽了大喜，一連在夢神的手掌上，接吻了一百二十下，站起身來，回頭就走，夢神再叫她回來說道：「公主呵！肉體上的苦痛，還算不了什麼，還有兩件事，要使你的精神上受頂大的悲苦，你萬不可不遵守。第一，無論何人和你說話，你不能開口答應，你一開口，你哥哥們的頭頸，當時便要斷做兩截。第二，你不能文字圖畫，將你的心思告訴別人，你一提筆，你哥哥們的手腕，當時便要斷為兩截。——這兩條最緊要的規則，一直要等你做完畢，將哥哥們恢復成人之後，才可以廢去，如果在限期中違背了，你的後母便可利用這個機會，將你的哥哥們立刻處死。」安琪答道：「我決不願意違背這兩條規則，教哥哥們遭害，總之，我無論如何受苦，不管什麼肉體和精神，只要能解救哥哥們的難，總是千願意萬願意，不僅不寒心，而且不嘆氣。」

夢神聽了，感動得很！又勉勵了安琪一番，才送她出了宮殿。安琪飛到洞外，忽然沒了翅膀，跌了下來，剛巧跌在刺麻上面，她連頭帶腳都被小刺刺得痛不可當，忍不住大叫一聲，原來是夢也！

天亮了，天鵝們飛出洞了。安琪便開始做工，用嫩手去採麻，用赤腳去踹麻，從早到晚，一刻不曾休息。她的手掌上全起了紅紫的泡，有些泡刺破了，出了血，手腕上被刺麻勒了許多小傷痕，腳掌上也滿是鮮血。——無論何人，決忍不住這種痛苦，至少也要一面做工，一面流淚，但是安琪，做了一天真正的苦工，眉頭都不曾皺一下；因為她一心只想搭救哥哥們，所受的痛苦，本是心甘情願的，所以她越痛越快樂，越苦越高興，痛苦和快活簡直融在一起去了。

黃昏時候，安琪用紅腫的赤腳踹麻，用起泡的血手搓著麻線，面帶笑容，一言不發。哥哥們得了許多食物回洞，刺麻向兩邊一讓，十一個王子順著走進洞來，忽見公主手忙腳亂，做工不息，不免驚訝地問她，每人問她一句，她一句也沒有答應，十一哥慌了，跪在安琪腳邊，抱住安琪的肩，柔聲地問著，不料安琪只瞅著他傻笑，不說話，不搖頭，也不點頭。這麼一來，使哥哥們千分驚駭，萬分悲傷，大家圍住妹妹，說個不休。大家都以為是後母知道了，又使用了魔法將她變成癡女，他們仔細一看妹妹的嫩手，赤腳，全有傷痕血跡，忍不住心中悲痛起來，二十二隻眼睛，一齊流淚。那眼淚滴在安琪的手腳上，傷口血泡，立刻都消了。

第二十二章　半夜出太陽

安琪公主，在石洞中日夜做苦工，哥哥們一早飛出去，傍晚回來，總是圍著妹妹啼哭。他們因為向妹妹說話，妹妹老是不答應，一面裝傻笑，一面流眼淚，給她筆叫她寫，她也不肯。哥哥們傷心極了。有一夜，她做工十分勤苦，手腳上的血泡，破了不少，一點一滴的血，染在刺麻線上，一截紅，一截黃，織出衣來，非常美麗，但是被哥哥們見了，十分傷心。那時月明如晝，積雪未消，洞外的景色，多麼幽靜，安琪想讓哥哥們安睡，所以輕輕地踱出洞外，坐在明月之下，趕織麻衣，不料被十一哥看見了，很不放心，暗地裡叫醒十位哥哥，一同出洞來探視，只見妹妹坐在月下，手不停地織衣。手上的血，一滴一滴地滴個不停，他們心疼得忍不住圍了上來，請妹妹休息，她聽了，含笑不答。此刻，哥哥們又議論起來，總疑心是後母施了魔術，使安琪變成一個瘋人。他們越說越悲傷，便圍著安琪痛哭，眼淚流了下來，她手上的傷痕又全消了。但是她見他們痛哭，心中像刀樣割，做工更快，想在三天之內，把十一套衣裳完全織成，替哥哥們消災解難。

十一個王子，圍著公主痛哭，熱淚下流，將公主的全身衣服淹濕了。夜寒風冷，公主也不覺得，倒是天上的明月姐姐，很為她但心，她想：「這樣冷的半夜裡，一個小姑娘穿著潮濕冰冷的衣裳，在露天坐著，豈不要凍死？」明月越想越不忍，身不由己地溜回家去，大聲叫道：「太陽哥哥，請你快些出去吧，公主的衣裳濕了，你替她去晒一晒，而且可以使她身體暖和。」太陽說：「月妹，你真是瞎鬧！現在還不過半夜，剛在夜十二點鐘的時候，太陽怎麼好意思就跑出去呢？」明月說：「你非出去不可，安琪公主，沒火爐，衣裳濕了，身體冷了，你不出去，誰來幫她，半夜裡出一次太陽，有什麼要緊，又不是常常如此。」太陽說：「恐怕不便！你哪有半夜出太陽的道理呢？」明月見太陽不肯出去，又氣又急，一面哭，一面在地上滾來滾去，一面抽抽噎噎地說：「哥哥！你要不出去，我一輩子立誓不出去了。要使世界上從此以後，沒有月亮。」太陽聽了，十分害怕，心想：「只有太陽，沒有月亮，夜裡多麼不便，不要到後來，一天一夜，都不許我太陽休息，豈不更糟！」他只好向月亮說：「妹妹，我就順你的意，出去一次吧；可是無論如何，下不為例。」月亮擦乾眼淚，嘻嘻一笑，便跟著太陽出門了。這一夜，不到一點鐘，忽然出了一個太陽，旁邊還有個圓的月亮。世上的人，驚怪得很。善洲上有一個多情國國王，他的兒子叫金龍太子，三十分美秀，三十分英勇，三十分仁慈，三十分能幹，合起來，簡直是一百二十分的人才，全國的男女老少，無一個不愛他，朝中有兩個宰相，一個名叫頂瓜瓜，是忠心愛國的老忠臣，一個名叫雅雅汙，是凶惡奸巧的大奸臣，頂瓜瓜太正經了，所以國王和國民，都不喜歡他，反使雅雅汙乘機賣弄，得了君民的信任。這一夜，因半夜出太陽，驚動了世人，多情國的國王，連忙出宮安慰，雅雅汙說：「必定有奇人藏在我國，不可不查。」國王於是發了一道命令，叫金龍太子帶領大小將官兵士，分途到城鄉、村鎮、山林各處，細細搜查，遇有形跡可疑的人，一律帶回審問，但是不可開罪於人，須要保存禮節。

金龍太子，帶著一支兵，順便帶了獵犬，走入刺麻山。這時，安琪的衣服也晒乾了，王子們也哭倦了，一齊入洞歇息，太陽也溜回去了，一輪皓月，仍舊掛在天空，害得人人十分驚怕，在家的趕快開上電燈，出外的連忙步月而歸，唯有金龍太子，走入深林，月光不大，前途黑暗得很，只好慢慢地退了出來。恰好經過一座石崖，獵犬忽然一齊喧叫，四處亂鑽，但是刺麻長得很密，無法可以搜尋，那些兵士們，忙得汗如雨下，沒有尋見什麼，太子親自起身，向刺麻叢中走去，忽然嘩喇一響，刺麻分開，現出一座洞來。

第二十三章　全國歡迎大會

安琪在洞中，做了三天三夜工，刺麻衣已經織成了三套，那一夜，加工趕織，以致哥哥們痛心流淚，明月姐姐擔心，太陽哥哥出力，鬧得半夜大天明，世人個個吃一驚，金龍太子領了兵，山林之內去搜尋，忽然太陽回去了，萬里天空月色明，太子領兵走出林，刺麻照例來歡迎，刺麻分開現洞門，嚇得人人戰兢兢。

一個勇敢的兵士，直向洞門走去，不料刺麻不肯，立刻一擠，兵士的手臉，刺得又癢又痛，連忙退了回來，兵士退回來，刺麻分開。於是又有一個兵士去闖，也被刺回來了，這樣一來，耽擱了不少的時候，天已明了。

安琪與哥哥們在洞中，聽見人呼狗叫，鬧個不休，十分驚異。哥哥們拿著石劍埋伏在洞門內外，以備抵敵，公主將大捆的刺麻，捆好，織成的衣也一件件繫在腰間，以備逃避。不料太陽出來，人變成鵝，齊叫一聲，從洞門飛出，飛在石崖頂上，向下探望。

金龍太子，奮勇向前，走近刺麻，刺麻一齊鞠躬，立刻讓他進了，因為太子長得很美，所以出入無阻。兵士們很擔心，仍舊一個一個地去闖。太子走進洞中，忽然，看見一個極美麗的女郎，穿著破舊的衣裳，坐在刺麻之上，淚痕還濕，滿面驚慌，太子的眼中開出五彩的花，覺得這女郎太美麗了，他從來不曾見。他愣了一會兒，才明白自己失了禮節，連忙鞠躬說道：「請姑娘恕我，我因驚奇太過，以致禮貌不恭，得罪了姑娘，十分抱歉！」安琪聽了，微笑不答；太子不明此意，再鞠躬，再用婉言慰問，安琪照樣還禮，可是不能開口答話；太子三鞠躬，又用甜蜜的話向她慰問，她仍舊不答；太子以為她是聾子，又將前話大聲說了一遍。公主仍舊不答。太子以為她是啞子，便掏出一支純金自來水筆來，一本龍皮紙的小筆記簿來，請她寫幾句，她仍舊不理。

太子一想，這女郎一定有極祕密的痛苦，不能向人說，便柔聲說道：「姑娘，你住在此地很危險，我要接你到我的宮裡去。我要給你金絲衣裳穿，我要給你黃金冠戴，你跟我去吧。」他說罷，便伸出手來，請她握著走，她不肯走，太子急了，走近前去，用兩臂一端，和捉小雞一般，抱在懷中，公主大哭，又不能說話，但兩手緊握著兩大捆刺痲繩，讓太子抱出石洞，抱上大馬，便靠在太子懷中，前呼後擁，打馬進城，全城百姓，十分讚美，十分驚奇，太子在馬上說：「姑娘，我是多情國的太子，我是很能愛護美女的人，我只願你快樂，你的志願，我無一不從，你不要悲傷，你不要害怕，你安心住在我的宮裡，我讓你受盡一切的幸福。」太子說話，聲音清爽，十分悅耳；態度和美，十分悅目；性情誠摯，十分動心。但是安琪公主，只能閉目無言，一點心意也不敢表示，恐怕傷害哥哥們的性命。

不一刻，到了太子的宮中，宮牆全是白玉砌成的，綠色的瓦，全是碧玉，紅色的欄杆，全是珊瑚，屋頂上裝著十一顆大金剛鑽，映著太陽，光芒四射，屋子裡頭，上下四方，都是紅光的明鏡，一人進屋內照成千千萬萬人，那些器具和裝飾，無一件不是珍珠、寶石、象牙、翡翠……拼湊成功的，真是一百二十萬分的華麗。太子立刻發命令，將自己的臥房、書房、浴室，一律讓給安琪享用，自己移住在宮門外小花園之內。又派了一百二十名歌女，一百二十名舞女，一百二十名書僮，一百二十名青年護衛，侍候安琪。立刻，音樂隊大奏樂，安琪通身換了新衣，歌舞女郎簇擁著登上宮樓，大開慶祝會。

太子飛馬報知國王，國王大喜，召集全國人民，圍住太子的宮，仰頭觀看，人民大樂，同聲呼萬歲，登時舉行大歡迎會，國王立刻下了一道命令：「金龍太子，得了一位美麗的女郎，這是國家的大幸福，本國素以美人為國寶，現在既有這樣的美女郎，又有這樣的美太子，孤王應該讓位子給他們。從明日起，金龍太子就是多情國的國王，美女郎就是多情國的王后，凡爾人民，若是贊成，明日一齊掛起淡紅旗，舉行慶祝大會；若有不贊成的，門口掛灰黑旗一面，以紅旗黑旗的多少，表決此事。」這道命令，立刻傳遍全城，等不到明天，已經掛遍紅旗了，只有一面青旗，是雅雅汙掛的，簡直沒有人理會。

至於安琪，簡直無心享受繁華，只想著哥哥們的苦難，時時流淚，刻刻做工，總不停歇，伺候的人，都莫名其妙，太子在每一小時內，必來看問一次，公主勉強招待，但不敢說話，不敢點頭搖頭，不敢不肯，也不敢肯，當笑的不敢笑，眼光都不敢隨著心思表示。

不過，這太子實在柔和聰敏，實在可愛，可是安琪到底愛不愛他呢？唉！她不能說出來，也不能表示一點心思出來呀！只有她自己的心中明白。

第二十四章　公主成了皇后

第二天到了。一早，多情國的全國人民，都手執淡紅色的旗子，一齊在王宮前聚會，同聲唱著歡迎歌，大音樂隊奏著極悅耳的交響樂，全城的男孩子和女孩子，都配成一對一對的，整齊列在禦道兩旁；全城的狗，一齊排隊在馬路上遊行；全城的貓，勻整地在屋頂上排隊；全城的雄雞，在御河旁邊站著；全城的蝴蝶，都齊集在宮園的花上；全城的鳴鳥，一齊停在王宮附近的樹間；一大隊青蛙，伏在芳草之內；一大隊小鴨子，停在御河之旁。

新國王金龍王和新王后登位受賀的時候到了，大家都靜候著。安琪公主，裝束已經齊備，可是一雙嫩手，因做工太勤，盡是血泡和鮮血，她不願給金龍王看見，遮遮掩掩的，十分不便。侍女們找了一雙柔軟的手套替她套上，才略略放心。不過她總覺得傷心，一刻不停地流淚，金龍王從王宮駕了一部龍車，到太子宮中來接安琪，看見安琪仍就是哭哭啼啼，但是聰明的金龍王看得出來，她決不是不願做王后，乃是另有說不出的心事，而且說不出口，他忍不住扶著安琪，替她擦淚。可是擦乾了，又濕了，使得金龍王也十分傷心。他偶然看見安琪的手，套著手套，覺得不很相宜，不經心地便將她的手套扯了下來。啊呀！滿手是血，安琪也來不及藏避了。

金龍王一見安琪的手，忍不住淚如雨滴，一滴一滴地滴在手上，說也奇怪，不僅血泡全消，而且比先前更加好看，外皮上帶了一層光彩，發出一陣清香，因此金龍王又將安琪的那一隻手，也用眼淚洗去血痕，消去血泡，輕輕扶著她，登上龍車，到王宮前的大平臺上去了。

在登位受賀的時候，人民大聲歡呼，音樂齊奏，跳舞不停，男女孩子一齊唱歌，蝴蝶一齊飛上前來，演著「空中的舞」。狗、貓、雞、鳥、蛙、鴨輪流唱歌，「汪汪喵喵格格格，吱吱咯咯軋軋軋」，十分有趣！太陽很柔和地照著，月亮和星星，忍不住也溜出來參觀，鬧得天上日月星都有，世人驚奇得很！世上的高山，看得哈哈大笑，使得那些低的山，忍不住伸著「山頸」，也來望望，以致低山都變了高山；江河湖海中的水也要看熱鬧，不免轉起極高的浪來；世上的電線杆兒，都要看熱鬧，以致將電線攪得亂七八糟；板凳椅子，都去看熱鬧，以致世上的人，都只好站一會兒：世上所有的動物、植物、礦物和一切器具，都去看熱鬧，以致世人一切的工作，一律放假休息。哈哈！你想，這是多麼熱鬧，多麼有趣，多麼開心，多麼快樂，多麼多麼多麼動人的大事情呵！

新國王和新王后，並立在臺上。老國王哈哈大笑，向人民介紹；新國王滿面春風，向人民道謝。唯有新王后，仍舊不斷地流淚，可是滴下的淚都變成精圓的珍珠，向臺下滾著，使每一個人得了一顆寶貴的珍珠，這就是新王后的賞賜。那時忽然有十一隻天鵝，在空中旋轉，而且齊聲大叫著，新王后見了，伸起一雙玉臂，向天鵝表示親愛，每一隻天鵝，都飛近來親親她的手，這樣一來，人民更加歡呼，因為天鵝是又清潔又高尚又柔和的鳥，世人無不歡迎。

這一次，一直快樂到第二日天明時大家才休息。新國王因猜想新王后還戀著刺麻山的石洞，便召集奇巧的工匠，盡半天的時侯，在王宮中造成了一座石洞，也有刺麻，也有石床石凳，並且將太子宮中的十一顆大金剛鑽，裝置在洞口兩旁。安琪心中，十分欣喜，便仍就一刻不停地織這麻衣，她已經織成五套了，還有六套，必須加工織好，所以不肯休息。新國王在一旁坐著，知道她不能談話，便將許多的詩集，故事書，一本一本地念給她聽，有時唱著甜蜜的歌。因此，她心中很快樂，但仍舊不敢不留神，始終不願開口說話。

還有一件事，十分奇怪，就是安琪的手，從此以後，無論擘痲，搓繩，織衣，決不起血泡了，因為新國王用愛情之淚洗過一次，無論什麼東西，都不能傷害它了。因此，她做工更快，金龍王說：「美麗的王后呀！你住在此地，和石洞中一樣，而且我可以伺候你，我可以鼓勵你趕快做工，我知道你所織的衣是極重要的東西，我決不妨害你的工作。我知道你有不能說出來的苦處，我要慢慢地考察出來，竭力幫助你脫去這些苦難，我此時決不要求你說話，但我極明白你決不是啞子，我——我——我是你的最忠勇的同伴，我的人民都是你的好朋友，我十分明白你的苦難，不久便要解除。美麗的王后呀！祝你在不久的將來，便可享最大的快樂！」好！好！這位國王說話猶如唱歌，十分好聽。安琪仔細一想，果然不錯，她想到哥哥們快要得救了，十一套衣服，三日之內，完全可以織成了，便不覺微微地笑了一個極美的笑。同時，全城的人也不覺同時歡呼了一聲。

第二十五章　泥神上殿

安琪想起衣服快要織成了，哥哥們快要得救了，忍不住向著金龍王微微一笑，這一笑，竟笑動了全國人的歡心，不覺同時歡呼了一聲「王后萬歲！」這一笑，便使一個臨時啞公主，變成了多情國的美麗而且仁慈的王后。

壞宰相雅雅汙，時時在老國王面前說壞話，老國王不聽；現在，新國王與新王后的婚禮，已經完成，雅雅汙，已無法再進讒言了，便走到一座大廟裡，施了許多魔術。

這一天，頂瓜瓜陪著金龍王在殿上商議國事，忽然聽見殿門外的守衛兵大喊大叫起來，守衛長即刻進來報導：「陛下，太陽廟大殿兩旁的泥神，一齊到殿外來了。他們要見陛下。」頂瓜瓜說：「哪有此事！這一定是魔術，請陛下將他們打碎便了。」雅雅汙吁吁地跪上殿來說：「神聖既能說話，應該先見見，再定奪，豈可冒冒失失地將他們打碎。」金龍王點了點頭，便命令守衛：「押他們上來，可是要當心些，泥人能說話，總是怪物。」

八個三分像人七分像鬼的泥神，一齊走上殿來，立而不跪。口中一齊說道：

「吾乃保國大神是也！金龍王年紀很輕，不懂世情，討老婆，不當心，討了一個壞妖精。這個妖精凶得緊，先吃君，後吃臣，吃了君臣吃人民。她要占住多情國，練成妖將與妖兵，上天去殺眾神靈，占住全世界，不許存留一真人。假如陛下不醒，三天之內看分明。現在吾神來報信，國家大事別看輕，吾神報罷歸去也，有事下次再光臨。」

金龍王見了，十分詫異，不能答話，雅雅汙趴在地上磕頭；頂瓜瓜心中大怒，請國王發命令，將泥神們打入天牢，仔細拷問。金龍王一想，覺得也應該如此，便叫守衛將他們綁上，不料守衛一伸手，泥神一齊不見了。眾人大吃一驚跑出殿外一看，八個怪物，正在大街上一步一步向前走著。這時，已經驚動了全城人民，都擠在路兩旁觀看，膽大的跟在泥神後面跑，一直將泥神送回廟中，方才散去，可是這一件事，早已鬧得滿城風雨了。

老國王聽得此怪事，心中動了一動，特意和頂瓜瓜說：「我們不妨派幾十個聰明的偵探，在王后宮中，隨時偵察，並且叫全城兵士、員警輪流預備。這樣，不僅是防王后萬一真有舉動，又可以防備奸人，從中陷害國王。」頂瓜瓜細想老王到底老練，便轉告金龍王，照此施行。立刻之間，全城的大街小巷鄉鎮村林，都有兵警偵探保守巡查，十分嚴密。

安琪在宮中，仍舊做工。金龍王囑咐宮中一切人等，不許將泥神上殿之事洩漏，怕她聽了心上不安，不過他自己，心中已有點不安，心想：「王后的性情，雖然十分柔和，可是始終不曾說話，而且一點意思也不曾表露出來，我只知道她十分地愛敬我，其餘的心事，便一點不知道了。她未免太祕密，真使人不能安心；但無論如何，她決不是妖精。」他這樣胡思亂想，神思不安，使得安琪十分詫異。

第二十六章　一次偵探

安琪已經織成了八件麻衣，可是刺麻完了，不能說話教別人去採，只好等金龍王睡覺之後，親自上刺麻山上去。她想：「我肉上的痛苦，還受得住，精神上的痛苦，實在難熬，哥哥們一天不得救，我心中便多痛一天，去去去，怕什麼！」

這一夜，夜靜更深，安琪見丈夫已經睡熟了，便輕輕細細地起床，取了一件高領厚外衣披上，偷偷地溜出寢宮的後門，一直步行出城，走到刺麻山，一刻不停地採了兩大捆麻，再到石洞一看，哥哥們都不見，不知到哪裡去了。心裡一酸，熱淚流個不斷。她不敢耽擱，背起刺麻，便上歸途。剛走下山，只見一群白毛鬼，蹲在路邊，擋住去路，望著她笑。她嚇得心驚膽戰，進退兩難。正在危急之時，忽然跑來了十一個王子，手執石劍，將白毛鬼攆走。原來她的哥哥們，每夜仍住在石洞中，但是當早晨四時以前，都向城中探聽王后的消息，正好，在回洞之時，遇見了安琪，打退群鬼。安琪將每一位哥哥的臉看了一回，滴了許多熱淚在每一位哥哥的手上，可憐她口裡不能說話，只好輪流抱著哥哥們的頭，半哭半笑地親熱一會。

哥哥們送安琪回城，剛進城門，便遇著一個人，在暗地裡冷笑，是誰呀？原來是雅雅汙。他約了頂瓜瓜和一群重要的文武官，躲在一旁觀看，果然見王后領了十一個手拿利劍的勇士進城，那守衛長見了，便吹了一聲號角，全城的兵警都聽見了。正要齊集時，十一個王子，轉身就跑，他們知道不跑，徒然害了安琪，因為安琪是王后，他們不能得罪，須歸國王判斷。但是城內外都是看守兵警，在沿途阻住，十一個王子，武藝高強，一連闖過五個埋伏，已經至到了刺麻山下，後面的兵更多了，漸漸將刺麻山圍住。十一個王子，一面力戰，一面向山嶺逃避，經過許久，兵警四合，他們被圍在一座頂高的山峰頂上，憑你怎樣，也不能逃脫了。說時遲，那時快，太陽剛出，十一個勇士一齊一閃，變成十一隻天鵝，沖天飛去，嚇得眾兵警仰頭呆視，半晌無言，只好回城報告國王知道。

安琪遇了眾官員，心中十分驚怕，但官員不敢得罪王后，只好簇擁著她一同入宮，送到寢宮門口。但她稍不經意，那兩大捆麻被雅雅汙偷偷地交給一個兵士拿去了，只好含淚入宮。官員便和侍女說明，請國王起來商議要事。國王被喚醒了，起身看，王后坐在一旁痛哭。國王不知她為什麼哭，忙坐在身旁，用婉言安慰，安琪悲傷極了，又不能開口，忍不住倒在丈夫懷中，悲哭不止。眼淚流在國王身上都變成了紅色的珊瑚珠了。國王心痛，連忙撫慰她道：「可憐的王后！無論你有何傷心的事，我總能幫助你。這時我去見見眾官員，回頭我來揣測你的心事，務必使你安心。」國王說完，便出宮去了。

官員將今夜的事蹟，一一向國王說明，兵警也來報告勇士變天鵝之事。國王想了一想，便囑咐他們說：「這件事，暫時不要辦，因為我已經想明許多了，其中有極可憐可悲的情節，我對你們鄭重地說，王后決不是壞人，我必定可以在三天之內，將她的祕密完全偵探出來，現在你們千萬不可妄動。」眾官員聽了國王的話，當然不敢違抗，便恭恭敬敬地辭出宮門，各自回家休息去了。

第二天，國王退朝之後，守衛長暗地裡向國王說：「陛下，依我的意見，你自己也要當心一點，以防萬一出了亂子，自己好保衛自己。」國王說：「你說得有理，我自然要時時刻刻留心。」他入宮之後，便想個偵探的方法。

第二十七章　上斷頭臺

這一天晚上，雲濃月暗，安琪公主推窗一望，好不擔心；但是非得到一些刺痲，決不能再織下去了。而且除開親自去採，實在沒有別的方法。當夜深人靜時，她只好偷出宮門，一直往刺痲山去了。

不料金龍王已經計算停當，決計單身去偵探王后的祕密。他暗地裡跟在她的後面，走入刺痲山，只見王后十分忙碌，採取刺痲，他一直等她採完了，又暗暗跟她走著。

恰好走出山口，便遇了一群惡鬼圍住了王后，金龍王吃了一驚，連忙拔出寶劍，衝上前來搭救，惡鬼見有人來打架，便捨了王后來鬥金龍王，王后也不曾看清是誰來救她，以為是十一個哥哥來了，便趁此機會，飛也似的逃進城中，遮遮掩掩地回宮去了。

她回到宮中，即刻將麻繩搓好，拼命地工作，一直織到第二天早晨，還不曾休息，可是已經織成十套麻衣了。她正在歡喜之時，忽聽得宮中的人，紛紛喧鬧，大家嚷著「王不見了！王不見了！」王后聽了心如刀割，淚如雨下，頭昏，手顫，不由地停止了工作，痛哭不休。

一會兒，許多武將闖進宮門，向四處搜尋，那位可怕的宰相雅雅汙先生提議要立刻組織特別法庭審問王后，許多朝臣，除頂瓜瓜外，都一律贊成。安琪聽了，心慌意亂，仔細一想，只有趕緊織成最後的一套麻衣，便可以開口說話了；於是不管別人怎樣吵鬧，她猶如不見不聞，只是使勁織衣。

片刻，特別法庭已經成立了。法警將王后傳到。可憐這位王后，此刻的裝束，十分奇怪，身上疊著穿了五套麻衣，腰間用一粗繩繫了五套麻衣做裙，外面罩著宮裝，十分臃腫。她站著，無論誰人問她，她總不願開口，總是低頭織著麻衣，一刻不停，法官命法警搶去她手中的麻繩和針，她死死地握住，直捋得兩臂兩手，盡是鮮血，還不肯放。正在糾紛難解之時，一個軍官氣喘吁吁地前來報告，道：「妖兵果然來了，此刻離城不到十里了。」大臣們一齊大驚失色，連忙開了一個會議，調回出城尋訪國王的兵隊來抵敵。一面通告全城商民，各派勇壯的子弟，幫忙同守城池。

在這一陣紛亂之中，安琪用受傷的手，忍著痛，織個不停。這第十一件麻衣的正身，已經織好，還剩下兩隻袖子，沒有織好，不料全城的人，一齊說王后是妖人，應該即刻上斷頭臺去斬首示眾，以便鼓勵人民的勇氣，好去死守城池，加以雅雅汙極力證明國王是被王后害死的，一夜不歸，屍身不見，完全是被她吃了；且故意派出一般無賴的人，在外散布這種謠言，使全城人民更加憤怒。

囚車預備好了，法官們判決王后應該宣布死刑，即刻將她拉上囚車，可憐的安琪，一聲不響，兩手如機器一般，不停地織，越織越快，已經將右邊的袖兒織成一半了。囚車上路了，前後有兵隊保護著，許多的人民，狂呼大罵，在四面圍著跑。那時頂瓜瓜先生，十分難過，爬上一座高牆，大聲演說道：「諸位！諸位！敵兵已經來了，你們是忠勇的國民，應該趕快去保守城池，不要在這裡喧鬧。王后的罪，並沒有證實；我們的王，也沒有回來說明，完全是少數人的鼓動。依理應該先防備敵兵搶城，再管王后的事。」許多人聽了，頗覺有理，便走散了三分之一的人，守城去了。雅雅汙大怒，也爬上高牆演說道：「諸位！諸位！頂瓜瓜是王后的黨羽，他也是一個妖人，你們要知道，此刻不先將王后處死，敵兵一到，她便可以使起妖法將城牆推倒，那時措手不及，我們都要被妖兵吃了下去。所以必定先要處置妖后，再去防備城池。」這樣一來，那些好事又多迷信的人民，便仍舊跟在囚車後面咒罵；並且有一般無賴，將頂瓜瓜推下牆去，跌到一家人家的牆內去了。

囚車到了法場了，兵士們將安琪扶上斷頭臺，但是並不阻止她的工作，因為她快要死了。兵士們不忍再拂她的意，那時，斷頭臺的刀架已經裝好，一個劊子手站在一旁，拉住一根繩子，另外一個站在王后身旁，只等宣讀法官的命令之後，便要將她的頭枷住，放下刀來，便可以將人頭鍘斷。那時，安琪淚滴如雨，面容如雪；但是還有一隻半衣袖沒有成功，她預備到最後一分鐘，實在不能再耽擱時，才說一句話，因為十一個哥哥的性命已經保住了，只有第十一哥的兩手，還沒有除去災難，那時，天空中忽然飛來十一隻天鵝，圍在王后的頭上，飛繞悲啼，從每一隻天鵝的口內，滴下鮮紅的血來，更使安琪心裡痛不可當。

第二十八章　斬了一個人

安琪站在斷頭臺上，淚流心痛，還是工作不休，十一隻天鵝，飛繞悲啼，口流鮮血，兵民見了，十分驚疑，而雅雅汙便趁此機會演說，證實王后是妖人，不然，決無天鵝來悲悼罪人之理，他一面囑咐兵士，行刑之時，立刻射死天鵝；一面捧讀法庭宣布的罪狀，正在此時，忽然來了四個騎馬的軍官，大聲說道：「請宰相暫緩，剛才探報誤會了，那大隊的兵，並不是妖兵，乃是多金國的兵，國王和十位文官十位武官特來拜訪本國君臣，現在城外紮營，請宰相下令，怎樣招待。」雅雅汙說：「先斬王后，再會客。」話還未完，忽然有一個跌傷腿的人，大聲說道：「豈有此理！國王並無命令，誰敢擅斬王后；並且現已證明不是妖兵，王后盡可以暫時緩刑，一國的大事，豈可聽一個宰相胡鬧！」此言一出，拍手的很多，雅雅汙沒法，只好囑咐兵士們好生看守，等會客之後，再來行刑。雅雅汙趕緊回到宰相府，令守城的放入多金國的一位將官來。這將官叫烈烘烘，在多金國新王后逐去王子公主的當兒，便一怒走出國門，向四處雲遊，打探新王后的出身，果然有志竟成，被他打聽明白了，這一次出兵，就是為了此事，他見過雅雅汙，便將出兵征妖之事，從頭至尾，說了出來。

烈烘烘說：「敝國在十年以前，有十一位王子，一位公主，被後母逐出國外，我因此事，一直航海到惡洲探聽下落，因為他們的後母，是惡洲上的一個妖人，想把多金國的人全體吃盡，故設下了一個狠毒之計，嫁給敝國王為後，只因為全國人民，很愛王子們和公主，恐怕從中作梗，所以施了許多毒計與妖法，逐去了他們，預備暗結妖兵，一齊舉事，占住城池。我探聽明白之後，便在國中暗招勇士，練成軍隊，假扮商人，渡過大海，混上惡洲，將那妖后的黨羽，完全殺盡，一面通報敝國國王，將妖后處死，帶兵出來在惡洲聚合，將全洲的妖人，一齊除滅了。聽說敝國的十一位王子與公主，流落在貴國的山村之中，所以特來迎接，務請相爺發一命令，煩勞貴國的兵警們代為尋訪，感激不盡！再有一事就是那妖后還有一個哥哥，潛藏在貴國境內，所以慎重聲明，務必設法斬除，以免後患！」烈烘烘一面說，雅雅汙一面咬牙，面紅如火，氣吼如牛，半天說不出話來。烈烘烘以為他聽了多金國妖后的罪惡，代抱不平，倒沒有防他就是妖后的哥哥。雅雅汙忍住了怒恨，向烈烘烘說：「我召集敝國大臣，就出城來迎接貴國的兵士。敝國的國王現在遇了危險，恐怕已經死了，所以不能早來招待，抱歉得很！務必請你們原諒！」烈烘烘起身道謝，又說道：「我不知貴國出了這麼重大的事啊！前來相擾，很是不安。但是貴國要使用敝國的兵，將時，敝國一定願意盡力。」雅雅汙謝過烈烘烘，連忙上馬，跑入法場，大聲向兵士說道：「剛才多金國的使臣來說，他們已經斬了一個妖后，還有一個，就是這斷頭臺上的女子，還有十一個妖鵝，就是這天空飛繞的畜生，你們趕快行刑！行刑！放箭！放箭！」那時，頂瓜瓜跳上臺去，也大聲說道：「豈有此理，國家大事，應該召集大巨商議，哪有聽憑一個人單獨主張亂發命令的道理！此刻，就請在場的大臣，就在這法場上開一個臨時會議，決定此事。」雅雅汙報仇心切，萬萬等不及了，親自跑上臺去，將罪狀念個不住，誰也不能禁止他，場上秩序已經大亂，罪狀念完，兵士們是素來服從命令的，只好硬將王后的頭，枷在木架之上。不料衣穿得太多，衣領也很高很厚，枷口太小，不能扣合，於是再放出安琪的頭來，預備剝她的衣服。安琪一擺手，自己一件件地脫下五件麻衣，解下五件麻衣，聯手中正織著的一個左袖還沒織完的一件，分為兩起，用兩手緊緊握住，她心中想像著：「麻衣只有一隻左袖未織成功，諒與十一哥的性命無妨了，照現在的情形看來，此刻已到了最後的一分鐘，可以開口了……」她一面想，一面昏昏沉沉地又被劊子手枷住了頭，十一隻天鵝，一隻隻飛了下來，圍著她的頭飛鳴，十分淒慘。

那時，雅雅汗親自跳上臺來，預備親自發口號，親自去拉那懸刀的繩。說時遲，那時快，安琪將兩手從枷下拋出十一件衣來，十一個天鵝一齊變成王子，安琪大聲說道：「我可以說話了！我可以說話了！請你們等三分鐘，再將我處死！」雅雅汗聽了，一伸右手，拉住刀繩，用勁一拉，只聽見咯吱一響，哎呀一聲，鮮血四濺，斬了一個人。

第二十九章　經過了危險

斷頭臺上的刀，足有二百斤重，只要扣著的刀繩一松，便可以順著兩根柱子砍下來，剛好將架上的人頭鍘斷。當雅雅汗伸手去拉刀繩時，安琪的十一哥猛向前一跳，用右手抓住雅雅汗，向正砍下來的刀口一迎，那鋒利的刀，登時將雅雅汗劈為兩半，十一哥一彎右臂，擋住了刀鋒。原來十一哥穿了刺麻衣，早已變成鋼筋鐵骨，不怕槍刀，不過他的麻衣，還短一隻左袖，所以在白天裡，他只有一條右臂，左邊還是留著一隻天鵝翅膀，必定要等太陽下去，才變成左手。

當時，眾人看見一個一隻手一隻翅膀的勇少年，救了安琪，劈了雅雅汙，還用右臂擋著刀鋒，大家齊聲稱讚，大呼：「王后萬歲！」原來那多情國的人民，最佩服英雄好漢，無論誰作善作惡，只要有驚人的本領，英雄的氣概，就可以壓服眾心，這一來，倒救了安琪的性命。

安琪休息了五分鐘，換了衣服，便仍走上斷頭臺中央立定，向眾人說道：「諸位！我本是多金國的公主，這十一位勇士是我的哥哥；因為我國妖后專權，將我逐出國外，將我的哥哥們化成天鵝，幸虧夢神指示，教我用麻衣解救哥哥們的災難，但是不許說，不許表情，恐怕妖人知道，所以我自從與金龍王結婚之後，不能開口說話，王他很能知道我的苦處，現在，我哥哥們的災難已經退了，王也有了下落了，請諸位聽我的大哥報告。」

眾人聽見國王已有下落，不覺大聲歡呼。大哥上臺說道：「昨夜有一群惡鬼，就是雅雅汙手下的妖兵，將金龍王圍住，移了五座大山來，疊成一座無門的洞，將王關在洞中，我們因災難未退，天已大明，變成飛鳥，沒有力氣可以移山，只好飛回城內，示意王后，好派人去救，不料王后被妖人作弄，上了斷頭臺，我們無法可救，所以耽擱了。現在大家已經明白，我們願努力移去大山，救王出洞。」

眾人聽了，歡呼不絕。

於是安琪領了十一位哥哥，頂瓜瓜領了文武官員馬步兵卒和一群民眾，走出法場，直向西城進發。正走之間，探子來報說多金國的兵將，已經將城圍得水泄不通，口口聲聲要搭救安琪公主和十一位王子，眾人聽了這個消息，好不心驚，安琪忙說：「不要緊，我趕快登城樓說明，即刻可以退兵解圍。」眾人大喜，快馬加鞭，安琪上城樓，剛巧看見烈烘烘，便向他說道：「我很安好，請你即刻退兵，我好出城相見。」烈烘烘連忙答應，鳴金收兵，各個兵士，望見公主，一面後退，一面歡呼。多情國的人忙開開城門，大家出城相會。安琪請十位哥哥，領著頂瓜瓜等官員兵民等，到刺麻山去救王，她和十一哥馳馬入營，去見父親。

十位勇王子，領眾人到了刺麻山，只見憑空長了幾座高山，十分險惡，大家紛紛議論，都說：「那山太大太重，無法可移，除非招集幾萬民夫，天天挖掘，至早也要一個月，才能掘成一個洞門；但是洞裡的王，必定等不及，至少也要餓扁了啊！」

王子們聽了這種傻話，不覺哈哈大笑。大哥說：「你們站在山下，不要驚慌，此地只有五座高山，我們一共十個人，每兩個人移去一座山，不過舉手之勞，請不必著急。」果然，他們十位，每二人抬起一座又高又大的山，向空中一拋，早已拋到這五座山原來的地位去了，登時看見金龍王很舒服地睡在草地上，手中還握著一把寶劍。

多情國的臣民，一齊來安慰國王，王說：「很好！我早料到有十一位天鵝大將必來救我，我心裡很安，只是身體倦了，所以飽睡了一頓，不料起得太遲了，哈哈哈哈！」頂瓜瓜便趁此將前後的情形，完全告訴國王，王大喜，見過十位勇王子，便一齊打馬，回城。

第三十章　天下太平

金龍王請多金國的十位王子上馬，領著眾人回城，走到城門口，只見王后也領了一隊人馬，預備進城，他們夫妻相見，忍不住抱頭痛哭，安琪說：「陛下，從今以後，我可以和你談心了。」金龍王大吃一驚，說道：「王后，你現在能開口說話了嗎？請你多說幾句給我聽，你的聲音真好聽啊！」安琪說；「可以的！我和你並馬而行，將前前後後的事都告訴你。」金龍王大樂，忍不住在馬上哈哈大笑，笑一笑，趴在馬背上跳幾跳，又坐下來，向後一倒，兩腳朝天，亂踢亂滾，那一匹御馬，以為大王發了狂，心中一慌，便溜了韁，將金龍王一摔，摔了一丈多高，從空中落下，剛巧掉在安琪的懷裡，他便騎在安琪的馬頸上，對面談天，十分快樂。

一般眾人，一直走進宮門，有的團團坐定，有的排排立定，金龍王一連發了十道命令：

一、令全國人民，立刻大開慶祝會。

二、令全國音樂隊，齊集宮中奏樂。

三、令全國舞女們，齊集宮中跳舞。

四、令全國會喝酒的人，齊集宮中赴宴，划拳行令，大杯喝酒。

五、令全國會吃的人，齊集宮中赴宴，大碗吃麵，大塊吃肉。

六、令全國的大小動物，各排隊伍，分列全城大街小巷，能唱的唱，能舞的舞。

七、令全國的花卉，無論當時不當時一律開放。

八、令全國的山嶺，立刻長高一倍。

九、令天上的雲，布成各種花樣，或慶祝的文句。

十、令太陽、月亮、星星、雨、露、霜、雪、雷、電，同時輪流表演。

這十道命令一下，天上地上，好不熱鬧！亂哄哄地！大家大喜如狂，直鬧得天不安，地不穩，世界萬物滿地滾，無論我們、你們、他們、她們、它們，沒有一個不快樂得很！

慶祝會一直鬧到第二天中午，大家才休息，安琪又介紹他父親和她丈夫相見，共商天下大事，末了，兩國聯合著發了十道命令：

一、多金國多情國聯成兄弟之邦，有福共用，有患同當。

二、惡洲改稱良洲，派多金國的五位王子去鎮守，永遠不許妖人停留。

三、多金國國王，派五位王子鎮守本國東西南北中央各處，趕辦水陸路程，務使交通便利，以便兩國時常往來，免得女兒常念父親，免得哥哥們老不見妹妹。

四、多情國禮聘多金國的第十一王子為左丞相，專管軍政。

五、兩國之人以後不許相罵。

六、兩國之人不許哭。
七、兩國之人不許愁。
八、兩國之人不許病。
九、兩國之人不許老。
十、兩國之人不許死。

果然，他們從此以後，天天快樂，夜夜歡娛。天天快樂，天天經營高興的生涯；夜夜歡娛，夜夜做甜蜜的好夢。人人如意，事事稱心。風調雨順，天下太平。

臺灣版後記

為重寫中國兒童文學史做準備

眉睫（簡體版書系策畫）

二〇一〇年，欣聞俞曉群先生執掌海豚出版社。時先生力邀知交好友陳子善先生參編海豚書館系列，而我又是陳先生之門外弟子，於是陳先生將我點校整理的梅光迪講義《文學概論》（後改名《文學演講集》）納入其中，得以出版。有了這個因緣，我冒昧向俞社長提出入職工作的請求。俞社長看重我對現代文學、兒童文學研究的能力，將我招入京城，並請我負責《豐子愷全集》和中國兒童文學經典懷舊系列的出版工作。

俞曉群先生有著濃厚的人文情懷，對時下中國童書缺少版本意識，且缺少人文氣質頗不以為然。我對此表示贊成，並在他的理念基礎上深入突出兩點：一是以兒童文學作品為主，尤其是以民國老版本為底本，二是深入挖掘現有中國兒童文學史沒有提及或提到不多，但比較重要的兒童文學作品。所以這套「大家小書」，頗有一些「中國現代兒童文學史參考資料叢書」的味道。此前上海書店出版社曾以影印版的形式推出「中國現代文學史參考資料叢書」，影響巨大，為推動中國現代文學研究做了突出貢獻。兒童文學界也需要這麼一套作品集，但考慮到兒童讀物的特殊性，影印的話讀者太少，只能改為簡體橫排了。但這套書從一開始的策劃，就有為重寫中國兒童文學史做準備的想法在裡面。

為了讓這套書體現出權威性，我讓我的導師、中國第一位格林獎獲得者蔣風先生擔任主編。蔣先生對我們的做法表示相當地贊成，十分願意擔任主編，但他畢竟年事已高，不可能參與具體的工作，只能以書信的方式給我提了一些想法，我們採納了他的一些建議。書目的選擇，版本的擇定主要是由我來完成的。總序也由我草擬初稿，蔣先生稍作改動，然後就「經典懷舊」的當下意義做了闡發。可以說，我與蔣老師合寫的「總序」是這套書的綱領。

什麼是經典？「總序」說：「環顧當下圖書出版市場，能夠隨處找到這些經典名著各式各樣的新版本。遺憾的是，我們很難從中感受到當初那種閱讀經典作品時的新奇感、愉悅感、崇敬感。因為市面上的新版本，大都是美繪本、青少版、刪節版，甚至是粗糙的改寫本或編寫本。不少編輯和編者輕率地刪改了原作的字詞、標點，配上了與經典名著不甚協調的插圖。我想，真正的經典版本，從內容到形式都應該是精緻的、典雅的，書中每個角落透露出來的氣息，都要與作品內在的美感、精神、品質相一致。於是，我繼續往前回想，記憶起那些經典名著的初版本，或者其他的老版本——我的心不禁微微一震，那裡才有我需要的閱讀感覺。」在這段文字裡，蔣先生主張給少兒閱讀的童書應該是真正的經典，這是我們出版本套書系所力圖達到的。第一輯中的《稻草人》依據的是民國初版本、許敦谷插圖本的原著，這也是一九四九年以來第一次出版原版的《稻草人》。至於解放後小讀者們讀到的《稻草人》都是經過了刪改的，作品風致差異已經十分大。俞平伯的《憶》也是從文津街國家圖書館古籍館中找出一九二五年版的原著來進行重印的。我們所做的就是為了原汁原味地展現民國經典的風格、味道。

什麼是「懷舊」？蔣先生說：「懷舊，不是心靈無助的漂泊；懷舊也不是心理病態的表徵。懷舊，能夠使我們憧憬理想的價值；懷舊，可以讓我們明白追求的意義；懷舊，也促使我們理解生命的真諦。它既可讓人獲得心靈的慰藉，也能從中獲得精神力量。」一些具有懷舊價值、經典意義的著作於是浮出水面，比如孤島時期最富盛名的兒童文學大家蘇蘇（鍾望陽）的《新木偶奇遇記》；大後方為少兒出版做出極大貢獻的司馬文森的《菲菲島夢遊記》，都已經列入了書系第二批順利問世。第三批中的《小哥兒倆》（淩叔華）《橋（手稿本）》（廢名）《哈巴國》（范泉）《小朋友文藝》（謝六逸）等都是民國時期膾炙人口的大家作品，所使用的插圖也是原著插圖，是黃永玉、陳煙橋、刃鋒等著名畫家作品。

中國作家協會副主席高洪波先生也支持本書系的出版，關露的《蘋果園》就是他推薦的，後來又因丁景唐之女丁言昭的幫助而解決了版權。這些民國的老經典，因為歷史的原因淡出了讀者的視野，成為當下讀者不曾讀過的經典。然而，它們的藝術品質是高雅的，將長久地引起世人的「懷舊」。

經典懷舊的意義在哪裡？蔣先生說：「懷舊不僅是一種文化積澱，它更為我們提供了一種經過時間發酵釀造而成的文化營養。它對於認識、評價當前兒童文學創作、出版、研究提供了一份有價值的參照系統，體現了我們對它們的批判性的繼承和發揚，同時還為繁榮我國兒童文學事業提供了一個座標、方向，從而順利找到超越以往的新路。」在這裡，他指明了「經典懷舊」的當下意義。事實上，我們的本土少兒出版是日益遠離民國時期宣導的兒童本位了。相反地，上世紀二三十年代的一些精美的童書，為我們提供了一個座標。後來因為歷史的、政治的、學術的原因，我們背離了這個民國童書的傳統。因此我們正在努力，力爭推出真正的「經典懷舊」，打造出屬於我們這個時代的真正的經典！

但經典懷舊也有一些缺憾，這種缺憾一方面是識見的限制，一方面是因為審稿意見不一致。起初我們的一位做三審的領導，缺少文獻意識，按照時下的編校規範對一些字詞做了改動，違反了「總序」的綱領和出版的初衷。經過一段時間磨合以後，這套書才得以回到原有的設想道路上來。

欣聞臺灣將引入這套叢書，我想這對於臺灣人民了解大陸的兒童文學是有幫助的。林文寶先生作為臺灣版的序言作者，推薦我撰寫後記，我謹就我所知，記述於上。希望臺灣的兒童文學研究者能夠指出本書的不足，研究它們的可取之處，為重寫兩岸的中國兒童文學史做出有益的貢獻。

二〇一七年十月於北京

眉睫，原名梅杰，曾任海豚出版社策劃總監，現任長江少年兒童出版社首席編輯。主持的國家出版工程有《中國兒童文學走向世界精品書系》（中英韓文版）、《豐子愷全集》《民國兒童文學教育資料及研究》，主編《林海音兒童文學全集》《冰心兒童文學全集》《豐子愷兒童文學全集》《老舍兒童文學全集》等數百種兒童讀物。二〇一四年度榮獲「中國好編輯」稱號。著有《朗山筆記》《關於廢名》《現代文學史料探微》《文學史上的失蹤者》，編有《許君遠文存》《梅光迪文存》《綺情樓雜記》等等。

民國時期經典童書 A0801022

南洋旅行記

作　　者 黎錦暉
版權策劃 李　鋒

發 行 人 陳滿銘
總 經 理 梁錦興
總 編 輯 陳滿銘
副總編輯 張晏瑞
編 輯 所 萬卷樓圖書 (股) 公司
特約編輯 沛　貝
內頁編排 林樂娟
封面設計 小　草
印　　刷 百通科技 (股) 公司

出　　版 昌明文化有限公司
　　　　 桃園市龜山區中原街 32 號
電　　話 (02)23216565
發　　行 萬卷樓圖書 (股) 公司
　　　　 臺北市羅斯福路二段 41 號 6 樓之 3
電　　話 (02)23216565
傳　　真 (02)23218698
電　　郵 SERVICE@WANJUAN.COM.TW
大陸經銷
廈門外圖臺灣書店有限公司
電郵 JKB188@188.COM

ISBN 978-986-496-078-1
2017 年 12 月初版一刷
定價：新臺幣 420 元

如何購買本書：
1. 劃撥購書，請透過以下帳號
　帳號：15624015
　戶名：萬卷樓圖書股份有限公司
2. 轉帳購書，請透過以下帳戶
　合作金庫銀行古亭分行
　戶名：萬卷樓圖書股份有限公司
　帳號：0877717092596
3. 網路購書，請透過萬卷樓網站
　網址 WWW.WANJUAN.COM.TW
　大量購書，請直接聯繫，將有專人
　為您服務。(02)23216565 分機 10

如有缺頁、破損或裝訂錯誤，請寄回更換

國家圖書館出版品預行編目資料

南洋旅行記 / 黎錦暉著 . -- 初版 . -- 桃園市 : 昌明文化出版 ; 臺北市 : 萬卷樓發行 , 2017.12
　面 ;　公分 . -- (民國時期經典童書)
ISBN 978-986-496-078-1(平裝)
859.08　　　　106024154